DURCH TAG UND NACHT

DURCH TAG UND NACHT

GESCHICHTEN ÜBER AUGENBLICKE DER NÄHE

EINE ANTHOLOGIE HERAUSGEGEBEN VON HEIKE ZIRDEN

DIEGESELLSCHAFTER.DE BEI
ZWEITAUSENDEINS

Originalausgabe.
1. Auflage, April 2009.

Koordination dieGesellschafter.de bei Zweitausendeins:
Karin Jacek und Urs Martin Lambertz (Aktion Mensch, Bonn).

dieGesellschafter.de
Aktion Mensch
Heinemannstraße 36, 53175 Bonn
dieGesellschafter.de
info@dieGesellschafter.de

Lektorat: Waltraud Götting (Büro Z, Wiesbaden).
Redaktion: Sylvia Zirden und Annette Wunschel.
Buchgestaltung: Herburg Weiland, München.
Satz und Herstellung: Dieter Kohler GmbH, Wallerstein.
Druck und Einband: Freiburger Graphische Betriebe.
Printed in Germany.

Dieses Buch gibt es nur bei Zweitausendeins im Versand,
Postfach, D-60381, Frankfurt am Main,
Telefon 069-420 8000, Fax 069-415 003.
Internet www.Zweitausendeins.de, E-Mail Service@Zweitausendeins.de.
Oder in den Zweitausendeins-Läden 2 x in Berlin, Düsseldorf,
Frankfurt am Main, Freiburg, 2 x in Hamburg, Hannover, Köln, Leipzig,
Mannheim, München, Nürnberg und Stuttgart.
Oder in den Zweitausendeins-Shops in Aachen, Augsburg, Bamberg,
Bochum, Bonn, Bremen, Darmstadt, Dortmund, Dresden, Düsseldorf,
Duisburg, Erfurt, Essen, Göttingen, Gütersloh, Karlsruhe, Kiel, Koblenz,
Konstanz, Ludwigsburg, Marburg, Münster, Neustadt an der Weinstraße,
Oldenburg, Osnabrück, Speyer, Trier, Tübingen, Ulm und Würzburg.

In der Schweiz über buch 2000, Postfach 89, CH-8910 Affoltern a. A.

ISBN 978-3-86150-899-1

INHALT

VORWORT 8

ERSTER TEIL:
UNGEWÖHNLICHE
FREUNDSCHAFTSGESCHICHTEN

Christina Ionescu
DURCH TAG UND NACHT 12

Julia Rothenburg
EIN PAAR WOLKEN UND
EINE TAFEL SCHOKOLADE 24

Rita Ramsbrock
DER TIM UND ICH 28

Claudia Gellermann-Schultes
ELEFANTENKÜSSE 34

Philipp Zurek
FRANS BECKENBAUER,
TUSCH UND ICH 41

Elisabeth Richter
UNTERWEGS MIT MIGUEL 50

Nico Czaja
INDIANER WERDEN 58

Beate Fischer
FÜR EINEN FREUND 67

Corinna E. Leyh
TANZ DER EINHÖRNER 71

Nava Ebrahimi
ALI 78

Katharina Stegen
WEIL 83

Hermann Charpied
MEIN FREUND JURI 97

Elisabeth Volk
DIE BRÜCKE 106

Keiko Saile
AUF DEM DACH 116

Anna Kira Koltermann
ALLES ZUFALL! 129

Dinah Stratenwerth
»DANIEL UND MARTIN« 134

Lydia Saul
EIN TUNNEL UNTERM
BRETTERZAUN 149

Wolfgang Kopplin
EIN FREUND 159

Birgit van der Leeden
DIE FERNREISE 163

Heidy Gasser
DAS GEHEIME HAUS 169

ZWEITER TEIL:
WENDEPUNKTE

Ute Stephanie Mansion
NACHTBLIND 180

Martin Uhl
VÖLKERMORD 2006 186

Edith Huber
TRUNKSUCHE 189

Christine Koch
DU HAST MICH BESUCHT 195

Birgit Krick
VERZWEIFLUNG 198

Sabrina Heldmann
WINTERLICHT 202

Christina Lux
DIE BEHUTSAME SUCHE
NACH DEM WESEN
DER ZUFRIEDENHEIT 210

Julia Edtbrustner
NEUSCHNEE 214

Anke Eiben
NACHTWACHE 219

Birgit Jennerjahn-Hakenes
BETT 29 224

Reinhard Strüven
FRAU SCHWARZ UND
DER SOZIALARBEITER 226

DIE AUTORINNEN
UND AUTOREN
DIESER ANTHOLOGIE 233

VORWORT

»In was für einer Gesellschaft wollen wir leben?« Mit dieser genuin politischen Frage wendet sich die Aktion Mensch seit dem Frühjahr 2006 an die Öffentlichkeit. Denn die Zukunft des Zusammenlebens, so lautet das demokratische Ideal, an das die Gesellschafter-Initiative erinnert, wird nicht über ein Sollen oder Müssen, sondern durch kollektives Wollen gestaltet. Allerdings darf man getrost misstrauisch sein, wenn ein »kollektives Wollen« – etwa in den Medien – dingfest gemacht werden soll. Denn wie schwierig, komplex und vielschichtig demokratische Verständigungsprozesse tatsächlich sind, lässt sich in den mittlerweile Hunderttausenden von Beiträgen auf den Internetseiten der Gesellschafter-Initiative beobachten. Auf der rund um die Uhr zugänglichen nichtkommerziellen Plattform wird – meistens anonym – um Erfahrungen, Meinungen und Theorien miteinander debattiert und gestritten. Viele lesen auch nur mit und beobachten die vielstimmige, kooperative Orientierungssuche im Netz.

Wie passt es zu dieser dem diskursiven Austausch von Positionen und Argumenten verpflichteten Grundidee der Gesellschafter-Initiative, einen Band mit Geschichten über Freundschaft und menschliche Nähe zu publizieren?

Die 31 in diesem Band versammelten Erzählungen berichten von zwischenmenschlichen Begegnungen. Sie konzentrieren den

Blick auf den intuitiven Zugang, den wir zu Gesellschaft haben: unser Netz individueller Beziehungen, deren Grundlagen Vertrauen, Nähe, Sympathie und gegenseitige Wertschätzung sind. Die Frage, in was für einer Gesellschaft wir leben möchten, beantworten wir auch mit der Gesellschaft, die wir aufsuchen und in der wir uns wohlfühlen. Dabei kann das zufällige Aufeinandertreffen, ein kurzer Augenblick gegenseitigen Erkennens einen ebenso nachhaltigen Einfluss auf unser Leben gewinnen wie eine langjährige, tiefe Freundschaft.

Die Geschichten sind das Ergebnis zweier Schreibwettbewerbe, die die Aktion Mensch im Rahmen der Gesellschafter-Initiative gemeinsam mit dem Deutschen Caritasverband und dem Deutschen Roten Kreuz verastaltet hat. Sie führen durch Krisen, Sternstunden und Abgründe des Alltags und werfen Schlaglichter auf die verborgenen Wurzeln unserer Kultur und Gesellschaft.

Der Wettbewerb »Ungewöhnliche Freundschaftsgeschichten« fragte nach einem Gefühl, das von Dauer ist. Freundschaft entsteht meist unverhofft und hält manchmal ein Leben lang. Obwohl es immer wieder Versuche gab, unterschiedliche Freundschaftstypen zu kategorisieren – von Männer-, Frauen-, Kinderfreundschaften über Nutz- und Zweckfreundschaften, Tugend- und Charakterfreundschaften, bis hin zur selbstlosen, aufopferungsvollen Freundschaft fürs Leben – entzieht sich Freundschaft einer exakten Definition. Aber es lässt sich wunderbar von ihr erzählen! Fast 700 Autorinnen und Autoren beteiligten sich an diesem Wettbewerb. Die Gewinnerinnen und Gewinner wurden in einer lebhaften und engagierten Diskussion von den Mitgliedern einer Jury ausgewählt, der unter anderem die Schauspielerin und Schriftstellerin Renan Demirkan, die Schriftstellerin Corinne Hofmann, die Fernsehmoderatorin Zuhal Soyhan, die Chefredakteurin der Zeitschrift »Ohrenkuss«, Katja de Bragança, sowie Roberto Alborino vom Deutschen Caritasverband angehörten.

Der Wettbewerb »WendePunkte – Momente der Hilfe, Momente der Begegnung« rückte Begegnungen in den Blick, die durch eine Hierarchie gekennzeichnet sind: hier die professionellen, ehrenamtlichen oder zufälligen Helferinnen und Helfer, dort die Menschen, die Zuwendung, Hilfe, Unterstützung benötigen. Die schönen oder schwierigen Beziehungen, die in solchen existenziellen Situationen entstehen, können das weitere Leben prägen – davon erzählen die über 300 Wettbewerbsbeiträge, aus denen die Jury, zu der die Moderatorin Maybritt Illner, die ZDF-Redakteurin Hiltrud Fischer-Taubert, die Vizepräsidentin des Deutschen Roten Kreuzes, Donata Freifrau Schenck zu Schweinsberg und der Regisseur und Bühnenbildner Fred Berndt gehörten, die elf besten Texte auswählte.

Beide Wettbewerbe wurden bewusst nicht als Literatur-, sondern als Schreibwettbewerbe ausgelobt, um auch unerfahrene Autorinnen und Autoren zu ermutigen, ihre Geschichten einzusenden. Bei der Bewertung der Beiträge waren deshalb neben der sprachlichen bzw. literarischen Form Authentizität und Originalität wichtige Kriterien. So bieten die hier versammelten Werke nicht nur ein faszinierendes Spektrum erzählter Nähe, sondern sie zeigen auch Möglichkeiten und Muster, nach denen die Bedeutung persönlicher Beziehungen für das eigene (mitunter auch gesellschaftliche) Leben erfahren werden kann.

Die Veröffentlichung der Erzählungen im Rahmen der Gesellschafter-Reihe bei Zweitausendeins ist Teil der Auszeichnung, die die Autorinnen und Autoren erhalten. Annette Wunschel und Sylvia Zirden haben nicht nur die Vorsichtung aller eingegangenen Beiträge übernommen, sondern auch die Gewinnertexte behutsam und sorgfältig lektoriert. Ihnen gebührt ebenso großer Dank wie den Mitgliedern der engagierten Jury und natürlich den über tausend Autorinnen und Autoren, die ihre oftmals sehr persönlichen Geschichten aufgeschrieben haben.

Heike Zirden
Berlin, im März 2009

ERSTER
TEIL:

UNGEWÖHNLICHE FREUNDSCHAFTS-GESCHICHTEN

DURCH TAG UND NACHT

CHRISTINA
IONESCU

Jonas

Nacht. Ab und zu konnte man ein Auto vorbeifahren hören, dann wurde das Zimmer für kurze Zeit erleuchtet. Er saß auf seinem Bett, die Füße unter der Decke angezogen. Er war alleine zu Hause, wie so oft. Langsam streckte er einen Fuß aus der Decke, er fröstelte.

Der zweite Fuß setzte auf dem dunkelblauen Teppichboden auf. In der Dunkelheit der Nacht sah er fast schwarz aus. Vorsichtig schälte er sich aus der warmen Decke und ging zum großen Fenster. In langen Abständen fuhren Autos vorbei, dann war wieder vollkommene Stille. In der Ferne konnte er Bäume sehen, die sich im Wind sachte hin und her wiegten, der Mond war hinter den Wolken versteckt. Er hatte sich daran gewöhnt, alleine zu sein, doch es ließ ihn keineswegs kalt. Die Nächte waren am schlimmsten, wenn kein einziger Laut aus dem Haus zu vernehmen war, man nur seinen eigenen Atem hören konnte. Dann schien es, als würde sich alles um ihn herum aufblähen, größer werden, ihn ersticken. Ein riesiger Kloß voll Angst und Trauer saß dann in seinem Hals fest. Er bekam keine Luft mehr, sein Kopf schien fast zu explodieren. Er riss das Fenster auf, beugte sich weit hinaus, schnappte nach Luft. Für kurze Zeit wurde es besser, aber er musste raus hier. Er zog sich schnell eine

Jeans und einen Pullover über, steckte die Schlüssel ein und rannte hinaus. Dann blieb er stehen. Atmete langsam und tief die frische Nachtluft ein. Er fing an zu gehen, doch er wusste nicht, wohin, einfach nur gehen, sich die kalte Luft um den Kopf blasen lassen, klare Gedanken fassen oder am besten an gar nichts denken.

Es war schon immer so. Schon von klein auf, nur hatte er da ein Kindermädchen gehabt. Zumindest etwas. Heute kam nur die Nachbarin Anna, um nach dem Haushalt zu schauen. Seine Eltern arbeiteten durch, Tag und Nacht, gingen häufig zu Geschäftsessen oder auf Geschäftsreisen, waren wichtige Menschen, ohne sie schien an ihrer Arbeitsstellenichts zu laufen. Und er? Er war ein Unfall gewesen, nicht gewollt, ein Nichts, eine Last? Jonas. Ein Name ohne Bedeutung.

Früher, wenn er im Morgengrauen im Schlafanzug angetappt kam, sich verschlafen die Augen rieb und fragte, wohin sie gingen und wieso, hieß es: »Jonas, wir müssen jetzt weg zur Arbeit, aber du bist ja schon ein großer Junge und kannst selbst auf dich aufpassen. Du darfst dir auf dem Heimweg von der Schule auch noch was kaufen.« Dann fing Vater an zu drängen, dass sie zu spät kämen, und Jonas wurde ein Geldschein in die Hand gedrückt. Ja, abgespeist mit einem Stück Papier. Die Hälfte von seinen Geburtstagen hatte er ohne sie gefeiert. Dann kam immer ein kleines Kuvert aus den Niederlanden, der Schweiz, Russland oder England. Und darin waren jedes Mal zwei kleine Stücke Papier. Das eine war ein Scheck, das andere ein Blatt mit dem Firmenlogo darauf und den vier Wörtern »Kauf dir was Schönes«. Wahrscheinlich hatten sie selbst das nicht eigenhändig geschrieben.

Er blickte hoch, der Himmel war immer noch bewölkt, der Wind war stärker geworden. Er zitterte am ganzen Leib, klapperte mit den Zähnen. Langsam machte er sich auf den Heimweg. Inzwischen kannte er jede kleine Straße und jede Gasse, so oft war er schon nachts unterwegs gewesen. Seine Beine trugen ihn von alleine vor die Haustür. Mit bleichen und zitternden Fingern kramte er die Schlüssel aus der Hosentasche und schloss die Tür auf. Dann tappte er über den kühlen Marmorboden in sein Zimmer und betrachtete sich im Spiegel. Sein Gesicht war ein dunkler Schatten. War er wirklich so wenig wert? Schnell wandte er sich ab, legte sich ins Bett und versuchte einzuschlafen.

Benjamin

Zur gleichen Zeit lag Benjamin in seinem Bett und konnte nicht schlafen. Rechts neben sich hörte er Robin schnarchen, links von ihm war ein leises Wimmern von Deno zu hören. Wie in fast jeder Nacht.

Er starrte zur Decke hoch. Sie war sonnengelb, aber im Dunkeln wirkte sie eher grau. Die Lampe mit dem bunten Schirm sah wie eine dunkle Gewitterwolke aus. Manchmal stellte er sich vor, sie würde immer größer und größer werden, nach und nach das ganze Zimmer ausfüllen, ihn erdrücken. Sein Blick wanderte zu den Wänden. Bunte und fröhliche Kindergesichter waren mit viel Sorgfalt daraufgepinselt. Doch jetzt erschienen sie ihm wie hässliche Fratzen und Totenköpfe. Er wandte sich schnell ab und schaute aus dem Fenster. Pure Schwärze. Er hasste und liebte die Nacht zugleich. Er hasste es, mit sich und seinen Gedanken alleine zu sein. Aber er liebte es, Ruhe für sich selbst zu haben, abschalten zu können.

Es war nicht immer so gewesen. Erst mit dem Unfall hatte sich alles geändert. Ein Autounfall, verursacht nur durch einen kleinen Streit. Seine Eltern waren sofort tot, er hätte Glück gehabt, sagten die Ärzte. Hatte er das? Gefesselt an einen Rollstuhl, ohne seine Familie.

Ach was, er lebte noch. Sei doch froh darüber, sagte er sich immer wieder. Du hast so viel, worüber du dich freuen kannst. Du lebst, wohnst an einem schönen Ort und kannst auf eine ganz normale Schule gehen. Ja, und du hast einen Freund. Einen wahren Freund. Jonas. Er hat zwar Eltern, aber man kann sie nicht so nennen. Er schüttelte den Kopf, darüber sollte er sich nicht freuen. Aber es war ein beruhigendes Gefühl, dass es jemanden gab, dem es ähnlich ging und mit dem er sich verstand.

Hör auf so viel nachzudenken, ermahnte er sich.

Der Wecker riss ihn aus dem Schlaf. Er schreckte hoch. Was hatte er geträumt? Er konnte sich nicht mehr erinnern, er wusste nur, dass es ein schöner Traum gewesen war. Er kämpfte sich aus seiner Decke heraus und hievte sich in den Rollstuhl. Seine Hände umschlossen die kalten Metallräder. Er hasste das Gefühl. Dann rollte er aus dem Zimmer hinaus, raus auf den Flur. An allen Wänden hingen Bilder, die meisten waren selbst gemalt. Schon ein paar Meter vor dem Waschraum konnte er die Stimmen der anderen hören. Sie lachten und redeten miteinander. Als er hereinkam, begrüßten ihn ein paar. Er wurde akzeptiert, doch er gehörte einfach nicht dazu. Oft fragte er sich, ob der Rollstuhl Schuld daran war. Aber insgeheim wusste er, dass es an ihm lag. Denn er legte nicht viel Wert darauf. Seit dem Unfall war er anders geworden. Er wollte und konnte nur mit wenigen Leuten Freundschaft schließen. Still wartete er, bis ein Waschbecken frei wurde. Langsam wusch er sich und rollte dann in den Speisesaal. Er tat fast alles sehr langsam. Nicht, weil er nicht schneller konnte, nein, er wollte einfach nicht. Er begrüßte seine Tischnachbarn und aß dann schweigend sein Frühstück. Bunte Tischdecken und Servietten lagen auf dem Tisch. Benjamin wusste, wie viel Mühe man sich gegeben hatte, alles wie ein Zuhause aussehen zu lassen, in dem man sich wohlfühlte. Doch es hatte einfach keine Bedeutung für ihn. Schließlich brach er auf. Er zog sich an und gelangte durch die große und einladende Tür aus dem Kinderheim »Haus Sonne« nach draußen. Dann machte er sich auf den Weg zur Schule, es knirschte, als die Räder über den Kies rollten.

Jonas und Benny

Sonnenstrahlen blendeten Jonas. Er schreckte hoch. Wie viel Uhr war es? Er schaute zu seinem Wecker. Viertel nach acht. Viertel nach ACHT? Fluchend sprang er aus dem Bett, zog sich in Windeseile an und lief schnell ins Bad. Dann rannte er aus dem Haus, schnappte sich sein Fahrrad und raste los. Nach fünf Minuten erreichte er keuchend die Schule. Es war still, der Unterricht hatte längst begonnen. Schnell rannte er in das Hauptgebäude, den Flur entlang und zwei Treppen hoch, dann stand er endlich schwer atmend vor dem Klassenzimmer. Schon das dritte Mal in diesem Monat. Vorsichtig klopfte er an die Tür und trat ein.

»Entschuldigung«, murmelte er.

»Jonas Stein! Was erlaubst du dir?«, donnerte ihn der Lehrer an.

Jonas biss sich auf die Lippe und schielte zu Benjamin rüber. Der lächelte ihn schief an. Der Lehrer kritzelte etwas auf ein Stück Papier und drückte es Jonas in die Hand.

»Das gibst du deinen Eltern, sie sollen das unterschreiben, und ich möchte schnellstmöglich ein Gespräch mit ihnen!«

Na Klasse, dachte Jonas. Noch ein Problem. Den Kopf gesenkt, ging er zu seinem Platz neben Benjamin. »Hey Benny«, murmelte er.

»Hey.«

Der Lehrer hatte den Unterricht wieder aufgenommen und fing an, etwas zu erklären. Da erst begann Jonas sich wieder zu entspannen. Seufzend sank er auf seinem Platz zurück. Den Rest der Stunde versuchte er an irgendetwas anderes zu denken.

Benjamin kritzelte kleine Bildchen auf ein Stück Löschpapier. Er zeichnete gerne Personen und Karikaturen. Zäh wie ein Kaugummi zogen sich die ersten drei Stunden in die Länge, die letzte Viertelstunde verbrachten sie mit Schiffe versenken. Dann ertönte endlich ein schrilles Klingeln. Zumindest für ein paar Minuten waren sie erlöst. Seufzend erhob sich Jonas von seinem Platz und begab sich mit Benjamin auf den Schulhof. Für kurze Zeit war er fast leer, doch dann strömten immer mehr Schüler heraus und standen in kleinen Gruppen zusammen, um sich zu unterhalten oder miteinander zu spielen. Stimmengewirr hallte über den Schulhof. Benjamin und Jonas saßen alleine am Rand und schauten zu.

»Was war denn los heute Morgen?« Benjamin stockte. »Sind deine Eltern immer noch weg?«

Jonas nickte stumm.

Benjamin wusste, dass er nicht gerne darüber sprach. Er wechselte das Thema: »Hast du heute Zeit? Wir könnten wieder in den Park gehen …«

»Ja«, sagte Jonas und nickte. Sie verbrachten so ziemlich jeden Tag dort. Doch bevor sie weiterreden konnten, fuhr ihnen das laute Klingeln durch Mark und Bein. Stöhnend erhob sich Jonas und schob Benjamin wieder zum Klassenzimmer.

Der Lehrer war noch nicht da, und die anderen Jungen aus der Klasse saßen zusammen und redeten leise miteinander. Jonas und Benjamin begaben sich auf ihre Plätze. Vorsichtig schielte Jonas rüber zu der kleinen Gruppe. Er versuchte etwas von dem, was sie sagten, zu verstehen. »Fahrradtour« und »Radweg« schnappte er auf. Er zögerte. Benjamin beobachtete ihn. Schließlich sprang Jonas auf.

»Lass es sein«, murmelte Benjamin. Er wusste, was er vorhatte, und wusste, was passieren würde.

Doch Jonas ging zu den Jungs hinüber. Er hoffte, dass seine Stimme stark klingen würde. »Ihr plant eine Fahrradtour? Wir könnten da doch auch mitmachen, und ich könnte für Essen und Trinken sorgen …« Zerknirscht stellte er fest, dass seine Stimme eher zittrig klang als stark.

Die anderen schauten ihn erstaunt, aber auch verächtlich an.

»Bei uns kannst du dich nicht einkaufen«, rief schließlich einer.

Dann ein anderer: »Und was willst du mit deinem kleinen Freund da hinten machen? Willst du seinen Rollstuhl an einem Seil hinten an dein Fahrrad binden und hinter dir herziehen, oder was?« Die ganze Gruppe fing an zu lachen.

Jonas senkte seinen hochroten Kopf und ging mit zusammengebissenen Zähnen wieder auf seinen Platz. Er starrte auf ein Blatt Papier vor sich, um Benjamin nicht anschauen zu müssen. Die Jungen beachteten ihn nicht weiter und fingen wieder an zu reden. Vorsichtig schielte Jonas zu Benjamin hinüber. Benjamin wusste, dass es schwer war für Jonas. Er war aber auch erleichtert, dass sie ihn abgewiesen hatten. Für einen Moment hatte er gedacht, sie könnten Jonas aufnehmen, ihn aber nicht. Nein, er versuchte den Gedanken zu verdrängen. Jonas würde ihn nicht im Stich lassen. Dann lächelte er ihn schief an. Zum zweiten Mal an diesem Morgen.

Als der Unterricht vorbei war, fingen sie langsam an, die

Schulsachen in ihre Taschen zu stopfen. Sie hatten es gerne, nach allen anderen aus dem Klassenzimmer zu gehen. So konnten sie sich Zeit lassen und hatten die anderen nicht im Rücken. Jonas lehnte sich auf die Griffe von Benjamins Rollstuhl, während er ihn aus der Schule schob. Er war erleichtert, dass Benjamin ihm wegen seiner Aktion nach der Pause nicht böse war.

»Tut mir leid wegen vorhin«, sagte er leise zu ihm.

»Ich weiß«, antwortete Benjamin, »gehen wir jetzt in den Park?«

Geburtstag

Jonas wachte mit einem unguten Gefühl auf. Es war Samstag, und er hatte Geburtstag. Was bei anderen Freude auslöste, hasste er: die Geschenke. Er versuchte, Zeit zu schinden, indem er so lange wie möglich im Bett blieb und versuchte weiterzuschlafen. Als es dann aber schließlich Mittag war, zwang er sich aufzustehen. Doch schon als er den linken Fuß aus der warmen Bettdecke schob und sich aufsetzte, wurde ihm schlecht. Trotzdem stand er auf und schlurfte über die kalten Marmorfliesen in die Küche. Er würgte eine Schale Cornflakes runter und ging dann ins Bad. Er hatte Angst vor der Post und setzte sich vor den Fernseher, um sich abzulenken. Doch das wollte nicht klappen, er konnte nur an den Umschlag mit dem blauen Firmenlogo denken. Schließlich schaltete er den Fernseher aus, und genau in dem Moment läutete es an der Tür. Waren es seine Eltern? Wohl kaum, die würden ja nicht klingeln. Benny! Er rannte zur Tür und machte auf. Vor ihm war Benny mit einem großen Karton auf dem Schoß und grinste ihn an.

Jonas stellte den Karton auf dem Küchentisch ab und setzte sich hin.

»Na los, mach schon auf«, rief Benjamin.

Jonas öffnete langsam den Deckel des Kartons, und ein riesiger Kuchen mit Schokoladenglasur und Zuckerschrift kam zum Vorschein. Dort stand »Happy Birthday Jonas«.

»Selbst gemacht«, sagte Benjamin.

»Oh, danke!«, rief Jonas und starrte den Kuchen an.

»Willst du nicht mal ein Messer holen?«, fragte Benny und lächelte.

Das ließ Jonas sich nicht zweimal sagen und holte sofort ein Messer, zwei Teller und zwei Gabeln. Für einige Minuten herrschte Stille, man konnte nur zufriedenes Kauen und Schmatzen hören.

»Du bist echt der beste Freund, den man haben kann«, sagte Jonas schließlich, nachdem er sein zweites Stück vertilgt hatte.

Benjamins Gesichtsausdruck wurde ernster. »Hast du schon nach der Post geschaut?« Er sah ihn fragend an.

»Nein«, sagte Jonas leise.

Benjamin nickte kauend. »Du musst es sowieso irgendwann machen, wieso dann nicht jetzt, dann hast du es hinter dir?«

Jonas schaute ihn eine Zeit lang an. »Okay.« Er ging hinaus zum Briefkasten. Draußen war es wesentlich wärmer als in dem klimatisierten Haus. Die Sonnenstrahlen taten ihm gut. Durch das kleine Fenster am Briefkasten konnte er sehen, dass etwas darin war. Er steckte den Schlüssel ins Schloss, drehte ihn langsam um und öffnete die Tür. Ein bekannter Briefumschlag war zu sehen. Er nahm ihn heraus und setzte sich auf die sonnengewärmten Treppenstufen. Benjamin rollte auf ihn zu und blieb vor ihm stehen. Vorsichtig riss Jonas den Umschlag auf und schaute hinein. Zwei kleine Papiere waren zu sehen. Ein Scheck und ein kleines Stück Papier, auf dem stand: »Kauf dir was Schönes, Mama & Papa«. Jonas wartete darauf, dass sich sein Magen zusammenzog und dass es ihm die Kehle zuschnürte. Doch komischerweise passierte nichts von dem.

Benjamin schaute ihn fragend an: »Alles okay?«

Jonas nickte und lächelte dann: »Ich glaube, es ist mir inzwischen egal. Die sollen doch machen, was sie wollen, denn dann mache ich, was ich will.«

»Was willst du denn machen?«, fragte Benjamin.

»Ich will weg hier. Ich schaffe es vielleicht nicht bis Australien, aber zumindest weg von hier«, antwortete Jonas.

»Wieso willst du weg? Alles, was du brauchst, ist hier.«

Jonas wiegte den Kopf hin und her. »Ich will einfach nur weg, was erleben, raus hier. Kommst du mit? Morgen am Bahnhof.«

Benjamin überlegte. War es eine gute Idee? Wollte er hier weg? Aber so ein kleines Abenteuer, das wäre wirklich toll. »Ja, ich komme mit«, antwortete er.

Morgenluft

Kurz nachdem Benjamin gegangen war, fing Jonas an, einen Rucksack zu packen. Er war aufgeregt und freute sich auf das Abenteuer. Die werden sich wundern, dachte er.

Ziemlich früh ging er zu Bett, er musste ja zeitig aufstehen. Doch er konnte nicht schlafen. War er seinen Eltern wirklich egal? Würden sie nicht einmal nach ihm suchen? Du denkst wieder zu viel nach, versuchte er sich zu beruhigen. Das ist nur die Aufregung. Entschlossen drehte er sich zur Wand.

Benjamin hatte auch ein paar Sachen eingepackt. Den ganzen Abend hatte er daran gedacht, dass er am nächsten Tag wegfahren würde, und hatte die Menschen in seinem Heim genauer angesehen als sonst. Da waren die anderen Jungen, die ihn immer respektierten, die nette Köchin, die ihm jedes Mal eine extra große Portion gab, die Aufseherin, die stets ein Auge zudrückte, wenn man zu spät kam. Er würde sie vermissen. Aber der Ausflug würde wohl nicht allzu lange dauern. Vielleicht sah Jonas von selbst ein, dass es keine gute Lösung war, einfach abzuhauen. Oder seine Eltern reagierten endlich mal.

Nachdem er gepackt hatte, ging auch er früh schlafen. Hoffentlich war es morgen nicht zu schwer, sich rauszuschleichen.

Jonas hatte den Wecker auf sechs Uhr gestellt. Doch er wurde vor Aufregung schon viel früher wach und zog sich an. Zum Frühstück bekam er keinen Bissen hinunter, ihm war schlecht. Um sich zu beruhigen, ging er den Plan noch einmal durch. Sie würden um halb acht in den Zug einsteigen und nach Berlin fahren. Dort würden sie am Nachmittag ankommen und sich ein Hotel suchen. Hoffentlich informierte man dort nicht die Polizei, sie waren ja noch minderjährig. Sein Magen zog sich zusammen. Vielleicht doch besser in die Jugendherberge? Sie konnten einfach behaupten, sie seien auf einem Schulausflug oder so … Jonas verdrängte den Gedanken schnell wieder. Er schaute auf die Uhr. Es war genau sieben. Er setzte den Rucksack auf und machte sich auf den Weg. Bis zur nächsten Bushaltestelle brauchte er nur fünf Minuten und mit dem Bus zum Bahnhof zehn Minuten. Es war noch ein wenig dämmrig draußen, und kaum jemand war unterwegs. Kein Wunder, es war ja Sonntag. Er ließ sich die kalte Luft um den Kopf wehen. Das liebte er. Er versuchte an nichts zu denken, sich zu beruhigen, doch die Zweifel kamen immer wieder. War es eine gute Idee? Was war, wenn die Polizei kam, dann würde es einen Riesenärger geben. An der Bushaltestelle setzte er sich auf die kühle Bank und schloss die Augen. Ihm war speiübel. Nach ein paar Minuten konnte er das Motorgeräusch des Busses hören, er öffnete die Augen und stand langsam auf. Am Steuer saß ein älterer Mann.

»Na, mein Junge, wo soll's denn hingehen?«, fragte er mit rauer Stimme.

Jonas zuckte zusammen, er war immer noch in seinen Gedanken versunken gewesen. Er stotterte. »Ähm, äh, zum Bahnhof. Ich, äh, besuche meine Tante.« Schnell drückte er dem Busfahrer das Geld in die Hand und setzte sich ganz nach hinten. Langsam setzte sich der Bus in Bewegung. Bäume, Straßenschilder, Häuser, alles sauste an ihm vorbei, und er konnte es nur noch verschwommen sehen. Er schloss wieder die Augen und sah seine Eltern, die zu zweit Weihnachten in Russland feierten, lächelnd, dann Polizisten mit ihm und Benjamin im Schlepptau. Schnell riss er die Augen wieder auf. Noch eine Minute, dann war er am Bahnhof.

Auch Benjamin war früh aufgestanden. Im Dunkeln hatte er sich angezogen und seine Tasche geschnappt. Komischerweise machten die Räder seines Rollstuhls viel mehr Lärm als sonst. Quietschten sie, oder bildete er sich das nur ein? Mit einem Ruck drehte sich Robin um. Benjamin zuckte zusammen und hielt den Atem an. Er wartete still, rührte sich nicht, bis Robins Atem wieder gleichmäßig wurde. Vorsichtig atmete Benjamin aus und versuchte so leise wie möglich aus dem Zimmer auf den Flur zu rollen. Das Parkett knarzte und krachte. So schien es zumindest Benjamin. Als er am Ende des Flurs angekommen war, versuchte er vorsichtig die Tür zu öffnen, doch ein lautes

Quietschen war zu hören. Benjamin fluchte leise. Jetzt musste er nur noch durch die Haupttür. Er hatte das Gefühl, mittlerweile das ganze Heim aufgeweckt zu haben. Als er draußen war, atmete er erst einmal tief durch. Jetzt gab es kein Zurück mehr. Er käme wohl kaum unbemerkt wieder in sein Zimmer. Bis zum Bahnhof war es nicht weit, und er hatte noch gute fünf Minuten. Ob sie es wohl schaffen würden, ihren Plan in die Tat umzusetzen? Würde das Heim ihn wieder aufnehmen? Er hatte ein schlechtes Gewissen. Nach allem, was man dort für ihn getan hatte, haute er einfach ab. Das Atmen fiel ihm schwer. Wo sollte er dann hin?

Vereinzelt fuhren Autos vorbei, doch sonst war es still. Es kam ihm vor, als wäre die ganze Stadt ausgestorben. Am Bahnhof angekommen, rollte er durch die große Eingangstür und sah auf der Anzeigetafel nach, zu welchem Gleis er musste. Schon von weitem sah er Jonas dort stehen. Er war aufgeregt und trat von einem Bein aufs andere. Er war auch blasser als sonst, oder bildete sich Benjamin das nur ein?

»Alles in Ordnung?«

»Ja klar«, sagte Jonas, »und bei dir?«

Benjamin nickte stumm und starrte die Gleise an. Es ging immer noch ein leichter Wind, und er fröstelte. Er zog sich die Jacke enger um den Leib. Plötzlich krächzte eine Stimme irgendetwas Unverständliches aus dem Lautsprecher. Jonas zuckte zusammen.

Nach einigen Minuten sagte er mit leiser Stimme: »Was meinst du? Meinst du, es bringt etwas?«

Benjamin dachte nach: »Ich weiß nicht. Ist abhauen eine gute Lösung?«

Jonas starrte weiter auf die Gleise. Seine Befürchtungen kehrten wieder, er schüttelte den Kopf. »Ich glaube nicht. Ich glaube, das würde es nur noch schlimmer machen.«

Benjamin nickte.

Jonas schaute ihn unsicher an: »Sollen wir einfach wieder zurückgehen?«

Benjamin grinste: »Ich glaube schon.«

Langsam verließen sie den Bahnhof, Jonas schob Benjamin.

Keiner von beiden sagte etwas. Jonas steuerte den Park an. Man hörte nur die Blätter im kalten Wind rascheln. Nach und nach waren immer mehr Menschen zu sehen, es schien, als würde die Stadt allmählich aufwachen. Kurz bevor sie »ihre« Bank erreicht hatten, fragte Jonas leise: »Du hast es die ganze Zeit gewusst und nur darauf gewartet, dass ich selbst drauf komme, oder?«

»Stimmt.«

Als Jonas am späten Nachmittag nach Hause kam, blinkte das Lämpchen am Anrufbeantworter. Er drückte auf den Knopf, und eine fröhliche Stimme war zu hören:

»Jonas, hier sind Mama und Papa. Wir kommen morgen Abend nach Hause.« Jonas lächelte

EIN PAAR WOLKEN UND EINE TAFEL SCHOKOLADE

JULIA
ROTHENBURG

Wenn ich die Augen schließe, sehe ich ihn noch vor mir wie beim ersten Mal. Er saß auf der rostigen Schaukel des alten Spielplatzes und schaute in die Wolken. Er tat das mit einer solchen Hingabe, dass ich, nachdem ich ihn eine Weile beobachtet hatte, einfach nicht anders konnte, als meinen Blick ebenfalls nach oben zu wenden. Die Wolken waren an diesem Tag dick und grau, nicht solche dünnen weißen Nebelfetzen, wie man sie sonst häufig sieht, und ich musste daran denken, dass es wohl bald regnen würde.

Nach einer Weile wurde ich es müde, immerzu in die Wolken zu starren und begann, meine Finger in den feuchten Sand zu bohren. Dabei beobachtete ich ihn unentwegt.

Ich weiß nicht genau, warum, aber sein Gesichtsausdruck faszinierte mich auf seltsame Weise. Er hatte etwas, was mir fehlte.

Irgendwann stand er auf und ging, dabei wandte er kurz seinen Blick in meine Richtung.

Fast jeden Tag war er auf dem Spielplatz. Immer allein. Und immer war ich auch da, um ihn zu beobachten. Während ich ihn anschaute, dachte ich mir Namen für ihn aus: Tim, Boris, Frieder, Hans, Georg. Mit der Zeit hatte er immer mehr Namen. Und jeden Tag erdachte ich eine neue Geschichte für ihn.

Irgendwann kannte ich sein Gesicht so gut, dass ich sogar seine Mimik zu deuten vermochte. Seine Augen hatten jedes Mal den gleichen seltsamen Ausdruck und ruhten auf den Wolken oder irgendwo dahinter. Doch seine Mundwinkel hielten nie still. Oft meinte ich, den leisen Anflug eines Lächelns zu sehen, doch meistens waren seine Mundwinkel nach unten gezogen. Immer wenn er kurz davor war zu gehen, kniff er die Lippen ein wenig zusammen. Abends, wenn ich allein in meinem Zimmer saß, übte ich, zu schauen wie er.

Eines Tages dann kam er nicht. Ich wartete stundenlang auf ihn, doch als der Himmel sich langsam rot und dann schwarz färbte, musste ich enttäuscht nach Hause gehen. Ich hatte das Gefühl, um meinen besten Freund betrogen worden zu sein.

Auch in den folgenden Wochen kam er nicht. Jeden Tag war ich auf dem Spielplatz und wartete auf seine Ankunft. Das Warten wurde mir mit der Zeit genauso zur Routine wie zuvor das Beobachten, so dass er, obwohl er nicht da war, einen festen Platz in meinem Leben behielt.

Dann eines Tages, es muss im Frühling gewesen sein, denn die Bäume rings um den Spielplatz hatten begonnen, sich mit Blüten zu füllen, sah ich ihn endlich wieder. Ich war auf dem Rückweg von der Schule, da stand er plötzlich. Direkt vor einem Supermarkt-Schaufenster. Er starrte hinein, mit der gleichen Hingabe, mit der er zuvor die Wolken beobachtet hatte. Dann ging er in den Laden, langsam und bedächtig, als würde er jeden Schritt genau abwägen. Vorsichtig folgte ich ihm, ebenso langsam wie er und mit einem seltsamen Glücksgefühl im Magen.

Er stand vor dem Regal mit der Schokolade und schaute auf die grellbunten Verpackungen. Verloren sah er inmitten dieser bunten Waren aus, er, der mich immer an Wolken erinnerte. Und an Regen.

Er streckte die Hand aus und griff eine Tafel Schokolade. Dann schob er sie unter sein T-Shirt und ging, etwas schneller jetzt, zum Ausgang.

Es war seltsam, ihn bei so etwas zu beobachten, und es erschreckte mich. Gleichzeitig nahm ich es hin, so, wie ich alles hinnahm, was er tat.

Kurz bevor er den Laden verlassen konnte, wurde er aufgehalten. Eine Verkäuferin musste ihn beobachtet haben, denn sie zeigte auf sein T-Shirt und schüttelte den Kopf. Sie hatte kein Verständnis für ihn.

Ohne ein Zeichen von Reue zog er die Tafel hervor. Die Verkäuferin schimpfte laut mit ihm, doch er sah durch das Schaufenster an ihr vorbei nach draußen, als hörte er sie gar nicht.

Ich ging näher, mein Herz pochte so laut, dass ich meinte, jeder könnte es hören. Ich hatte noch einen Euro in meiner Tasche, den hatte mir meine Mutter für das letzte Zeugnis gegeben. Ich hatte das Geld sparen wollen, doch jetzt zog ich es heraus und hielt der Verkäuferin entgegen. Sie musterte mich prüfend, doch dann nahm sie es und gab mir die Schokolade.

Ich drückte sie ihm in die Hand. Vorsichtig schlossen sich seine Finger darum, dann wandte er sich ab und lief aus dem Laden. Nur einmal trafen sich unsere Blicke flüchtig. Er lächelte. Dann war er verschwunden und ließ mich mit einem seltsam frohen Gefühl im Bauch zurück.

Von nun an kam er auch wieder auf den Spielplatz, doch erst beim zweiten Mal traute ich mich endlich, ihn anzusprechen. Als er mich sah, lächelte er. Ein Lächeln, das ich noch heute vor meinen Augen sehe. Dann zog er die Schokolade unter seinem T-Shirt hervor und brach mir ein Stück ab.

Seitdem trafen wir uns jeden Tag. Meist saßen wir schweigend nebeneinander. Die Stille war in seiner Anwesenheit nicht unangenehm, sondern wohltuend. Die Sprache war etwas Überflüssiges, Störendes. Manchmal erzählte ich ihm auch etwas von mir, doch ihn hörte ich nie reden. Nur einmal, als ich ihm heimlich folgte, als er nach Hause ging, hörte ich ihn leise vor sich hin summen. Ansonsten aber umgab ihn stets ein Kokon des Schweigens.

So wuchsen wir gemeinsam auf. Und in gewisser Weise wurde er zum Angelpunkt meines Lebens. Ich erinnere mich, dass ich oft traurig war wegen irgendwelcher Kleinigkeiten, die mir in der Schule oder zu Hause passiert waren. Und manchmal war ich so wütend, dass ich das Gefühl hatte, mein Kopf müsste bersten. Doch dann war er da. Still und jedes Mal mit dem Blick in den Wolken. Er war mein bester Freund, obwohl ich noch nicht einmal seinen Namen erfuhr. Aber das machte nichts, ich hatte ihm ja Namen gegeben, viele sogar, und jeden mit einer Geschichte dazu.

Noch heute spüre ich die Enttäuschung, die ich damals fühlte, als er nicht mehr kam. Wieder wartete ich Wochen auf dem Spielplatz. Diesmal lief ich sogar auf der Suche nach ihm durch die Stadt. Immer an den Schaufenstern machte ich Halt und spähte hinein. Vielleicht war er ja da. Sogar einen Euro hatte ich dabei, für alle Fälle. Doch gesehen habe ich ihn nicht.

Erst später erfuhr ich, wo er geblieben war. Unsere Nachbarin erzählte es meiner Mutter. Sie kannte seinen Vater, einen Handwerker aus dem Kosovo. Er hatte sie immer so nett gegrüßt. Man hatte sie ausgewiesen. Ganz plötzlich war es gekommen. Der Vater hatte keine Arbeit finden können, und da war es passiert. »Abgeschoben«, nannte es die Nachbarin. Ich verstand nicht genau, was sie meinte, aber dass ich ihn nicht wiedersehen würde, das verstand ich.

Noch heute bin ich traurig, wenn ich in die Wolken schaue. Denn sie erinnern mich immer an Regen. Und an ihn. Alle Freundschaften, die ich von da an schloss, waren mir niemals so lieb, wie seine es gewesen war. Ich fühlte mich mit niemandem so wohl, wie ich mich mit ihm gefühlt hatte. Vielleicht ist es eben genau das, was Freundschaft ausmacht. Ein paar Wolken und eine Tafel Schokolade.

DER TIM UND ICH

RITA RAMSBROCK

Mein Vorname ist Rita und mein Nachname ist Ramsbrock und ich bin 49 Jahre alt. Ich hatte einen Freund. Er hieß: »Karl Herbert H«. Er lebt im Wichernhaus. Er kam ab und zu hierher, um mich zu besuchen. Er sagte da Folgendes, nämlich: »Dass ich laufen lernen soll«. Aber leider funktioniert das nicht. Und das versuchte die Betreuerin Rosi ihm zu erklären. Doch leider vergebens. Er hat es nicht gerafft. Da machte ich mit ihm Schluss. Dann war ich eine Zeit lang solo. Dann freundete ich mich mit einem Rollstuhlfahrer an. Er heißt: »Andreas U.« Auch diese Freundschaft klappte nicht. Am 27. April 2005, da lerne ich den Bewohner Tim N. kennen. Und das war so. Nämlich: »Er kam in den Speisesaal. Ich war schon mit dem Mittagessen fertig. Er ging nach vorne zur Theke, um sich Essen zu holen.« Er sagte: »Oh, kein Platz.« Ich sagte zu ihm: »Setz dich doch zu mir.« Und das tat er dann auch. Ich fragte ihn: »Bist du wieder alleine?« Er sagte: »Ja.« Und so entstand die Freundschaft. Mittlerweile sind wir auch schon verlobt. Und wollen uns segnen lassen. Das ist fast so wie heiraten. Wir dürfen auch schon miteinander schlafen. Aber nur am Wochenende. Nämlich: »Freitags und samstags.« Die anderen Tage muss ich alleine schlafen. Zum Beispiel: »Montags.« Aber Kinder wollen wir keine haben. Der Bewohner Tim wohnt eben hier in unserem Haus. Nämlich: »Im Haus

Rafael.« So heißt es. Nämlich: »Das Haus.« Er wohnt auf der Gruppe drei. Er ist 23 Jahre alt. Er ist am 17. Februar geboren. Nämlich: »Der Bewohner Tim.« Er hat zum Beispiel Wäschedienst. Er muss sich jeden Tag baden. Er kann aber auch duschen gehen. Ich habe ihn lieb, und er hat mich auch lieb. Wir sind glücklich miteinander. Er hat zwei Hörapparate. Denn er hört schlecht. Wenn er bei mir im Bett liegt und bei mir schläft, dann macht er sich so dick im Bett, dass ich kaum Platz habe. Jeden Abend kommt er zu mir hoch. Nämlich: »Um 20 Uhr, und geht um 21 Uhr 30 wieder runter.« Er ist 26 Jahre jünger als ich. Wir schmusen jeden Abend und reden. Ich nenne ihn wie folgt: »Ochse, Baby, Vogel, Wildsau, Pillemann.« Doch vorher, da war er mit der Denise und mit der Lisa zusammen. Denn wir gehen beide in die Werkstatt für Behinderte. Nämlich: »Der Tim und ich.« Ich wohne auf der Gruppe zwei. Ich bin froh, dass ich ihn fand. Ab und zu mal, da gehen wir Eis essen, denn das dürfen wir, denn meine gesetzliche Betreuerin ist meine Schwester, und die hat »Ja« gesagt. Sex gehört auch zur Freundschaft. Aber wir machen keinen Sex. Immer dann, wenn er pfeift oder rülpst, kriegt er eine geplästert. Beim Schmusen gehe ich ihm an sein Glied. Die Zimmertür ist dann immer abgeschlossen. Damit wir beim Schmusen nicht gestört werden. Bevor er runtergeht, nimmt er meinen Verlobungsring ab und gibt mir einen Gutenachtkuss. Ab 21 Uhr 30, da bin ich allein im Zimmer und im Bett. Ich sehe dann noch eine halbe Stunde fern. Um 22 Uhr, da mache ich den Fernseher aus und schlafe. Manchmal, da ist es so, nämlich: »Dass ich noch mal auf die Bettpfanne muss.« Dann drücke ich auf Notruf. Dann kommt meistens schon die Nachtwache. Es sind drei Nachtwachen, die hier arbeiten. Nämlich: »Die Annemarie, die Annette, und der Achim.« Wir verstehen uns. Nämlich: »Der Tim und ich.« So soll es auch sein. Ab und zu, da streiten wir uns. Aber wir vertragen uns auch wieder. Ich bin jetzt viel auf Gruppe drei und höre viel Musik. Jeden Sonntag, da geht er nach Hause zu seinen Eltern. Aber er kommt wieder. Er hat auch einen Kollegen. Er heißt: »E. Schwarz.« Tims große Schwester arbeitet als Notärztin. Sein Vater ist auch berufstätig. Seine Mutter ist ebenfalls berufstätig. Ab und zu, da essen wir in meinem Zimmer zu Abend. Dann geht er los und holt für mich einen Salat und für sich eine Pizza. Jede Woche Freitag findet unten ein Treffen statt, nur wenn die Nachtwache Annemarie Nachtwache hat, dann fällt es aus. Nämlich: »Das Treffen.« Ab und zu spielt er mit mir irgendein Spiel, das ich auch kann. Aber das ist nicht immer der Fall. Denn die Nachtwache Annemarie kann mich nicht alleine aus dem Bett heben und nicht rein. Denn er darf mich nicht alleine heben. Nämlich: »Der Tim.« Ab und zu, da esse ich auf der Gruppe drei zu Abend. Aber das ist nicht immer der Fall. Dann gibt es Kartoffeln, Spinat und Bratwurst. Denn ich esse dieses Essen so gerne. Ich war auch schon mal bei ihm auf dem Wasserbett. Es befindet sich drüben in der Tagesstätte. Nämlich: »Das Wasserbett.« Dort haben wir geredet. Nur das Datum, das weiß ich nicht mehr. Ich nehm ihn so, wie er ist. Ab und zu, da rastet er auch aus. Nämlich: »Der Tim.« Aber dafür kann er nichts. Im September, da fahren wir zusammen in die Freizeit. Nämlich: »Von hier aus.« Nämlich: »Am 11. September 2006, und bleiben 12 Tage weg.« Es fand auch schon ein Gespräch mit unserem Pastor statt. Der Pastor erklärte uns dann Folgendes: Nämlich: »Was das Wort ›Segnung‹ eigentlich bedeutet.« Man muss immer füreinander da sein. Es bedeutet dann Folgendes. Nämlich: »Einfach nur Gutes wünschen.« Nun finden noch zwei Gespräche statt. Nämlich: »Mit dem Pastor.« Nämlich: »Im August und im September.« Ab und zu, da fahren wir zum Schwimmen. Nämlich: »Mit dem Werner K., das ist der Heimleiter.« Man muss treu sein. Das hat der Pastor gesagt. Er nennt mich Flachtasche. Nämlich: »Der Tim.« Er weiß aber nicht, was das ist. Nämlich: »Flachtasche.« Danach hab ich ihn gefragt. Als Verlobungsgeschenk bekamen wir eine Tasse. Auf der Tasse, da sind wir abgebildet. Nämlich: »Der Tim und ich.« Und ne Karte. Das erste Gespräch fand am 20. Juli 2006 statt. Er hat auch eine Verbandstasche. Nämlich: »Der Tim.« Auch er hat einen gesetzlichen Betreuer. Es ist der Bernd M. Immer dann, wenn der Tim mit der Bewohnerin Denise zusammen ist, dann denke ich Folgendes, nämlich: »Dass die Bewohnerin Denise ihn mir wegnehmen will.« Aber das stimmt gar nicht. Er hat jede Menge Autos in seinem Zimmer. Er hat ungefähr 200 Autos. Er hat auch eine Eisenbahn. Wir haben uns schon Ringe ausgesucht. Die Verkäuferin legt sie für uns zurück. Nämlich: »Die Ringe.« Die Ringe kosten 160 Euro. Es werden bei mir jede Woche 10 Euro abgezogen, denn ich brauche nur 80 Euro zu bezahlen. Und der Tim braucht auch nur 80 Euro zu bezahlen. An der Eisenbahn befindet sich eine Uhr mit Strichen. Man braucht nur Folgendes zu machen. Nämlich: »Die Uhrzeit einzustellen, und schon geht die Uhr am nächsten Morgen an.« Er trug da auch Windeln. Aber jetzt nicht mehr. Nämlich: »Der Tim.« Er hat auch mehrere Speisepläne. Die bekommt er von Frank. Das ist ein Bewohner der Gruppe drei. Woher der Frank sie bekommt, weiß ich leider nicht. Wir waren auch schon in Düsseldorf. Es war ein Betreuer dabei. Nämlich: »Betreuer Helmut.« Wir guckten uns Flugzeuge an. Wie sie starten und landen. Nämlich: »Die Flugzeuge.« Leider konnten wir nicht so lange in Düsseldorf bleiben, denn um 20 Uhr mussten wir wieder zu Hause sein, denn der Betreuer Helmut hatte Zwischendienst. Am 17. August, da findet eine Schnitzeljagd statt. Er nimmt auch daran teil. Nämlich: »Der Tim.« Ich würde am liebsten arbeiten, aber das geht ja leider nicht. Ich bin nämlich schon angemeldet. Wir sind nun schon 16 Monate zusammen. Nämlich: »Der Tim und ich.« Nämlich: »Am 27. August 2006.« Irgendwann, da fährt er mit dem Betreuer Leif zum Zelten. Dann lässt er mich allein. Denn mit ihm zum Zelten, das kann ich leider nicht. Über Weihnachten, da lässt er mich auch allein. Aber nicht so lange. Irgendwann, da kommt er auch zurück. Er hat auch ein Handy. Aber da bin ich mir gar nicht so sicher. Aber er raucht. Er dreht seine Zigaretten selbst. Er geht jede Woche Donnerstag einkaufen. Nur dann, wenn ein Feiertag ist, dann geht er an einem anderen Wochentag einkaufen. Nämlich: »Der Tim.« Wenn er bei mir im Bett liegt und wir schmusen, dann sagt er immer: »Oh, oh!« Und verzieht dabei seinen Mund. Er schnarcht. Nur er merkt es nicht, wenn er schnarcht. Er sagt auch das Wort »blasen«. Ab und zu, da verarscht er mich. Das finde ich nicht so gut. Wir haben Spaß. Nämlich: »Der Tim und ich.« Ab und zu lässt er seine Hörgeräte saubermachen. Dann darf ich mit. Wenn ich mit der Betreuerin Sabine fahre, dann fährt er mit. Wenn es die Betreuer der Gruppe drei erlauben. Er hatte auch einen Bruder, aber der starb schon ziemlich früh. Das hat der Tim mir gesagt. Er hat auch Ratten. Er hat auch eine Katze. Zu Hause, da befindet sich sein Zimmer unten im Keller. Nämlich: »Treppe runter.« Mein Wunsch ist der, nämlich: »Einmal die Wohnung ansehen, in der Tims Eltern wohnen.« Nur geht das leider nicht. Denn das ist schwierig, da hoch zu kommen. Nämlich: »Für mich.« Neulich, da nahm er meinen Fotoapparat mit nach Hause und machte von der Wohnung ein paar Fotos. Er ist dafür verantwortlich, wenn mal Feueralarm ist. Auch dann, wenn es ein Fehlalarm ist. Er muss dann dafür sorgen, dass alle rausgehen. Außer die Rollstuhlfahrer. So wie zum Beispiel: »Ich.« Ich muss dann drin bleiben. Ich werde dann von der Feuerwehr gerettet. Wie, das weiß ich nicht. Er holt mich täglich vom Bus ab. Nämlich: »Der Tim.« Er hat eine Kassette mit Schimpfwörtern. Auf der Kassette ist Folgendes drauf, nämlich: »Die Rita ist ne Möhre. Der Betreuer Sven S. ist beleidigt. Die Lisa hat in die Hose gemacht. Die Lisa ist ein Baby. Die Denise hat die Hose vollgepisst. Und sie hat die Windeln benutzt. Die Denise hat die vollen Windeln gegen eine neue Windel ausgewechselt. Die Claudia S. hat einen fetten Arsch, und er bleibt so.« Nämlich: »Der Arsch!« Der Betreuer Ralf ist manchmal laut. Aber da kann er nichts für. Er hat eine Kette und ein Armband. Er sagt auch immer »ficken«. Er sagt auch immer »bumsen«. Nämlich: »Der Tim.« Ab und zu, da liege ich auf seinem Bauch. Aber das ist nicht immer der Fall. Sondern: »Nur dann, wenn ich es möchte.« Er hat auch zwei Mützen. Er kommt täglich um 10 Uhr in die Gruppe. Nämlich: »Der Tim.« Dann ertönt ein Gong, dass die Frühstückspause beginnt. Um 10 Uhr 15 dann ist sie zu Ende. Nämlich: »Die Frühstückspause.« Und es muss wieder weitergearbeitet werden. Er arbeitet mit Maschinen. Er arbeitet im Stehen. Er hat auch Helfer. So um die 20 Stück. Er baut damit Modelle. Alles Mögliche. Er hat auch einen Roller. Jeden Sonntag, da kommt Notruf im Fernsehen. Nämlich: »Um 19 Uhr 15.« Er guckt sich diese Sendung an. Nämlich: »Notruf.« Die Sendung kommt auf RTL und dauert bis 20 Uhr 15. Ab 20 Uhr 15, da kommt dann etwas anderes. Auf RTL II, da kommt jeden Montag Mister Bean. Und die Sendung, die gucken wir uns jeden Montag an. Nämlich: »Der Tim und ich.« Ab und zu, da dreht er ne Runde mit dem Betreuer Reimund auf dem Motorrad. Aber das ist nicht immer der Fall. Er sagt auch immer: »Ich würde essen wie ein Schwein.« Aber dafür kann ich nun mal nichts, wenn ich schlabbere. Dann macht er mir meinen Mund sauber. Wir machen täglich zusammen Mittagspause. Meine Mittagspause ist um 12 Uhr 45 zu Ende. Um 14 Uhr, da ist dann noch mal eine Pause. Nämlich: »Eine Kaffeepause.« Dann kommt der Tim. Er hat auch Geschirr. Er hat auch einen Werkzeugkasten. Er sagt auch immer: Dass ich langsam essen soll. Er sagt auch immer: »Kannst du nicht ordentlich essen?« Er wartet immer so lange, bis ich mit dem Essen fertig bin. Tims Mittagspause geht ein bisschen länger als meine. Wie lange, das weiß ich nicht. Er hatte auch zwei Läufer: »Der Tim.«

ELEFANTENKÜSSE

CLAUDIA
GELLERMANN-SCHULTES

Die Welt geht unter, so denkt man immer. Wenn Regen fällt. Die Tropfen machen Kreise auf dem Wasser des Swimmingpools. Die Kreise fließen zusammen, es ist nur noch eine einzige brodelnde Brühe. Nein, damit tue ich unseren Pool-Boys unrecht. Natürlich ist es keine Brühe, die da unter unserem Balkon wabert. Das Wasser ist klar, wie meine Gedanken, wie meine Empfindungen. Ich fühle einen Schmerz, rechts unten, da, wo die Hand mal war. Das kann nicht sein, sagen die Ärzte, wir haben vor der Amputation eine Lokalanästhesie gemacht, Sie können keinen Schmerz mehr empfinden. Das mag ja richtig sein. Trotzdem fühle ich ein dumpfes Drücken im rechten Daumen oder vielmehr da, wo der Daumen mal war. Mein Arm ist weg, von der Schulter abwärts. Dort, wo mein Arm einmal war, ist jetzt nichts, na ja, nur noch ein kleiner verbundener Stumpf, der lustig zuckt, wenn ich denke, ich sollte mal die Hand heben.

Zugegeben, so lustig ist es gar nicht. Ich bin mit meinem Arm in eine Walze geraten, eine Druckerwalze. Normalerweise kann das gar nicht passieren, Arbeitsschutz, Sie wissen schon. Darum muss ich auch ständig erklären, wie das mit dem Arm passiert ist. Ein Autounfall wird immer akzeptiert oder Gartenarbeit, vielleicht sogar eine Sägemühle, aber eine Druckerpresse? Da sind Sie doch bestimmt versichert, heißt es dann. Ja klar, wenn es während der Arbeitszeit passiert wäre, schon, aber ich habe nur einer Freundin einen Gefallen tun wollen. Ihre Geschichte, vielmehr ihre Lebensgeschichte, einmal gedruckt, damit sie dafür einen Verleger findet. Ihre Geschichte ist spannend, sicher. Mann weg, Tochter vergewaltigt, dann aufgestanden und eine Ausbildung als Psychotherapeutin gemacht. Ich lese diese Geschichte gerne – und mit mir bestimmt viele, viele Menschen, aber ist es einen Arm wert?

»Willst du noch ein Bier?« Marika reißt mich aus meinen Gedanken. Sie ist so fürsorglich. Den ganzen Vormittag schon sitze ich auf dem Balkon und schaue den Regentropfen zu, die allmählich das Schwimmbecken zum Überlaufen bringen.

»Ja klar, eins geht noch!«

Wortlos bringt sie mir noch ein Bier. Es ist das dritte oder vierte, ich weiß es nicht mehr. Ich weiß sowieso nicht mehr genau, wie die Zeit vergeht. Mein Arm schmerzt, ich starre vor mich hin – auf den Pool, auf das Meer, auf die anderen Hotelgäste, und das schon seit Tagen, vielleicht Wochen? Ich weiß nicht, was ich tun soll. Ohne den rechten Arm kann ich noch nicht einmal mehr ein Buch halten. Ich will es auch nicht. Was soll ich denn lesen? Die Lebensgeschichten anderer Menschen? Oder vielleicht Krimis, in denen Menschen umgebracht werden? Dann brauchen sie wenigstens das Leben nicht mehr zu ertragen. Mir tun jetzt nicht mehr die Opfer, sondern die Kommissare leid, die in einem Wust von Desinteresse irgendeinen jämmerlichen Mörder entlarven müssen. Vielleicht war es ja ein Gnadenakt und kein Mord. Was ist ein Mensch ohne Arm?

»Morgen fahren wir nach Pinnawela«, eröffnet mir Marika mitsamt dem Bier.

Ich nehme einen großen Schluck. Und zünde mir eine Zigarette an.

»Wie viele hast du schon geraucht? Ich dachte, du wolltest aufhören.«

Ich inhaliere lange.

»Lass mir doch das kleine bisschen Vergnügen, das mir noch geblieben ist.«

Sie nennt mich Spinner und verschwindet ins Zimmer. Marika ist die Liebe meines Lebens, aber dennoch versteht sie nicht, was gerade in mir vorgeht. Okay, gerade ist übertrieben. Und vielleicht bin ich auch ein bisschen ungerecht. Sie hat die ganze Krankenhausgeschichte mit mir mitgemacht, hat mich aufgebaut nach der Amputation, hat wie mein Arzt und auch mein Psychologe gesagt, dass es ja nun wirklich nicht so schlimm ist, einen Arm zu verlieren, und dass ich damit umgehen lernen werde. Wenn die wüssten. Die haben ja auch noch beide Arme. Mit rechts mache ich alles. Essen, trinken, schreiben, lieben, alles, was wichtig ist im Leben. Seit zwei Monaten habe ich nichts mehr von alledem getan. Na gut, essen kann ich nun mit links, trinken auch, aber das ist nicht wirklich gut. Pilze schmecken mit links nicht so gut wie Pilze mit rechts, und das Bier auch nicht. Aber man lebt eben weiter.

Warum lebt man? Und wofür? Ich kann alle Sachen, die mir wichtig sind, nicht mehr tun. Ziehen Sie sich mal mit einem Arm an, und dann auch noch mit links! Mein Laptop bringt mich um. Schon mal versucht, mit links auch nur eine E-Mail zu versenden? Na, viel Spaß; das dauert Stunden, kommt mir jedenfalls so vor. Und das Telefonieren geht auch nicht richtig. Bis ich den Hörer zum Sprechen in der Hand habe, mit der ich zuerst die Nummer eingebe, hat der am anderen Ende garantiert aufgelegt. Selbstverständlich bin ich krank geschrieben. Noch drei Monate. Wer will denn auch schon einen rein linkshändigen Journalisten haben, der noch nicht einmal mit links schreiben kann.

Ich dachte immer, das Leben muss Spaß bringen. Ich hatte Freude am Job, an meinen Freunden und natürlich auch an meinem Privatleben. Mit rechts. Und jetzt? Ich fühle mich hilflos wie ein Baby, es macht keinen Spaß mehr. Gar keinen. Außer Marika. Sie ist die Freude in Person. Ich weiß nicht, wie sie immer noch lächeln kann. So lieb, so als würde ich ihr wirklich alles bedeuten. Ich kann es mir nicht vorstellen.

Sie ist ein Schatz, aber ich kann ihr doch nicht das gesamte Leben versauen, nur weil sie sich irgendwann in einen Typen verliebt hat, der jetzt nur noch einen Arm hat. Was hat sie eben gesagt? Wir fahren morgen nach Pinnawela? Sie weiß doch, dass ich nicht wegfahren mag. Sie hat mich nur unter der Prämisse zu diesem Urlaub auf Sri Lanka gekriegt, dass ich nichts zu tun brauche, weil ich nichts tun kann. Da hat sie zugestimmt, ich erinnere mich genau. Und jetzt will sie mich auf einen Ausflug zwingen? Das war nicht abgesprochen, das will ich nicht. Oh, das Bier ist gut. Singhalesisches Bier kühlt gut, sollte man gar nicht meinen.

Der Wecker rasselt gemein. Ich schaue auf die Uhr, es ist sechs Uhr in der Früh. Und ich dachte, ich wäre im Urlaub.

»Los jetzt, unter die Dusche. Der Fahrer kommt in einer halben Stunde.«

Ja, ist die denn von Sinnen? Erstens ist es weit vor meiner Aufwachzeit, und zweitens hatte ich doch wohl deutlich gesagt, dass mit mir keine Ausflüge zu machen sind, oder? Ich quäle zwei Beine aus dem Bett, die Decke hängt quer über meinem Oberkörper, weil ich sie ja nicht richtig abschütteln kann.

»Na los, das Elefantenwaisenhaus hast du mir versprochen.«

Habe ich ein Gedächtnisproblem? Ich habe nichts versprochen. Und außerdem sollte man mal Rücksicht auf meinen Gesundheitszustand nehmen.

»Jetzt hab dich nicht so. Los, das Wasser ist ganz warm.«

Na herrlich, sonst stehe ich immer so spät auf, dass die anderen Hotelgäste das warme Wasser längst verbraucht haben. Es kann nicht schaden, mal in den Genuss einer heißen Dusche zu kommen, wo ich sowieso schon wach bin.

Ich weiß nicht, wie Marika mich in meine Klamotten bugsiert hat, aber jetzt stehe ich am Buffet, wo mir ein freundlicher Kellner einen starken Kaffee reicht und ein Frühstückspaket in die Hand drückt.

»Hier, für Pinnawela. Das können Sie dort gemütlich essen.«

Moment, ich will nicht nach Pinnawela. Was gehen mich Elefanten an? Und ich habe überhaupt keine Lust auf eine ewige Autofahrt über buckelige Sandpisten, wenn ich mich noch nicht einmal festhalten kann; links habe ich keine Kraft im Arm, so weit bin ich noch nicht, und ich will auch nicht. Ich will dieses Leben als Halbmensch sowieso nicht. Warum kann das, bitte schön, niemand akzeptieren?

Sobald ich im Auto sitze, döse ich weg. Es ist noch zu früh für mich. Marika stupst mich an.

»Na, gut geschlafen? Wir sind fast da. Guck mal.«

Ich sehe eine staubige Sandpiste und ein verrottetes Dorf, wie es wohl Hunderte hier gibt. Kein schöner Anblick für jemanden, der gerade seiner Freundin einen Riesengefallen getan hat. Ich grunze und räkle mich.

»Na, komm. Gleich sind wir bei den kleinen Elefanten.«

Wenn sie es so will, na gut. Aber warum konnte sie in Gottes Namen nicht alleine herfahren? Ich hätte schön weiter auf dem Balkon sitzen und den Regentropfen zuschauen können. Komisch, hier regnet es gar nicht. Wie heißt es doch so schön, wenn Engel reisen … Ob es wohl auch einarmige Engel gibt? Lasst mich doch alle in Ruhe.

Der Fahrer führt uns zu einem kleinen Plateau.

»Immer geradeaus laufen, dann kommt ihr zu den Elefanten.«

Ich protestiere. Laufen soll ich auch noch?

»Babe, dir fehlt ein Arm, kein Bein«, lässt Marika herzlos verlauten und setzt sich in Bewegung. Ohne mich an der Hand zu nehmen.

Unverschämtheit, finde ich. Ich bin schließlich Invalide. Mir bleibt nichts anderes übrig, als ihr hinterherzutrotten.

Pinnawela ist ein Elefantenwaisenhaus auf Sri Lanka. Ich habe schon davon gelesen. Hier werden Elefanten aufgenommen, die von ihrer Herde ausgestoßen wurden und alleine ihr Leben wahrscheinlich nur unzureichend fristen könnten. Tut mir ja sehr leid. Aber ich kann mein Leben auch nur unzureichend fristen. Gehe ich deshalb anderen Menschen oder auch Tieren auf den Senkel und lass' mich von ihnen versorgen? Sicherlich nicht. Ich denke, ich weiß, wann Schluss ist. Und ich glaube, es ist bald so weit. Ich kann nichts mehr, was für mich wichtig ist.

»Schau mal, die sind ja riesig.« Marika ist völlig aus dem Häuschen.

Klar sind Elefanten groß. Das war nicht anders zu erwarten. Aber dass sie hier ohne Kette einfach zwischen den Menschen herumlaufen, hätte ich nicht gedacht. Doch die Elefantentreiber werden schon aufpassen, dass nichts passiert: jedenfalls den zahlreichen Menschen nicht, die hier herumstehen und den Tieren beim Frühstück zuschauen. Ein kleiner, schmächtiger Singhalese nimmt Marika bei der Hand.

»Willst du ein Baby streicheln?«

Marika winkt ab. Sie ist Geschäftsfrau und traut dem netten Angebot nicht. Der Typ will sicherlich nur ein Trinkgeld. Ich nicke ihr zu.

»Mach doch, die Gelegenheit kriegst du nie wieder.« Ich weiß, wie sehr Marika Elefanten mag.

Jetzt strahlt sie.

»Komm mit, du willst doch auch ...«

Ich lehne dankend ab und mache ein Foto von ihr und dem Elefantenbaby.

Ein Tier fällt mir auf. Es bewegt sich immer in der Mitte der Herde und scheint nicht so gut zu Fuß zu sein. Er guckt sehr traurig. Bei näherem Hinsehen bemerke ich, dass es nur noch drei Beine hat.

»Das ist unser Star«, klärt mich der Führer auf. »Die Touristen wollen ihn nicht so gerne. Aber es ist ein toller Elefant.«

Aus Höflichkeit frage ich, warum.

»Er ist auf eine Mine getreten, seitdem fehlt ihm das rechte Vorderbein. Alleine könnte er niemals in der Wildnis überleben, aber hier hat er jetzt ein gutes Zuhause.«

Plötzlich interessiert mich der dreibeinige Jumbo.

»Kann ich zu ihm?«

»Ich weiß nicht, den wollte eigentlich noch nie jemand streicheln. Ich weiß nicht, wie er reagiert«, antwortet der Führer etwas erstaunt.

»Na ja, wir sind ja quasi Leidensgenossen«, erwidere ich und wackele mit meinem Armstumpf.

Der Elefant guckt interessiert. Er scheint zu verstehen, was ich gerade gesagt habe und bewegt den Rüssel in meine Richtung.

Ohne auf die Antwort des Elefantenführers zu warten, gehe ich einfach auf ihn zu. Geschrei hinter mir. Die anderen Elefantenführer wollen nicht, dass ich den eingezeichneten Weg verlasse.

»Auf eigene Gefahr«, brülle ich und wackele mit meinem Stumpf.

Das scheint sie zu beeindrucken. Sie grinsen und drehen sich um. Nun bin ich mit meinem Elefanten alleine. Seine Kollegen haben sich auch abgewandt, sie scheinen zu verstehen, dass wir ein ganz besonderes Schicksal teilen. Ich tätschele seinen Rüssel, plötzlich legt er ihn mir um die Schulter, die linke Schulter. Da wo früher mein rechter Arm hing, hängt nun sein Rüssel, es sieht eigentlich ganz normal aus. Marika ist sprachlos. Sie will ein Foto machen, aber der Apparat scheint wie festgefroren in ihrer Hand zu schweben. Sekunden vergehen, die mir wie eine Ewigkeit vorkommen.

»Zwei Kaffee, bitte.« Wir sitzen auf der Terrasse am Fluss. Gleich werden die Elefanten kommen, um ihr tägliches Bad zu nehmen. Ein beeindruckendes Bild, das jeder Besucher auf seinen Film gebannt haben will. Alle haben ihre Video- und Fotokameras gezückt. »Haben Sie eventuell ein Blatt Papier und einen Stift?«, höre ich mich selbst fragen. Was will ich bloß damit? Als es vor mir liegt, ist mir alles klar. Ich nehme den abgegriffenen Kugelschreiber in meine linke Hand und schreibe auf das Papier mit krakeligen Buchstaben »ICH WILL«. Marika schaut mich ungläubig an und bricht in Tränen aus.

»Ich bin so froh! Wer hat das geschafft? Alles das, was ich nicht konnte.«

Ich schaue sie an und muss auch weinen. Ich küsse sie. Immer wieder, ganz fest, Elefantenküsse eben. »Na, ganz einfach. Ein Elefant. Und ich glaube, er heißt Zuversicht!«

FRANS BECKENBAUER, TUSCH UND ICH

PHILIPP ZUREK

Am letzten Kiosk in Montenegro, kurz hinter Podgorica und direkt neben der Europastraße, die hier eher einem notdürftig geteerten Feldweg gleicht, fragte ich noch einmal radebrechend und unsicher, ob es hier tatsächlich nach Albanien ginge. Die leicht bekleidete Dame hinter der Theke nickte nur kurz und reichte mir drei Flaschen Bier in einer dünnen Plastiktüte über den Tresen. Drei Flaschen Bier gegen die Angst vor diesem Land, das keine Assoziationen in mir wachrief. Denn ist nicht Albanien für uns Mitteleuropäer eine Chiffre für das Unbekannte in uns, mehr noch als Afrika oder die Mongolei, vielleicht, weil es direkt vor der Haustür liegt – mitten in Europa und doch ein weißer Fleck auf der Landkarte, bar jeglicher Exotik?

Auch das joviale Gelächter der wenigen schwarz gekleideten Herren, die hier an Plastiktischen Zigaretten rauchten und deren Mercedes-Benz-300-Limousinen aus den frühen 80ern mit offenen Türen am Parkplatz warteten, trug wenig zu meiner Beruhigung bei.

Der breite Parkplatz lud mich ein, doch noch umzukehren, aber ich entschied mich für den internationalen Feldweg nach Albanien, den ich nun mit meinem klapprigen Uno, die Hände ans Lenkrad gekrallt und den Blick starr in die hereinbrechende Dunkelheit gerichtet, mit etwa 30 km/h zu beschleichen begann.

Auf dem Weg zur Grenze musste ich zwei-, dreimal rechts ranfahren, um hinter mir hupende Mercedeslimousinen mit aufgeblendeten Scheinwerfern passieren zu lassen. Wie sich später herausstellte, ist der Mercedes 300 das Lieblingsauto der meisten Albaner: das einzige Gefährt, welches robust genug ist, die Straßen des Landes zu bezwingen.

In der Dunkelheit erschien mir alles zunehmend gespenstisch. Ständig von großen Limousinen bedrängt, fürchtete ich immer mehr, jeden Moment ausgeraubt, zusammengeschlagen oder ermordet zu werden – schließlich befand ich mich in einer so genannten Krisenregion. Und ein Fiat Uno mitsamt meinen alten Klamotten, das war doch eine fette Beute für so einen skipetarischen Freischärler.

Dann tauchten plötzlich in der Finsternis in etwa zehn Kilometern Entfernung Berge auf, brennende Berge, die das Mondlicht milde beschien. Das war also Albanien, etwa so, wie man sich Afrika bei Nacht vorstellt. Gut, dass ich vorher keinen Reiseführer gelesen hatte. Mein Albanienbild bestand bis dahin nicht einmal aus Vorurteilen, sondern mehr noch aus bizarren Bildern, von Menschen hervorgerufen, die auf Bahnhöfen in schwarzen, altmodischen Lederjacken und mit Bergen von Plastiktüten herumstehen und auf die wir häufig genug verächtlich herabblicken. Hätte ich dieses Bild durch oberflächliche landeskundliche Beschreibungen à la Marco-Polo-Reiseführer noch weiter verfälschen sollen?

Während ich so vor mich hin philosophierte, tauchte in etwa einem Kilometer Entfernung etwas auf, das mir wie eine aufgelassene Tankstelle vorkam, in der man eine Kneipe eingerichtet hatte, schwach beleuchtet. Das musste die Grenze sein. Doch wo waren plötzlich die schwarzen Mercedeslimousinen?

Ich wurde von einem Mann in einem buntscheckigen Hawaiihemd empfangen, der wie ein Irrwisch um mein Auto herumsprang. Sah so ein seriöser albanischer Grenzbeamter aus? In einer seltsam melodiösen Sprache, die ich nirgends einordnen konnte, wurde ich angewiesen, durch eine staubige Grube zu fahren, zur Desinfektion. Das hatte damit zwar wenig zu tun, kostete aber zwei Euro. Anschließend wurde ich zur Passkontrolle in einen Raum geführt, in dem Männer in Uniform Hühnchenschenkel verzehrten. Ich störte wohl beim Abendessen. Der Dienstälteste, wie mir schien, erhob sich, wischte sich den Mund am Ärmel ab, machte ein paar Stempel in meinen Pass und lachte wohlwollend: »Ah, Gjermani, gutt, Frans Beckenbauer!« Ich lächelte unsicher, fühlte mich aber nicht bemüßigt, ihn wegen dieser Verwechslung aufzuklären, schwang mich in meinen Uno und hoppelte mit etwa 20 km/h davon, weiter dem schlaglochübersäten Feldweg folgend. Jetzt war ich in Albanien. Der Mond beschien die von Baumreihen durchsetzten Felder, und am Straßenrand tauchten immer wieder kleine, weißgetünchte Kneipen auf, die nur aus einem einzigen Raum zu bestehen schienen. Sie wirkten trotz ihrer Verlassenheit heimelig auf mich und vermittelten mir zum ersten Mal wieder die abhandengekommene Sicherheit.

Plötzlich erkannte ich in einem Dorf kurz hinter einer Biegung einen von Flutlicht erhellten Fußballplatz. Es fand wohl so etwas wie ein Kreisligaderby statt – mitten in der Nacht. Unwillkürlich hielt ich an, um auszusteigen und ein wenig zuzuschauen – einfach so. Irgendwann flog der Ball übers Gitter, und ich rannte hin, um ihn zu holen. Gleich war ich umringt von der Dorfjugend und einigen Fußballspielern. Ich gab den Ball zurück, und einer der Fußballer wollte wissen, wo ich herkam. Und wieder dieses: »Ah, Alemania, gutt, Frans Beckenbauer!«. Wieder brachte man mir unverdienterweise Respekt und Bewunderung entgegen. Langsam wurde mir klar, dass die überragende Lichtgestalt, die Europa über Sprach- und Kulturgrenzen hinweg vereint und die mein Land wie kein anderer repräsentiert, nicht etwa Goethe, Schiller oder sonst einer unserer großen Dichter ist, sondern dieser jovial-dampfplaudernde Fußballphilosoph aus dem Münchner Süden. Es war tatsächlich der Wirkkraft unseres Kaisers zu verdanken, dass die Ablehnung, die vielen Albanern in Deutschland entgegengebracht wird, nun eben nicht nach dem Wie-du-mir-so-ich-dir-Prinzip vergolten wurde. Ich hatte also Glück.

Im nächsten Ort fand ich sogar eine Art Hotel, in dem ich übernachten konnte. Hier kam ich mit Italienisch weiter, weil die Albaner neben Deutschland vor allem in Italien gastarbeiten.

Mit dem – nennen wir ihn Hotelmanager, der ebenfalls ein buntscheckiges Hawaiihemd trug, radebrechte ich über Gott und die Welt, und er telefonierte nach dem zweiten Wodka seinen Kumpel herbei, der ein paar Jahre in Deutschland gelebt habe und der mir weiterhelfen könne. Wenig später saß er bei uns am Tisch, Boxershorts und Feinrippunterhemd, darüber ein schwarzer Schnauzbart im grinsenden Gesicht. Das war Tusch, der mich mit »Ah, Gjermani, Frans Beckenbauer« begrüßte. Wie schön, dass er mich bereits kannte.

So saßen wir im Garten des Hotels auf Plastikstühlen herum, und das Gespräch wurde mit jedem Schnaps lebendiger. Es stellte sich heraus, dass Tusch in einer kleinen Stadt bei Aschaffenburg in einer Pizzeria als Küchenhilfe gearbeitet hatte. Es war paradox. Der Hilfsarbeiter mit Auslandserfahrung sprach meine Sprache, die des unwissenden Bildungsbürgers. Was Globalisierung bedeutet, hatte er längst durchlebt, ich kannte sie bisher nur aus Essays in der *Zeit*, und so kam ich mir beschämt, dumm und ignorant vor – nur Franz Beckenbauer riss mich hier raus.

Ich weiß nicht mehr genau, wie ich ins Bett kam. Jedenfalls stand am nächsten Morgen bereits Tusch auf der Matte. Angeblich hatte er mich abends überredet, meine Dienstantrittsreise nach Sofia zu unterbrechen und einen Tag mit ihm zu verbringen. Aber wieso auch nicht? Einen Tag Urlaub, einen Tag Pause, einen Tag Albanien. Ich könne meinen Uno stehen lassen, natürlich. Er wolle mir den größten See Europas zeigen und ein echtes albanisches Fischessen. Abends dann Tschalga, wohl eine Art südosteuropäische Pop-Folklore. Ich war angenehm überrascht und wurde neugierig. Hatte ich das am Ende alles Franz Beckenbauer zu verdanken?

Wir stiegen in seine Mercedes-300-Limousine und fuhren durch Koplik. Der Ort, an dem ich gelandet war, hatte jetzt also einen Namen. Die Hauptstraße war eine Mischung aus altem

Ostblock und Orient. Überall Betonbauten mit Werkstätten, offenen Metzgerläden usw. Der Friedhof war über und über mit bunten Plastiktüten übersät, die sich hier irgendwie verfangen hatten. Von Weitem sah es eher aus wie eine große Müllkippe, aber gut, so etwas Ähnliches war das Ganze ja auch.

Tusch war guter Laune und machte sich lustig über meine deutsche Angewohnheit, mich ständig anschnallen zu wollen. Er bog ab und gestikulierte wild auf dieser eigenartigen Stadtrundfahrt. Irgendwie ging ihm sein Temperament durch, es krachte fürchterlich, und ich knallte mit dem Knie gegen das Armaturenbrett. Wir waren auf eine andere Mercedeslimousine aufgefahren.

Was würde jetzt kommen? Eine typisch südländische Schlägerei? Ich kannte Albanien nicht! Tusch stieg aus und unterhielt sich mit dem »Unfallgegner«. Lässig wurden Zigaretten ausgetauscht, der Schaden wurde begutachtet und diskutiert. Langsam bekam ich den Verdacht, dass es sich hier gar nicht um einen Unfall handelte, sondern um eine Art albanisches Begrüßungsritual. Plötzlich kamen beide auf mich zu, ich wurde vorgestellt und dass ich aus Deutschland sei. Der Unfallgegner drückte mich an sich, seine Bartstoppeln kratzten auf meinem Gesicht, er gab das obligatorische langgezogene »Aaahh, Frans Beckenbauer!« von sich und fügte ein anerkennendes »Mercedes Benz, gutt, Autobahn, gutt« hinzu.

Es war bedenklich. Franz Beckenbauer, eine Automarke und natürlich die Autobahn waren wohl die überragenden Kulturgüter, die mein Land zu bieten hatte. Welch große Ehre, dass man mich damit in Verbindung brachte!

Natürlich war hier niemand versichert, und so wurde unser Mercedes in die nächstgelegene Werkstatt gezogen. Die darauf folgenden zwei Stunden wurden Tusch und ich vom »Unfallgegner« in dessen Mercedes, der kaum beschädigt war, durch die Gegend kutschiert. Wir klapperten sämtliche Mercedeswerkstätten ab und kauften die Ersatzteile zusammen. So ein Unfall verbindet eben, und das hier praktizierte Verfahren der Schadensregulierung vermeidet aufwändige Verhandlungen mit der Versicherung.

Nachdem wir die Ersatzteile in der Werkstatt abgeliefert hatten, nahm mich Tusch mit zu einem Freund. Das heißt, der Freund war nicht zu Hause, im Hof stand jedoch sein Golf, der Schlüssel steckte sowieso, und so liehen wir uns das Gefährt kurzerhand aus. Es war bereits Nachmittag, und wir wollten an den See, den größten See Europas, wie Tusch beteuerte. Wir parkten das Auto direkt am Seeufer, das ebenfalls voll von bunten Plastiktüten war, und blickten auf eine dunstige Wasserfläche, die sich in der Ferne diffus verlor. Es war auf einmal ganz ruhig um uns. Die Zeit schien stillzustehen. Alles wurde von einem magischen Licht umgeben. Tusch forderte mich auf, im See zu baden. Und während er am Ufer blieb und rauchte, glitt ich langsam in das lauwarme Wasser, in das einzutauchen es keine Überwindung kostete. Endlich konnte ich alles loslassen und spürte, wie ich auf einmal schwebte, in einem Land, das ich kaum begriff, in dem man mich scheinbar mit Franz Beckenbauer verwechselte und sich mir ungefragt ein Begleiter zugesellte, der jetzt schon mehr war als nur ein Cicerone. Ich ließ mich etwa eine halbe Stunde im Wasser treiben und schwamm immer weiter hinaus. Irgendwann rief Tusch vom Ufer: »Hey, kommen Sie, Philipp, kommen Sie!«

Am Ufer trafen wir Freunde von Tusch, ein Pärchen, beide etwa Mitte zwanzig. Tusch versuchte zu dolmetschen, dazu ein bisschen Italienisch und Englisch. Es ging so. Und mittlerweile hatte ich gelernt, dass man nicht immer alles zu verstehen braucht. Das Gespräch drehte sich um das Arbeiten in Deutschland oder in Italien, um Beziehungen auf Abruf. Tuschs Freund würde in einer Woche seine Freundin verlassen, um ein halbes Jahr in der Nähe von Mailand zu arbeiten. Ich begriff. Wir tauschten Zigaretten und sahen in den Sonnenuntergang, dazu holten wir uns Bier und gegrillte Fische aus einem kleinen Strandrestaurant, die mir noch nie so gut geschmeckt hatten. Und so war es, als vermischten sich die Abendstimmung, der Geruch der gegrillten Fische und der stille Moment zu einem Bild von Millet.

Doch Tusch, der darauf bedacht war, mir alles Wichtige zu zeigen, trieb uns weiter, kaum dass wir die letzten Bissen herunter hatten. Im Hotel war ja schließlich der große Tschalgaabend, und die beiden Sängerinnen schienen lokale Größen zu sein. Wir hoppelten also mit dem Golf eilig über die Stranddünen davon. Als wir ankamen, war es schon ziemlich voll, und wir hatten Glück, dass wir noch einen freien Plastiktisch im Garten ergatterten. Tusch orderte sofort eine Runde, und wir warteten voller Spannung auf die legendären Sängerinnen. Immer wieder stellte mich Tusch irgendeinem Freund vor, wobei mich neun von zehn Personen mit dem unvermeidlichen »Ahh, Frans Beckenbauer!« begrüßten. In Albanien erst habe ich verstanden, warum Max Frischs Roman »Stiller« mit dem Satz »Ich bin nicht Stiller« beginnt. Noch zwei Wochen hier, und ich würde mich wohl fremden Menschen mit dem Satz »Ich bin nicht Beckenbauer und habe mit ihm auch nichts zu tun!« vorstellen.

Wenig später betraten die Bandmitglieder die Bühne. Hawaiihemden schienen hier die große Mode zu sein. Als die beiden Sängerinnen nach langem Betteln endlich auf die Bühne kamen, recht barocke Damen mit großem Ausschnitt und rotem Mund, die eine blond, die andere dunkel, war für die Zuschauer kein Halten mehr. Anscheinend standen die regionalen Objekte der Sehnsucht auf der Bühne, und ich war wieder mal der Einzige, der nichts begriff. Im ersten Lied ging es laut Tusch um eine große Liebe. Der Gesang kam ziemlich übersteuert aus den beiden Boxen, und über dem Garten, wohl über dem ganzen Dorf, lag ein Lärmteppich, der für mitteleuropäische Ohren aus einer Mischung von Schlager und der Musik, die man in Deutschland manchmal in Dönerrestaurants zu Ohren bekommt, zu bestehen schien, alles schön zugekleistert mit einem übermächtigen Keyboard. Das war also Tschalga, den man hier so liebte. Und wenn ich jetzt ironisch klinge, so wird dadurch nur klar, was uns verbildeten Mittel- und Westeuropäern wirklich fehlt. Ein ungebrochenes Gefühl für die großen Dinge, für die es weder große Worte noch gute Musik braucht, sondern einfach Leidenschaft.

Und diese Leidenschaft steigerte sich beim Anblick der singenden Damen, unterstützt vom Alkohol, so weit, dass ich mich von Tusch sogar anstacheln ließ, zwanzig Euro für ein Wunschlied auszugeben, dessen Titel ich nicht verstand, in dem es aber wohl um eine unglückliche Liebe ging und zu dem sich das Publikum herzzerreißend bewegte.

Nach der Pause, als niemand mehr klar denken konnte, kam Tusch auf die glänzende Idee, mich auf die Bühne zu zerren. Man drückte mir eine Gitarre in die Hand, irgendjemand kündigte mich als Frans Beckenbauer an, und ich spielte überrumpelt die »Schlesischen Weber« von Heinrich Heine, das einzige Lied in deutscher Sprache, welches ich spontan mit dem Thema Leidenschaft assoziierte. Das war ein Fehler, denn die Sängerinnen machten mir nun schöne Augen, weil sie mich vermutlich für einen Kollegen hielten. Ein paar Jungs im Publikum wurden anscheinend eifersüchtig und gingen aufeinander los. Ich selbst blieb komischerweise bei dieser Schlägerei außen vor, wohl weil ich als Frans Beckenbauer irgendwie unantastbar war. Und dennoch pochte mir das Herz bis zum Hals. Diese Einlage gab es auf keiner Pauschalreise.

Gegen halb zwei endete der Lärm. Ich empfand die Musik nicht als schön, und doch war sie hinreißend. Ich begriff nichts von dem, was um mich herum passierte. Meine hier aufgezeichnete Interpretation ist nur ein hilfloser Deutungsversuch. Und doch war ich für einen Tag mittendrin. Warum mich Tusch hier hineinzog, ist unklar, und ich, ich wurde eher verwickelt, es waren keine bewussten Entscheidungen. Bei solchen Begegnungen ist es wohl immer eine seltsame Mischung aus Neugierde und Sympathie, die die Dinge ins Rollen bringt.

Tusch und ich tranken noch einen, als die Boxen längst abgebaut waren. Ich rollte meinen Schlafsack im Garten des Hotels aus. Die Nacht war zu schön, um drinnen zu übernachten. Am nächsten Tag musste ich weiterfahren. Die Zeit mit Tusch, der mir Albanien zeigte, einfach so, im Transitverfahren, ohne zu fragen, was ihm das brachte, neigte sich dem Ende zu.

Zum Frühstück kam Tusch noch einmal vorbei. Mit einer riesigen Melone aus dem eigenen Garten, die mich auf meiner weiteren Dienstantrittsreise nach Sofia begleiten sollte. Wir tauschten Adressen, und ich lud ihn zu mir nach Sofia oder Deutschland ein, egal. Ob wir uns einmal wiedersehen würden, das stand in den Sternen. Wie eine Begegnung in Deutschland verlaufen würde, das konnte ich mir gar nicht vorstellen. Das Leben in Deutschland erschien mir auf einmal so unwirklich. Werden wir ein anderer, sobald uns jemand an die Hand nimmt und uns in eine andere Lebensart einweiht? Und was konnte ich meinem Freund geben, jenseits von Frans Beckenbauer und Mercedes Benz?

Wir umarmten uns kurz und trocken. »Gute Reise, Herr Philipp!« Und wenig später bog ich mit meinem Fiat Uno auf die Europastraße in Richtung Tirana ein.

UNTERWEGS MIT MIGUEL

ELISABETH RICHTER

»Ich bekomme das Geld«, sagte Miguel zur Begrüßung. Er stand an unserem Treffpunkt neben den Ramschkästen der Buchhandlung, sein Hund sprang auf und ab und wedelte mit dem Schwanz. »Fünftausend Euro, stell dir vor.«

Mir sank das Herz. Zu dem Miguel meiner Erinnerung gehörte kein Hund und auch nicht die ständigen Gedanken an Geld. Jedes Mal, wenn wir uns sahen, redete er davon, dass es mit Sicherheit bald kommen und ihn von allen Sorgen befreien würde. Aber das Geld kam und kam nicht.

»Also haben sie dir das jetzt fest zugesagt«, sagte ich.

»Es kommt in den nächsten Wochen, fünf Euro für jeden Tag im Knast.«

Das letzte Wort klang wie ausgespuckt.

Ich fasste ihn am Arm und spürte seine Gewichtsmanschette, er trug solche Manschetten immer um Hand- und Fußgelenke, wenn er aus dem Haus ging. Sie störten mich, mit ihnen kam mir Miguel bewaffnet vor.

Wir trafen uns ein- oder zweimal in der Woche, immer vormittags, und liefen ohne Ziel durch die Stadt, wir schauten in jedes Schaufenster, gingen durch Parks und Grünanlagen und landeten am Ende in einem Café. Wir konnten nicht zu ihm, weil er mit einer Frau zusammenlebte, und nicht zu mir, weil ich vier Kinder hatte, von denen jedes unerwartet früher aus der Schule kommen konnte. Es war ja immer etwas, eine Ausfallstunde oder plötzliche Übelkeit oder Halsschmerzen.

Vor zwei Monaten waren wir einander zufällig wiederbegegnet, in der Buchhandlung, vor der wir uns seither heimlich trafen. Ich hatte nicht geahnt, dass er in dieser Stadt wohnte, und auch ich war erst vor kurzem hergezogen. Er war verändert, aber ich erkannte seine weichen Augen wieder. Seinen Körper hatte er mit Muskeln bewehrt, die ihm eine fast groteske Form gaben. Er sah aus wie eine Karikatur von Männlichkeit mit einem enormen Joch aus Schultern, Brust und Rücken und mächtigen Oberarmen. Ich konnte mich nicht daran gewöhnen. Sein Hund dagegen war ein winziges Ding, ein zitternder kindchenhafter Chihuahua mit runden feuchten Augen, die immerzu um etwas bettelten, um Gnade, um ein bisschen Liebe, und es gab niemanden, der nicht bei seinem Anblick in die Knie ging und in ein Geschrei ausbrach: »Ist der süß! Wächst der noch? Ist das ein Junge oder ein Mädchen? Wie heißt er?«

Mir ging der Hund auf die Nerven. »Das ist kein Hund, sagte ich, das ist ein Insekt.«

»Der Hund ist meine Seele«, sagte Miguel.

An jeder Straßenkreuzung schickte er ihm einen warnenden Blick zu, und das Tierchen blieb stehen und schaute mit seinen verwirrenden Augen zu seinem Herrn auf. Es hätte gepasst, wenn er dazu noch Daumen gelutscht hätte.

Miguel küsste mich auf den Mund. »Ich habe solche Lust, wenn ich dich sehe«, murmelte er, »warte, bis das Geld kommt, dann fahren wir irgendwohin.«

Er legte seinen Arm um meine Taille, und wir gingen los, vorbei an der Buchhandlung, an Boutiquen, einem Elektroladen, einem Schaufenster mit Bettwäsche und Badetüchern. Vor einem kleinen Schuhgeschäft blieb Miguel stehen.

»Guck mal, die da«, sagte er und zeigte auf ein paar hochhackige Riemchenschuhe, »die müssten dir wunderbar stehen.«

Ihm zuliebe ging ich mit ihm hinein und probierte sie an. Sie machten mich noch größer, und ich fand mich ohnehin zu groß, aber Miguel geriet ins Schwärmen, und es war sowieso alles ein Spiel und nicht wirklich, wie eine Pause zwischen zwei wichtigen Terminen, und so stolzierte ich vor ihm hin und her und tat so, als wäre ich ein Model und warf die Haare.

»Du siehst aus wie Monica Bellucci«, sagte er.

Ich sah ihn hinter mir im hohen Spiegel, einen schäbig gekleideten grauhaarigen Ex-Literaturprofessor mit dem Körper eines Boxers und dessen rehäugiges Hündchen, das meinen Blick auffing und zaghaft mit dem Schwanz wedelte. Ich hatte Lust, ihm ganz aus Versehen mit dem Stilettoabsatz auf die Pfote zu treten.

»Wer ist denn das?«, fragte die junge Verkäuferin und beugte sich zu ihm hinab.

»Ein Eichhörnchen, sieht man doch«, sagte ich.

Miguel warf mir einen schmerzerfüllten Blick zu, aber die Verkäuferin lachte.

»Darf ich ihn streicheln?«

»Ja, aber passen Sie auf, er ist so empfindlich am Kopf«, sagte Miguel.

Er sah mich an.

»Bitte, bitte, nimm die Schuhe, ich kann dir ein bisschen Geld dazugeben.«

»Nein, nein«, wehrte ich ab.

Ich würde niemals Geld von ihm annehmen, auch wenn ich selbst zu wenig hatte, und bestimmt würde ich die Schuhe nie tragen. Aber es wäre schön, sie zu kaufen und mir ein Andenken zu schaffen an diese Tage mit Miguel, denn sie wären irgendwann wieder vorbei, wie es schon vor zwanzig Jahren vorbei gewesen war. Damals fasste er ständig Entschlüsse, an die er sich am nächsten Tag nicht mehr erinnerte. Ich dagegen wollte mich festlegen und heiratete deshalb einen anderen und bekam vier Kinder. Ich stellte mir vor, wie ich die Schuhe manchmal abends in meiner Wohnung anziehen würde, um tak-tak-tak damit über den Dielenboden zu stöckeln, elegant und verführerisch, eine ganz andere Frau als die, die ich geworden war, eine Frau, die Miguel immer noch in mir sah und von der er träumte.

»Können wir nicht immer so stehen bleiben und uns im Spiegel angucken?«, fragte ich, und Miguel küsste mich auf den

Hals, wofür er sich recken musste. Ich beobachtete im Hintergrund den herablassenden Blick der Verkäuferin.

»Ich wollte schon immer mit Monica Bellucci schlafen«, flüsterte er.

Ich drehte mich halb zu ihm um und flüsterte zurück: »Du kannst ja nicht einmal mit mir schlafen.«

Er legte die Stirn an meine Schulter. »Mit dir Tango tanzen«, murmelte er an meinem Ohr, »weißt du, wenn ich in Chile bin, habe ich keine Lust auf Tango. Nur hier, in Deutschland, Tango im Exil. *Y en las noches de luna imaginaria …*«, sagte er, und ich merkte, dass mir die Tränen in die Augen stiegen und ich mir plötzlich wünschte, ich könnte die Zeit zurückdrehen.

»Nicanor Parra«, sagte ich und suchte seinen Blick, *»suenya con la mujer imaginaria …«*

Er lächelte. »Du weißt es noch«, sagte er. »Ich habe vor zwanzig Jahren mit dir geschlafen und werde es bald wieder tun. Warte nur, wenn das Geld da ist, gehen wir in ein Hotel.«

»Dann ziehe ich diese Schuhe an«, sagte ich und lehnte mich an ihn.

Miguel wollte den Preis herunterhandeln, aber das war mir peinlich, und ich zückte schnell das Portemonnaie, worauf Miguel verlegen zur Seite schaute, weil er fand, dass er, der Mann, seiner Dame die Schuhe kaufen müsste. Aber er hatte ja nie Geld, weil er Geld verabscheute. Trotzdem dachte er den ganzen Tag voller Hass an den Reichtum, der sich vor ihm davonmachte und versteckte, es fehlte an allem, sogar für das Allernötigste wie die Heizung im Winter. Mit der gleichen Zähigkeit, mit der er seine Muskeln stählte, unterhielt er eine wütende Korrespondenz mit der neu gewählten demokratischen Regierung in Chile, der er in endlosen nächtlichen Sitzungen am Computer seine Forderungen nach Entschädigung darlegte. Daneben schrieb er sarkastische Artikel für die Online-Zeitungen ehemaliger politischer Gefangener.

»Wenn das Geld kommt, zahl es auf ein Tagesgeldkonto ein«, schlug ich vor, »damit es Zinsen bringt.«

Doch er hob gebieterisch die Hand: »Misch dich nicht ein! Ich verachte Geld!«

»Aber du verschleuderst das bisschen Geld«, sagte ich, »sorg doch wenigstens dafür, dass es nicht weniger wird. Du brauchst es.«

»Ich hasse Geld«, sagte er gereizt.

Er war vor dreißig Jahren in dieses Land gekommen, dessen Staatsbürgerschaft er unterdessen angenommen hatte. Aber er war im Exil geblieben, umgeben von allen möglichen Feinden, gedankenlosen Glatzköpfen in Springerstiefeln und jungen Türken, die gelegentlich Lust auf eine Erfrischung hatten. Am Ende hatte er sich, weil er so sensibel war, den festen Muskelpanzer antrainiert. Außerdem seien die Gewichtsmanschetten vorzüglich als Waffe einsetzbar, sagte er. Er trug sein Land in seiner Muskelmasse mit sich, die Anden waren ihm auf Schultern und Oberarmen gewachsen, und die Entschädigungssumme für drei Jahre in General Pinochets Knast wehte in seiner Fantasie wie eine imaginäre chilenische Flagge, mit der man ihn wegen seiner zu Unrecht erduldeten Qualen ehren würde wie einen fürs Vaterland gefallenen Soldaten.

Wir kamen an einem Secondhand-Laden vorbei.

»Lass uns reingehen«, sagte Miguel, »vielleicht finde ich eine Winterjacke.«

Der Hund schnupperte sich am Fußboden entlang und war sofort unter den Kleidern und Mänteln verschwunden. An der Kasse stand eine Aushilfe, die Kaugummi kaute und ins Telefon sprach. Sie streifte uns mit einem gleichgültigen Blick. Miguel zog einen schwarzen Ledermantel vom Bügel und hielt ihn vor sich.

»Nur Faschos tragen solche Mäntel«, sagte ich.

»Nein, der ist toll«, sagte Miguel, »so einen wollte ich immer schon haben.«

Er zog ihn an und drehte sich vorm Spiegel. Er sah sehr zufrieden aus.

»Der ist außerdem viel zu klein«, sagte ich.

Er befühlte die Schulternähte, die sein breiter Oberkörper fast zum Platzen brachte.

»Aber nur ganz wenig«, wandte er ein, »und Leder dehnt sich doch. Man könnte ihn auch ändern lassen.«

Ich wollte ihn nicht in diesem gewalttätigen Mantel sehen, und es brachte mich auf, dass er nach dreißig Jahren in Deutschland immer noch die selbstverständlichsten Alltagsdinge ignorierte, wie die Tatsache, dass es teurer ist, Dinge umarbeiten zu lassen als neu zu kaufen.

»In diesem Mantel lasse ich mich nirgendwo mit dir blicken«, sagte ich drohend, »so laufen nur Bullen und Faschos rum.«

Er drehte sich zu mir um und hob mit einer unschuldigen Geste beide Hände.

»Sehe ich aus wie ein Bulle oder ein Fascho?«

Er sah aus wie Jesus in einer SS-Uniform. Ich musste lachen, und er zog den Mantel wieder aus.

»Zu klein«, sagte er.

Stattdessen kaufte er für drei Euro ein militärgrünes T-Shirt, der Soldat im Exil.

»Ich könnte einen Kaffee gebrauchen«, sagte ich, als wir wieder auf der Straße standen.

Ich redete mit der Luft, weil Miguel sich über sein Hündchen gebeugt hatte, um ihm unsichtbare Flusen vom Fell zu streichen. Der Hund stand auf drei Beinen, die eine Vorderpfote hielt er angewinkelt wie eine Dame zum Handkuss, er zitterte und schaute mit seinen runden Augen zu mir hoch, unschlüssig, ob er sich mit mir anfreunden oder den Eifersüchtigen geben sollte. Auf jeden Fall war er auf seinen Vorteil aus, und er kämpfte mit unlauteren Mitteln, mit seiner Kinderstirn, dem flehenden Blick und seinem Miniaturkörper. Er war ein Schleimer. Ich hasste ihn. Er machte aus Miguel und mir etwas, was wir nicht waren, ein Ehepaar in mittleren Jahren mit Hund.

Miguel richtete sich auf, den Hund auf dem Arm.

»Ja, gehen wir in ein Café.«

Wir setzten uns an einen Tisch auf dem Gehweg, und Miguel band den Hund an einem Stuhlbein fest. Der junge Kellner brachte den Espresso und zwei Gläser Wasser und machte darauf aufmerksam, dass es für Hunde einen Wassernapf an der Tür gebe.

»Nein danke«, sagte Miguel, »wir haben alles dabei.«

Er öffnete seinen Rucksack und packte Napf, Wasserflasche

und ein in Alufolie gewickeltes Stück Trockenfutter aus, das der Hund nur kurz beschnüffelte und links liegen ließ.

»Ein Chihuahua?«, fragte der Kellner.

»Oh ja«, sagte Miguel, »aus Mexiko.«

»Von Zuhause mitgebracht? Ich war auch schon mal in Mexiko.«

»Nicht ganz, ich komme aus Chile.«

»Ah«, machte der Kellner höflich und wandte sich ab.

Miguel rührte in seinem Espresso und schaute ins Leere.

»Wenn das Geld da ist, fahre ich nach Chile. Ich habe Sehnsucht nach der Melodie der Berge.«

Er sah mich an und legte seine Hand auf meine. Ich spürte die Gewichtsmanschette an seinem Gelenk.

»Warum kommst du nicht mit?«

»Ich hab Kinder, weißt du doch, und ich muss eine Arbeit finden.«

Er nahm seine Hand wieder weg.

»Ich wollte dich immer heiraten«, sagte er. »Damals schon. Immer noch. Aber du hast keine Geduld, immer noch nicht.« Er seufzte und lachte plötzlich laut auf. »Ich bin wie Odysseus: Zwanzig Jahre Irrfahrt, dann komme ich nach Hause und finde heraus, dass meine Penelope vier Kinder hat! Vier!! Warum vier?! Eins hätte doch gereicht!« Er lachte wieder. »Aber ich verzeihe dir!«

Das klang so pathetisch, dass ich mitlachen musste.

Er sah mir in die Augen.

»Ich hätte so gern ein Kind mit dir gehabt.«

Ich sah weg.

»Und jetzt hast du einen Hund«, sagte ich, »und eine Vietnamesin, die du vor der Abschiebung retten musst. Du bist wirklich Jesus Christus.«

»Und du hast vier Kinder von einem Deutschen.«

»Darum ziehen wir wie Maria und Josef herum auf der Suche nach einer Herberge.«

»Amen«, sagte Miguel, legte die Hände aneinander und neigte den Kopf.

Wir lachten.

»Ich liebe dich«, sagte Miguel, »ich möchte ewig mit dir Tango tanzen und wegschweben.«

Er beugte sich über den Tisch, um mich zu küssen. Der Hund sah die Bewegung und sprang eilfertig und schwanzwedelnd auf, und ich nutzte die Gelegenheit, ihm sanft auf die Pfote zu treten. Er jaulte.

Ein älteres Paar ging vorbei, und die Frau sagte zu dem Mann: »Heute haben die Leute Hunde statt Kinder.«

Der Mann antwortete: »Die kleinen Kläffer sind am schlimmsten.«

Miguel verdrehte die Augen, und ich streckte ihm die Zunge raus. Für einen Moment waren wir vereint.

DIANER
WERDEN

NICO
CZAJA

Früher, also ganz früher. Also in der Zeit, als man merkwürdige Frisuren trug und ich noch zu jung war, über meine Frisur zu bestimmen und mir eine weniger merkwürdige auszusuchen, genauer: in der Zeit, in der weder ich noch irgendjemand sonst erkannte, dass die Frisuren, die man trug, merkwürdig waren – da hatte ich einen Freund. Er war groß, mindestens doppelt so groß wie ich, was damals (wie eigentlich auch heute noch) nicht viel hieß. Sein Gesicht war von der Sonne gebräunt und vom Wetter gegerbt. Wie Leder. Aber nicht wie das feine, weiche, fransenbesetze Wildleder, das er zu tragen pflegte. Eigentlich gar nicht wie Leder, aber über Gesichter, die braun und wettergegerbt sind, sagt man das eben so. Seine Frisur war anders als die der anderen Leute: Er trug sein dickes, rabenschwarzes Haar lang, manchmal zu Zöpfen geflochten, manchmal offen über die Schultern fallend. In seinen Zöpfen trug er Federn von Adlern und anderen stolzen Vögeln.

Wir redeten nicht viel, das war nicht seine Art, und ich wusste nicht einmal, wie er hieß, aber trotzdem standen wir uns auf eine gewisse Weise sehr nah. Er war sehr ernst, sehr stark und sehr mutig, und er beschützte mich vor jeder Gefahr. Nicht dass ich in diesem frühen Stadium meines Lebens besonders vielen Gefahren ausgesetzt gewesen wäre, aber ich wusste: Sollte jemand versuchen, mich mit einem tödlichen Pfeil zu beschießen, würde mein Freund ihn mit der Hand auffangen; sollte mir jemand das Essen vergiftet haben, würde mein Freund mir die Gabel aus der Hand schlagen, bevor sie meinen Mund erreichte; sollte mich jemand beschimpfen, würde mein Freund ihn mit einem strengen Blick sofort zum Schweigen bringen oder gleich zu härteren Maßnahmen greifen.

Er war, natürlich, ein Indianer, vermutlich ein sehr wichtiger, wahrscheinlich ein Häuptling, aber wie gesagt, wir redeten nicht viel, und mit Gewissheit kann ich das nicht sagen. Wenn ich ihn etwas fragte, nickte er meist nur gewichtig und sagte »Hugh!«. »Hugh« – das klang zunächst mal so, wie man es in den Büchern schreibt, die ich gelesen hatte, ungefähr so: »Huck!«, bis ich herausfand, dass der Kenner diese sehr indianische Äußerung »Hau« ausspricht. Von diesem Zeitpunkt an also sagte mein Freund »Hau!«, als hätte er nie etwas anderes gesagt. Vielleicht hatte er zuvor nur mein Wissen über die indianische Kultur auf die Probe stellen wollen, und nun hatte ich die Prüfung bestanden, und er musste sich nicht länger verstellen.

Nachts nahm er mich manchmal auf dem Rücken seines gewaltigen schwarzen Pferdes mit auf die unglaublichsten Ausritte, wie der Wind durch weite, mondbeschienene Prärien, zwischen Tafelbergen hindurch, über Kakteen hinweg und an diesen Türmen aus aufeinandergestapelten runden Felsen vorbei, die so aussehen, als müssten sie jeden Moment zusammenbrechen, dies aber meist doch nicht tun. Am Tag darauf gelang es mir nie, diese Landschaften wiederzufinden, aber das lag vermutlich daran, dass man ein sehr schnelles Pferd brauchte, um sie in angemessener Zeit zu erreichen, und dass meine kurzen Kinderbeine einfach zu schnell müde wurden. Meist schaffte ich es nur bis zum nahegelegenen Stadtpark, wo ich eine Weile in der sicheren Gewissheit, dass niemand mich entdecken könne, weil ein Indianer mir das Schleichen beigebracht hatte, zwischen den Bäumen herumschlich, um mich dann wieder auf den Heimweg zu machen.

Mein Freund sah gerne Indianer im Fernsehen. Wie gebannt saß er dann aufrecht neben mir, den Tomahawk der Bequemlichkeit halber aus dem Gürtel gezogen und auf dem Schoß abgelegt, in den Augen einen wehmütigen Ausdruck, den ich damals nicht recht verstand. Wenn es Cowboys gegen Indianer ging, war stets klar, auf wessen Seite er stand, und wenn die Indianer verloren, verließ er mit einem verächtlichen »Pah!« beleidigt den Raum.

So erlebten wir über die Jahre einiges miteinander. Ich lernte von ihm dieses und jenes über Ernsthaftigkeit, Ehre und Gleichmut; seine Stärke und sein Stolz waren mir Leitsterne, nach denen ich mein Leben auszurichten versuchte.

Er lernte von mir, wie man den Fernseher bedient, wie man den Kakao nur ganz kurz in die Mikrowelle stellt, damit er gleichzeitig warm *und* kalt schmeckt, und (widerwillig) dass man im Sitzen pinkeln muss, wenn man keinen Ärger mit meiner Mutter kriegen will.

Ich glaube, es war für uns beide eine erfahrungsreiche Zeit, aber irgendwann war sie zu Ende. Eines Tages ging der Indianer fort, wie er es schon oft getan hatte, mit einem gewichtigen Kopfnicken in meine Richtung zum Abschied, nur dass er diesmal ging, um nie mehr zurückzukehren. Ich vermisste ihn eine Weile heftig, aber die Herzen kleiner Jungen eignen sich nicht gut für lange Trauer, das lernen sie erst später, und meines wandte sich bald anderen Dingen zu.

Viele Jahre darauf saß ich in der Schule, ein aufgeschlagenes Buch vor mir, und dort las ich: »Wenn man doch ein Indianer wäre, gleich bereit, und auf dem rennenden Pferde, schief in der Luft, immer wieder kurz erzitterte über dem zitternden Boden, bis man die Sporen ließ, denn es gab keine Sporen, bis man die Zügel wegwarf, denn es gab keine Zügel, und kaum das Land vor sich als glatt gemähte Heide sah, schon ohne Pferdehals und Pferdekopf.« – und aus dem Nichts überkam mich eine Ahnung von Freiheit und Weite, in der Freiheit und Weite eine mondbeschienene Prärie, in der Prärie ein großes schwarzes Pferd in gestrecktem Galopp, auf dem Pferd ein Indianer und vor dem Indianer ich, hinter uns eine Staubwolke, die uns in gerader Linie mit dem Horizont verband.

»Das ist aber ein sehr schöner Text«, sagte ich zu meinem Deutschlehrer.

»Unsinn! Kafka litt zeitlebens unter einer dominierenden Vaterfigur, außerdem an Schlaflosigkeit, Migräne, Angstzuständen, Depressionen und Tuberkulose! Hier haben wir nichts anderes als eine weitere Verbildlichung von Halt- und Hoffnungslosigkeit, von manischen Fluchtfantasien angesichts eines Lebens, das als Gefängnis empfunden wird!«, sagte mein Deutschlehrer zu mir.

Aber der Geruch nach Leder und Schweiß und Pferd und Wüstenwind und Nacht und Sternen blieb mir noch eine Weile in der Nase, und ich erfreute mich an ihm, bis ich ihn wieder vergaß.

Wieder vergingen die Jahre, es geschah so dies und das, und die Welt schrumpfte oder ich wuchs – was von beidem der Fall ist, ist wissenschaftlich nicht ohne weiteres festzustellen. Jedenfalls wurde ich erwachsen, Student (ich weiß nicht genau, in welcher Reihenfolge) und schließlich Ethnologe – und das brachte es mit sich, dass ich eines Tages wieder einen Indianer zum Freund hatte. Abaré trug keine Federn im Haar, meistens jedenfalls nicht. Er war fünfzehn Jahre alt, als wir uns trafen, und er sollte auf mich aufpassen, auf den Fremden, der zwar schon mehr als alt genug war, um verheiratet und Vater sein zu müssen, aber scheinbar keine Ahnung vom Leben im Dorf hatte.

Abaré interessierte sich für Karate, Frauen, auch und gerade nackte, für Computer und sonstige technische Spielereien und für Musik. Ich glaube nicht, dass er reiten konnte, aber er konnte in Windeseile aus Palmwedeln kleine Schlangen flechten, die zubissen, zum Beispiel in den Finger, wenn man sie am Schwanz zog. Er kannte Namen und Nutzen aller Pflanzen im Wald, aber er gehorchte nur ungern, wenn ihn jemand schickte, um diese oder jene Zutat für eine Medizin zu besorgen, denn Abaré war zugleich faul und aufmüpfig, wie es sich für einen Jungen in seinem Alter gehört. Außerdem war er der größte Esser, den ich je kennenlernen durfte. Während die anderen Mitglieder seiner Familie, allesamt keine Kostverächter, von Tellern aßen wie andere Menschen auch, füllte man für Abaré eine Waschschüssel mit Reis und Fleisch und (ein bisschen) Gemüse, und er verschlang seine monströse Portion in derselben Zeit, in der die anderen ihre Teller leerten. Dabei habe ich an ihm nie ein Gramm Fett gesehen – jeder Zoll seines Körpers war Muskel, und obwohl er halb so alt war wie ich, war er mir an Körperkraft und Ausdauer weit überlegen.

Einmal, als wir zum Schwimmen am Stausee unten im Wald waren, beäugte er mich von oben bis unten und kommentierte spöttisch: »Ihr treibt wohl nicht viel Sport bei euch, was?«

Wir verbrachten viel Zeit miteinander, in der wir weniger arbeiteten, als wir gesollt hätten. Abaré war faul, wie gesagt, und auch ich hatte mir einiges an jugendlicher Faulheit bewahrt. So blieb viel Freiraum zum Erzählen, Durch-die-Gegend-Streifen und Abwarten, dass der Regen vorbeiging oder auch die Sonne nicht mehr so brannte, damit wir endlich mit der aufgeschobenen Arbeit würden anfangen können.

Zwar war ich der wesentlich Ältere, aber mein geistiger Entwicklungsstand lag offensichtlich deutlich unter dem eines durchschnittlichen Indianers von Abarés Alter, jedenfalls was überlebensnotwendiges indianisches Wissen anging. Also belehrte er mich, und ich hörte ihm zu.

Ich lernte, wie man aus dem Saft der Jenipapo-Frucht, die hoch oben an schlanken Bäumen wächst und am besten mit gezielten Stockwürfen geerntet werden kann, eine Tinte herstellt, mit der man sich die traditionellen Formen und Muster auf die Haut aufträgt.

Ich lernte Lieder singen, mit der Kalebasse rasseln und mit dem nackten Fuß den Takt im Lehm stampfen.

Ich lernte, welche der Häuptlinge in den verschiedenen Dörfern, die es im Reservat gab, etwas taugten und welche nur an ihrer eigenen Bereicherung arbeiteten – wie zum Beispiel der verrückte Gregório da Silva, der Häuptling über seine Frau und drei Söhne war, aber vom Staat Zuwendungen für sechsunddreißig Familien erhielt, für die er vorgab aufkommen zu müssen. Keiner wusste genau, wie der alte Irre dieses Arrangement getroffen hatte, aber so funktionierte es schon seit Jahren. Jedenfalls glaubte er, dass er ein Gebüsch werden würde, wenn er stürbe, und das fanden die anderen Indianer sehr amüsant.

Ich lernte, dass über einige Dinge nur in Andeutungen und geheimnisvollen Fingerzeigen gesprochen werden durfte.

Abaré lernte von mir, wie man am Computer Pinball spielt, lustige Bildchen in E-Mails einfügt und Viren beseitigt.

Wir hatten beide viel Freude an unserem neuen Wissen.

Eines Tages, als wir gerade unter einem riesigen Jackfruchtbaum im Schatten saßen und ein Huhn dabei beobachteten, wie es hühnerüblich von hier nach dort gluckte und eigentlich nichts Besonderes tat, fragte er mich: »Sag mal, hast du eigentlich den Geist nicht bemerkt, der uns gestern Nacht durch den Dschungel verfolgt hat? Kann ich kaum glauben. Der wollte die ganze Zeit an deine Tasche, aber Manoel und ich haben dich zwischen uns laufen lassen, damit er nicht an dich rankommt.«

Natürlich hatte ich nichts bemerkt auf dem Heimweg von einem Nachbardorf durch den dunklen Wald am Abend zuvor. Zweimal hatte ich mich ein bisschen gefürchtet: Einmal blockierten zwei Kühe den Weg, ihre Augen leuchteten irr im Schein meiner Stirnlampe, und sie wollten nicht so recht beiseite gehen. Ein anderes Mal überquerten wir die Staumauer, schon fast am Dorf, rechts der Abgrund mit dem Wasserfall, links das pechschwarze, bodenlose Wasser, und Abaré musste auch noch auf dem schmalen Grat anhalten und irgendwas in meiner Tasche wühlen. Aber Gott, Angst vor Kühen und Angst vorm Stolpern, was für eine langweilige, normale, unspirituelle Furcht das war …

Aber Abaré kannte sich mit Geistern aus, und er fürchtete nicht einmal sie.

Er konnte singen wie kein Zweiter im Dorf, und er fehlte nie, wenn ein *Toré* getanzt wurde. Man sagte, er hätte die Stimme seines Vaters geerbt. Sein Vater war der *Pajé*, der Schamane des Dorfes gewesen. Er war ein sehr angesehener Mann, dieser *Pajé*. Er verstand die Geister wie kaum einer vor ihm, und wenn er sang, war seine Stimme wie Gold oder Honig oder beides. Dann aber legte er sich mit einem Geist an, um den er besser einen Bogen hätte machen sollen. Was genau damals geschah, weiß ich nicht – es gibt Dinge, über die man im Dorf nicht sprechen darf, schon gar nicht mit Fremden, und dieses ist eines davon.

Hier hört die Geschichte auf, lustig zu sein.

Der Pajé begann zu trinken, und wenn er betrunken war, schlug er seine Frau und seine Kinder. Die meisten Prügel steckte Abaré ein, weil er sich zwischen seinen Vater und seine Mutter, zwischen seinen Vater und seine Schwester warf, wenn der *Pajé* zornig wurde und um sich schlug. Abaré war sehr mutig und sehr stark. Und sehr traurig.

An den Tagen nach den Ausfällen, wenn der Rausch ausgeschlafen war, war der Vater niedergedrückt und voller Reue. Er entschuldigte sich, er versprach das Blaue vom Himmel, er versicherte, dass er nie wieder einen Tropfen anrühren würde, nie wieder seiner Familie wehtun. Bis zum nächsten Mal. Meist dauerte das nicht allzu lange. Man hatte eine ganze Weile Geduld mit ihm, versuchte ihm zu helfen – er war ein angesehener Mann, dieser *Pajé* –, aber nichts änderte sich.

Eines Tages schließlich, als es nicht mehr anders ging, schickte man ihn fort, verbannte ihn aus dem Dorf. Er sollte anderswo genesen, bei Verwandten unterkommen, sich dort helfen lassen, und erst dann würde man ihm erlauben, zu seiner Familie zurückzukehren. Sein Sohn war eigentlich zu jung, um die Rolle des Vaters zu übernehmen. Aber sonst war niemand da, der es hätte tun können. Abaré sagte mir immer, dass er nicht der nächste *Pajé* werden wollte, aber trotzdem tat er, was zu tun war. Er sang bei den Tänzen, und die anderen Tänzer antworteten ihm im Chor. Er klingt wie sein Vater, sagten die Leute.

Und wenn das Dorf sich an den geheimen Ort im Wald zurückzog, wo die Geister wohnen, übernahm er dort die Aufgaben, die vor ihm sein Vater erfüllt hatte.

Als ich ankam, war Abarés Vater schon einige Jahre fort, und die beiden hatten sich seitdem nicht wiedergesehen. Wenn wir nachts wach lagen und redeten in dem noch leerstehenden, halbfertigen Haus, das mir sein Onkel für die Zeit meines Aufenthalts im Dorf zur Verfügung gestellt hatte, sagte mein indianischer Freund oft, dass er seinen Vater trotz allem sehr vermisse.

Am Abend meiner Abreise aus dem Dorf waren wir beide betrübt. Wir saßen in der Hütte von Abarés Familie, auf Plastikstühlen, mit den nackten Füßen auf dem Betonboden scharrend. Der Fernseher lief – wenn ich mich richtig erinnere, war gerade Olympiade, und auf dem Bildschirm sprangen stromlinienförmige Menschen mit Badekappen in blaues Wasser. Wir warteten auf den Wagen, der mich abholen und zum Nachtbus in die nahegelegene Stadt fahren sollte. Wir redeten nicht, aber wir sahen auch nicht wirklich fern. Nach einer Weile nahm Abaré wortlos eine seiner Kürbisrasseln von der Wand und schlug einen Rhythmus. Dann sang er, mit der Stimme, die ihm und seinem Vater gehört, ich habe sie noch heute im Ohr, wenn ich daran denke. Er begann, um meinen Stuhl herum einen *Toré* zu tanzen, dann stieß sein Schwager Manoel dazu, schließlich ich. Wir tanzten in einer Art indianischer Polonaise durch die kleine Hütte, zum Kühlschrank, zurück, um den Fernseher und wieder von vorn. Abaré sang, und wir antworteten lauthals. Sônia, Abarés Mutter, schaute lächelnd zur Tür herein, die Pfeife im Mundwinkel, und schloss sich uns an. Wir tanzten durch die Tür hinaus, und andere, die den Gesang gehört hatten, näherten sich und reihten sich ein, bis fast das ganze Dorf sich stampfend, rasselnd und singend vor der Hütte im Kreis drehte.

Der Kreis schloss sich um mich, die Gesänge waren meine Gesänge, um mich herum kreisten Dutzende lachende Gesichter im sepiafarbenen schwachen Licht der wenigen Laternen.

Die Musik endete, als die Scheinwerfer des Taxis den Platz aus festgestampftem Lehm vor der Hütte in grelles Licht tauchten.

Ich verabschiedete mich schneller, als ich eigentlich gewollt hatte, griff mein weniges Gepäck und stieg ein, einen schmerzhaften Kummer im Hals.

Auch das ist inzwischen einige Jahre her, und ich komme ganz gut ohne indianische Freunde zurecht. Jedenfalls solange niemand einen tödlichen Pfeil auf mich schießt oder mein Essen vergiftet oder mir einen Geist auf den Hals hetzt. Glücklicherweise sind solche Geschehnisse nach wie vor eher unwahrscheinlich in der Welt, in der ich lebe; ich fühle mich weitestgehend sicher, und ich denke nur noch selten an Abaré oder den schweigsamen Häuptling, den ich als kleiner Junge gekannt habe.

Aber vor einigen Tagen erreichte mich die Nachricht, dass Abarés Vater gestorben ist, bevor er seine Dämonen hat besiegen können, weit weg von seiner Familie.

Wenn ich nur wüsste, wie ich ihn erreichen könnte, würde ich den schweigsamen Häuptling bitten, meinem anderen indianischen Freund beizustehen gegen die Geister, gegen die er jetzt zu kämpfen hat.

FÜR EINEN FREUND

BEATE
FISCHER

Eugen war fast neunzig Jahre alt und stand schon um halb zwölf fertig angezogen an der Haustüre. Sein gestreiftes Hemd war ordentlich geknöpft, seine Hosenträger passend dazu ausgewählt, und das Jackett hatte er vorher nach Flecken abgesucht. Man kann ja nie wissen, ob man nicht beim letzten Anlass die Suppe verkleckert hat, ohne es zu merken, dachte er. Aber alles war in Ordnung, und er sah zum x-ten Mal auf die Uhr. Um Viertel vor zwölf hielt er es nicht mehr aus. Er griff zum Telefonhörer und wählte die Nummer aus seinem Telefonbüchlein, das schon aufgeschlagen vor ihm lag. Ja doch, sie seien bereits auf dem Weg und würden ihn gleich abholen, wurde ihm gesagt. Man habe doch zwölf Uhr ausgemacht.

Doch er war viel zu ungeduldig, um noch länger zu warten. Es waren ja nur ein paar Schritte zum Café nebenan, wo er anlässlich seiner 60-jährigen Mitgliedschaft bei der freiwilligen Feuerwehr vom Kommandanten und seiner Familie zum Mittagessen eingeladen war.

Vor der Tür des Lokals traf auf seine Gastgeber. Sie begrüßten ihn, den Ehrenkommandanten ihrer Feuerwehr, respektvoll, und er freute sich, dass er nun für eine Weile Gesellschaft hatte.

Es war einsam geworden in seiner Wohnung, seit er Abschied von seiner Frau Resi hatte nehmen müssen. Das war nun schon etliche Jahre her, aber er redete weiterhin mit ihr, als säße sie noch neben ihm am Küchentisch. Sie hatten immer viel miteinander gesprochen, in den letzten Jahren vor ihrem Tod war er allerdings meistens gezwungen gewesen, Monologe zu halten, denn nach ihrem Schlaganfall war Resi das Sprechen schwer gefallen. Er brauchte Monate, um sie überhaupt wieder dazu zu bringen. Aber er verlor nicht den Mut, denn er wusste, dass seine Frau auf ihn zählte und ihm vertraute. Er würde sich um sie kümmern, hatte er ihr versprochen, als sie aus dem Krankenhaus entlassen worden war. Und das tat er auch.

Nun war sie tot, aber er spürte sie noch immer neben sich, nachts, wenn er in seinem Bett lag und den Tag überdachte. Und er legte sie jeden Abend seinem Herrgott ans Herz, wenn er sein Abendgebet sprach.

Als auch die anderen Gäste, ein weiterer Feuerwehrkamerad mit seiner Familie, eingetroffen waren, setzten sich alle und nahmen ihn dabei in ihre Mitte. Er fing an zu erzählen, von seinem Alltag, vom Essen auf Rädern, das er neuerdings bekam, von seinem anstehenden neunzigsten Geburtstag, den er im Feuerwehrhaus feiern wollte, und er erzählte von seinem Freund August.

August war erst knapp achtzig, also zehn Jahre jünger als er, aber Eugen hatte ihn sozusagen unter seine Fittiche genommen. Auch August hatte vor Jahren einen Schlaganfall erlitten und konnte danach nicht mehr gehen und nicht mehr sprechen. Das Gehen wurde langsam wieder, und Eugen bot ihm an, jeden Tag einen Spaziergang mit ihm zu machen. August war es recht. Und so zogen die beiden alten Herren los, jeden Mittag nach ihrem Mittagsschläfchen. Erst waren es nur ein paar hundert Meter, denn für August war jeder Schritt eine Anstrengung. Aber Eugen ließ nicht locker. Während sie gingen, erzählte er, was ihm so einfiel, vom Dorf, von gemeinsamen Bekannten, von den neuesten Nachrichten. Und August hörte zu.

Wochen vergingen, und August fiel das Gehen zunehmend leichter. Nur mit dem Sprechen klappte es nicht. August versuchte es immer wieder, aber anscheinend war es zu viel, gleichzeitig zu gehen und zu sprechen. Denn als er einmal auf eine Geschichte Eugens erstaunt stehen blieb, ertönte ein überraschter

Ausruf aus seinem Mund: Ach ja? Eugen traten Tränen in die Augen. Man konnte zwar fast nicht verstehen, was August gesagt hatte, aber er wertete es als persönlichen Erfolg, dass der Anfang gemacht war. Und er stellte fest, dass August immer dann, wenn sie eine Pause machten, in der Lage war, einzelne Worte zu artikulieren. Und so beschloss Eugen, die Spaziergänge nun von Zeit zu Zeit zu unterbrechen, um seinem Freund die Möglichkeit zu geben, wieder sprechen zu lernen. Was bei meiner Frau geklappt hat, wird auch bei August klappen, dachte er bei sich. Der Herrgott wird mir schon helfen dabei!

Monate zogen ins Land. Es schien, als wäre August nur auf seinen Spaziergängen mit Eugen fähig zu reden, und das ging immer besser. Zuhause wusste niemand davon, bis eines Tages Eugen wieder an der Türe seines Freundes klopfte und dessen Frau ihm tränenüberströmt aufmachte.

»August kann wieder sprechen«, flüsterte sie, »du hast ein Wunder vollbracht!«

Doch Eugen, dem auch die Tränen über die Wangen liefen, als sie ihn in den Arm nahm, flüsterte nur leise zurück: »Nicht ich, der Herrgott war's, und meine Resi, die mir vom Himmel aus geholfen hat!«

Dann kam Eugens neunzigster Geburtstag. Die Feuerwehr wollte ihn ausrichten, und alle Vereine, der Bürgermeister und alle Würdenträger des Ortes hatten ihr Kommen zugesagt. Selbst seine Enkelin aus Amerika würde herüberfliegen.

Der Festtag kam, alles war hergerichtet, der Jubilar wurde mit dem größten Feuerwehrauto abgeholt, und die Gäste trafen ein. Die Kapelle des Musikvereins spielte einige Stücke, der Männergesangsverein trat auf, der Bürgermeister hielt die Laudatio, und die Kanone schoss neun Mal. Doch Eugen blickte sich immer wieder suchend um.

»Ist August auch da?«, fragte er immer wieder.

Und da stand August endlich vor ihm. Auf seinem Gehwagen hatte er ein Geschenk.

»Wenn's brauchen kannst, ist's gut, wenn net, ist's auch egal«, sagte er schroff und hielt Eugen den Gegenstand entgegen. »Das hab ich selbst gemacht«, fügte er noch hinzu.

Und Eugen fing an zu weinen. In der Hand hielt er einen gepolsterten Hocker aus massivem Holz, wunderschön verarbeitet mit Nieten ringsherum, die, wie er wusste, von August mit großer Anstrengung hineingeschlagen worden waren. Denn er konnte eine Hand aufgrund seines Schlaganfalles nicht mehr gebrauchen und musste die Zange mit den Zähnen halten. Eugen wusste, wie viel Zeit und Mühe es seinen Freund gekostet hatte, ihm diesen Hocker zu fertigen. Deshalb war er sein schönstes Geburtstagsgeschenk von allen, und jedem, der in den nächsten Tagen noch zum Gratulieren kam, erzählte er die Geschichte von dem kleinen Hocker und seinem Freund August und wie er ihn mit Gottes Hilfe wieder zum Laufen und Sprechen gebracht hatte.

Noch heute kann man die beiden alten Herren jeden Mittag die Straße entlanggehen sehen.

TANZ DER EINHÖRNER

CORINNA
E. LEYH

Zehn Jahre ist es her, seit wir uns zuletzt gesehen haben. Zehn Jahre, in denen sich so wahnsinnig viel geändert hat in unser beider Leben. Immer wieder werden meine Hände vor Nervosität feucht, und manchmal habe ich das Gefühl, als käme mein Herz für kurze Zeit aus dem Takt. Ich bin aufgeregt – nein, ich habe richtig Angst vor unserem Treffen.

Während dieser zehn Jahre haben wir uns mehr oder weniger regelmäßig Briefe geschickt, um den Kontakt nicht völlig zu verlieren. Doch als Jugendliche, der das Leben turbulent und aufregend erscheint, hat man nicht genügend Geduld, um mehr als ein paar Zeilen zu schreiben. Vor allem, wenn der Brief erst nach Tagen am anderen Ende der Welt ankommt und es Wochen dauert, bis man mit einer Antwort rechnen kann, weil das Leben der anderen auch gerade viel zu spannend verläuft. Werden wir uns überhaupt noch etwas zu sagen haben? Wir sind schließlich nicht mehr die Kinder von damals, haben andere Interessen entwickelt und uns selbst entdeckt. Die Einhörner von damals sind schon lange nicht mehr über grasige Hügel galoppiert.

Die grelle Sonne lässt mich blinzeln, als ich aus dem Flughafengebäude trete. Sonne. Tag. Mein Körper schreit: Ruhe! Nacht! Wie gerne würde ich mich in mein Hotelbett legen und einfach die Augen schließen … Doch wenn ich einen Jetlag vermeiden möchte, muss ich die acht Stunden bis zum Abend durchhalten. Als erstes gilt es, das Hotel zu erreichen und mein Gepäck auszuräumen.

In dem kleinen stickigen Shuttlebus erhasche ich erste Blicke auf dieses Land, dem ich vor so langer Zeit wieder den Rücken kehren musste.

Meine Eltern sind vor dreizehn Jahren nach Neuseeland ausgewandert. Im Gepäck mich und meine beiden jüngeren Geschwister. Alles war fremd für uns, die Sprache, die Kultur und die Landschaft. Am Anfang verstand ich kaum ein Wort von den Menschen um mich herum, nur »Yes« und »No«. Doch mit jedem Tag war mehr Verstehen dabei.

Ich weiß noch ganz genau, wie es angefangen hat. Es war, als ich endlich auf die Grundschule kam. Keine deutsche Schule, sondern eine englische. Wir saßen auf dem Teppichboden vor der Lehrerin, und sie stellte mich den anderen vor. Ich konnte gerade so verstehen, wie sie sagte: »Seht her, nun haben wir zwei Corinnas in der Klasse!« Als ich mich umdrehte, sah ich der anderen direkt ins Gesicht, und sie lächelte freundlich zurück. So fing sie an, unsere Freundschaft.

Der Schultage erschienen mir damals sehr lang. Da wusste ich noch nicht, wie früh ich ein paar Jahre später in Deutschland würde aufstehen müssen. Um neun Uhr morgens fing der Unterricht an, und um drei Uhr nachmittags durften wir wieder nach Hause. In Erinnerung ist mir dabei vor allem die Mittagspause geblieben. Das war die Stunde, in der die Abenteuer riefen. Der Schulhof war schön groß und die dazugehörige Wiese erst recht. Aus der hölzernen Kletterburg machten wir uns nicht viel, spannender war es, durch das Gebüsch zu streifen, das die Wiese abgrenzte. Wir entdeckten Tiere und Pflanzen und vor allem unsere Fantasie. So lernten wir eines Tages auch die Einhörner kennen, die über die angrenzenden Hügel galoppierten und manchmal auch neugierig näher kamen. Mit der Zeit verloren sie die Scheu und spielten mit uns, unermüdlich, bis die Pausenglocke ertönte. Dann sahen wir das Gras unter ihren Hufen flattern, wenn sie wieder von dannen zogen.

Jeden Mittag zogen wir zu neuen Abenteuern aus. Kletterten auf Bäume, zähmten Dinosaurier und machten uns auf

Schatzsuche. Einmal beschlossen wir, Schnecken als Haustiere zu halten, in Pappschachteln ohne Deckel, und vergaßen sie freitags im Klassenzimmer. Am Montag war keine einzige mehr an ihrem Platz, dafür aber an vielen anderen, selbst zwei Wochen später fand noch jemand eine Schnecke unter seinem Pult.

Unsere Mütter trafen sich ab und an zum Badmintonspielen und wunderten sich wahrscheinlich, warum wir uns so eng befreundet hatten. Corinna war ein Energiebündel, immer in Bewegung, immer vor Worten übersprudelnd. Ich dagegen war eher ruhig, konnte auch mal stillsitzen und träumen, zum Wasserfallplappern war ich zu schüchtern. Dass wir so gegensätzlich waren, fiel uns gar nicht auf. Wenn wir zusammen waren, brachte ich etwas Ruhe in ihre Hibbeligkeit, und sie brachte mich dazu, mehr aus mir herauszukommen. Das war für uns völlig normal.

Über drei Jahre später entschieden meine Eltern, wieder nach Deutschland zurückzukehren. Dass ich meine Freundin vielleicht nie wieder sehen würde, war mir bewusst, und es tat schrecklich weh. Aber dass ich auch die Einhörner nicht mehr sehen würde, wusste ich im Moment des Abschieds nicht.

Ich habe nach ihnen gesucht, auf den Feldern, auf den Hügeln, aber sie ließen sich in Deutschland nicht blicken. Ich musste mit meinen Eltern noch ein paar Mal umziehen und fand an jeder neuen Schule auch wieder neue Freunde. Doch es waren nie Freunde, denen ich von den Einhörnern erzählen konnte. Es gab andere Interessen, andere Spiele, die nicht schlechter waren, aber doch anders.

Irgendwann hörte ich auf, nach den Einhörnern Ausschau zu halten, weil ich sie doch nicht finden würde. Ich kam zu dem Schluss, dass es sie in Deutschland einfach nicht gab. Genauso wie die Schwäne, die hier weiß waren und nicht schwarz, und es gab auch keine nachtaktiven Kiwis, nur die Frucht wurde immer beliebter. Und im Wald hörte man den Kuckuck statt des glockenhellen Gesangs der Bellbirds und der Tuis. Selbst die Elster sang hier nicht so schön, sondern krächzte nur herum.

Jahrelang dachte ich, ich würde nie wieder nach Neuseeland kommen. Doch als ich meine Schulzeit hinter mir hatte, stand mir auf einmal alles offen. Diese Weite des Lebens ohne die strengen Regeln der Schule und die Gewissheit, was ich nächste Woche tun würde, machte mir erst etwas Angst, aber ich beschloss, diese Chance zu nutzen und ein Abenteuer zu wagen, bevor der wirkliche Ernst des Lebens anfing.

Seit einiger Zeit besaß ich eine E-Mail-Adresse, die den Kontakt ans andere Ende der Welt zwar schneller machte, aber nicht gleichzeitig die Zeit und Ruhe schenkte, um auch wirklich öfter zu schreiben. Nach wie vor hörten wir nur wenig voneinander. Aber als ich an diesem Abend eine Mail an Corinna schrieb, zitterten meine Hände über der Tastatur. »Ich komm zurück! Ich komm zurück nach Neuseeland!«

Die nächsten Wochen waren Stress pur, ich musste arbeiten, um mir den Flug überhaupt leisten zu können, sechs Wochen am Stück. Dazu gaben mir meine Eltern noch einen kleinen Zuschuss. Ich musste allerdings meine Flugtickets vor ihnen verstecken, denn ein Traumland war es auch für sie geblieben. Die Entscheidung wieder zurückzukommen, ist ihnen damals alles andere als leicht gefallen. Doch das war ihr Leben, nun war ich dabei, mein eigenes zu verwirklichen.

Und so stehe ich nun in meinem Hotelzimmer, bin schrecklich müde und überlege, was ich bis zum Abend noch unternehmen könnte. Ich befinde mich in der Stadt Auckland, die City of Sails genannt wird, weil es so viele Segelboote im Hafen gibt. In den nächsten zwei Wochen werde ich durch das Land reisen bis Wellington, der Hauptstadt am Südzipfel der Nordinsel. So kann ich die wunderschöne Landschaft genießen und habe mich schon akklimatisiert, bevor ich Corinna gegenüberstehe. Sie anzurufen steht auch noch auf meinem Plan, aber ganz gewiss nicht heute.

Die pulsierende Großstadt ruft mich nach draußen. Ich möchte mich unter die Leute mischen und endlich wieder den Kiwi-Slang hören, der auf keiner Schulenglisch-Kassette in Deutschland zu finden ist. Außerdem brauche ich ein Ticket für den Bus und Lebensmittel, das wird mich für den Rest des Tages auf Trab halten.

Zwei Wochen später steige ich in meinem alten Wohnort aus dem Bus, lasse meinen Koffer vom Busfahrer aus dem Gepäckfach holen und sehe mich lange um. Es kommt mir alles bekannt vor. Der Lebensmittelhändler auf der anderen Seite der Bahnschienen, das Gebüsch am Rand meiner alten Straße, der Blick auf die Hügel hinter den Häusern. Doch heute schaue ich nicht, ob unser Haus noch so aussieht wie damals, ich möchte so schnell wie möglich zu Corinna und unser Wiedersehen feiern.

Ich lasse meinen Blick noch einmal über den grasigen Hügel schweifen und will mich schon abwenden. Da weht ein leichter Wind, und ich muss blinzeln. Sie sind wieder da! Ich sehe ein paar Einhörner über das Gras galoppieren! Sprachlos beobachte ich sie, obwohl ich am liebsten mein ganzes Glück in die Welt hinausschreien würde. Die Einhörner sind nie verschwunden, ich bin es gewesen, die fortgegangen ist. Fort von meiner wahren Heimat, denn mein Herz schreit immer nach diesem Land, auch wenn ich es eine Zeitlang nicht wahrgenommen habe.

Jemand ruft meinen Namen, ich drehe mich um, mein Herz macht einen Sprung dabei, und mit einem Mal bin ich wieder schrecklich nervös. Corinna kommt mir entgegen, strahlend und irgendwie noch immer so, wie ich sie in Erinnerung habe. Nicht so fremd, wie sie mir manchmal auf den Fotos vorgekommen ist …

Wir liegen uns in den Armen, und ich möchte diesen Moment am liebsten nicht mehr loslassen. Doch irgendwann machen wir uns auf zu ihrem Elternhaus, und sie fängt an zu reden und zu reden. Ab und an habe ich Schwierigkeiten, sie zu verstehen, weil sie ziemlich schnell spricht, doch mit jedem Satz von ihr finde ich wieder mehr in die Sprache hinein. Trotzdem erfahre ich in dieser Zeit mehr von ihr als sie von mir, da ich zum einen erschöpft bin und zum anderen niemals so viele Worte in die Minute packen könnte wie sie.

Sie hat ein Geschenk für mich, das sie mir schon vor Jahren geben wollte, deswegen ist es auch weit hinten im Schrank verstaut, und sie muss erst einmal lange suchen. Es ist ein schlichtes Stofftier, wie ein kleines Kissen. Dass es eine Katze sein soll, erkennt man nur an den spitzen Ohren und an den Schnüren, die Schnurrhaare darstellen sollen. In der Schule hat sie das einmal gebastelt. Es wäre für mich nicht mehr wert, wenn es mit

Edelsteinen besetzt wäre. Ich verliebe mich in dieses Katzending, weil es ein Beweis dafür ist, dass sie mich damals nicht vergessen hat, als ich davonzog. Obwohl es natürlich neue Freunde gab und das Leben weiterging. Vielleicht vergessen Kinder allgemein viel langsamer als Erwachsene. Viele später gefundene Freunde habe ich wieder vergessen, im Sinne von nicht mehr an sie zu denken. Doch an Corinna habe ich immer gedacht, das war schon immer etwas Besonderes.

Und auch sie scheint mich nicht vergessen zu haben, sonst hätte sie das Katzendings nicht all die Jahre aufbewahrt. Als wir später einen Spaziergang durch den Ort machen und unsere alte Schule besuchen, zeigt sie auf den Hügel dahinter. Ob ich mich an die Einhörner erinnere, die wir damals beobachtet haben?

Und da sind sie, tanzen und springen nur für uns beide, es berührt mein Herz so sehr, dass es fast schon wehtut.

Am Abend kommen ihre Eltern nach Hause, und es wird noch mehr Wiedersehen gefeiert. Ich bekomme eine Schnitzerei aus Holz für meine Eltern in die Hand gedrückt. Es ist ein Hei-tiki, ein guter Hausgeist aus der maorischen Mythologie, aus dunklem Holz geschnitzt und mit leuchtenden Augen aus Paua-Muscheln, die es nur hier in Neuseeland gibt. Mittlerweile sind sie als »Opal der Meere« auch in Deutschland bekannt und sehr beliebt in der Schmuckindustrie.

Corinnas Vater ist zu einer Hälfte Maori, das waren die Ureinwohner Neuseelands oder, besser gesagt, die ersten Siedler, aus Polynesien stammend. Ihre Mutter ist britischer Herkunft und blond, doch die Kinder kommen nach ihrem Vater. Corinnas Zwillingsbruder ist gerade beim Wehrdienst, ihre ältere Schwester ist seit zwei Jahren in London.

Mir werden Löcher in den Bauch gefragt. Wie es meiner Familie gehe, wie das Wetter in Deutschland so sei, ob man dort auch Hubschrauber und Marmelade kenne, ob wir es weit zum Strand haben (Süddeutschland) und vieles mehr, von dem ich nicht gewusst habe, dass man es überhaupt fragen kann.

Dann springen sie auf und schlagen vor, einen Spaziergang zu machen, in einem alten Flussbett könne man nachts so schön Glühwürmchen sehen. So erfahre ich, dass sogar Glühwürmchen in Neuseeland anders sind. Hunderte von ihnen hängen an der Felswand und leuchten vor sich hin, wie funkelnde kleine Sternchen an einem eigenen Himmelszelt.

Es ist nicht still in der Nacht, nicht hier in der Natur – unzählige Zikaden zirpen, Nachtvögel gurren, und es raschelt im Gebüsch. Als wir vier so ruhig nebeneinander stehen, habe ich das Gefühl, mich in einer Zeit zu befinden, als es noch keine Menschen gab. Die Sterne am Himmel sind so klar und ungetrübt von künstlichem Licht, dass man meinen könnte, der Himmel wäre explodiert und hätte noch ein paar tausend Sterne ausgespuckt. Der Mond sitzt ein bisschen schief an seinem Platz, und das Kreuz des Südens leuchtet so hell, wie ich es noch nie gesehen habe.

Es ist eine wunderbare Zeit mit Corinna und ihren Eltern, und ich spüre, dass sie mich sofort wieder in ihr Herz geschlossen haben. Um den Trennungsschmerz etwas abzumildern, verrät mir Corinna am letzten Tag, dass sie nächstes Jahr ihre Schwester in London besuchen und mit ihr dann für eine Woche nach Deutschland kommen wird. Ein baldiges Wiedersehen ist also nicht ausgeschlossen. Natürlich werde ich es mir nicht nehmen lassen, ihnen dann mein Land zu zeigen.

Bevor ich in den Bus zurück nach Auckland einsteige, im Gepäck die vielen Geschenke für mich und meine Familie, umarme ich alle noch einmal lange. Es fühlt sich noch schlimmer an als damals, als ich mich für eine ungewisse Zeit verabschiedet habe. Vielleicht weil ich jetzt älter bin und mir eine solche Freundschaft viel mehr bedeutet, als ich als Kind je geahnt hätte. Auch die Einhörner sehe ich noch ein letztes Mal – sie haben sich alle auf den Hügeln versammelt und sehen mir stumm nach.

Die Bustür schließt sich hinter mir, und damit ist das Abenteuer für mich zu Ende. Diesmal aber nicht für unbestimmte Zeit. Ich werde nicht zulassen, dass wir uns noch einmal zehn Jahre lang nicht sehen. In diesem Moment lasse ich einen Teil meines Herzens zurück. Aber ich weiß, dass ich eines Tages wiederkommen und es mir zurückholen werde!

ALI

NAVA
EBRAHIMI

An Details kann ich mich nicht mehr erinnern. Es war eine Burg in einer hügeligen Landschaft, von Mischwald umgeben. Eine deutsche Mittelgebirgslandschaft ohne Extreme, in blassen Farben. Wir hatten Zimmer mit mehreren Hochbetten. Ich glaube, wir waren sechs oder acht Mädchen auf einem Zimmer. Die Jungs waren in einem anderen Trakt untergebracht. Es war die Zeit, in der die Ersten von uns es schon hinter sich hatten: verstört wegen einer blutigen Unterhose aus dem Klo zu kommen. Deshalb, wir müssen elf oder zwölf Jahre alt gewesen sein. Brüste und Po waren unterschiedlich verteilt, so richtig glücklich war keine von uns damit. Ich weiß noch, dass wir über das Blut geredet haben, abends auf dem Zimmer, uns Schauergeschichten erzählten; und staunten. Es war alles sehr aufregend. Was genau wir sagten, weiß ich nicht mehr. Ich kann mich nur an dieses Gefühl erinnern, das Gefühl zu wissen, es verändert sich gerade jetzt etwas ganz massiv in deinem Leben, und du musst allein damit fertig werden, so wie du im Bad allein mit deiner blutigen Unterhose fertig wirst.

Und als wäre das nicht schon hart genug, fing auch noch die Sache mit den Jungs an. Heute weiß ich, dass es zusammenhängt. Damals wusste ich es nicht. Jungs waren plötzlich gefährlich, aber anders gefährlich als in der Grundschule. Sie traten nicht mehr, aber sie konnten Dinge sagen, die viel mehr schmerzten.

Wenn ich an diese Tage auf der Burg zurückdenke, sehe ich mich klein vor dem Volleyballnetz, das im Innenhof gespannt war. Immerhin hatte ich keine Angst vor dem Ball. Ich versuchte jeden zu kriegen, warf mich auf den Boden, verfolgte ihn unablässig in der Luft. Ich sah ihm ruhig entgegen, wenn er in einem hohen, steilen Bogen, fast senkrecht, auf mich zuflog. Aber einen Boden hatte ich nicht unter den Füßen.

Wie gesagt, Details habe ich nicht mehr im Kopf. Bis auf einen kleinen Zwischenfall, der sich in meinem Gedächtnis eingenistet hat.

An einem Morgen brachen wir zu einer Wanderung auf. Rund um die Burg war nichts, nur Wald. Das Dorf war einen langen Spaziergang entfernt. Wir hatten es schon hinter uns gelassen und waren ein, zwei Stunden gegangen. Es war ein breiter, an beiden Seiten mit jungen Birken gesäumter Weg. Das Laub ließ matte Sonnenstrahlen durchsickern. Es war Frühling, glaube ich. Zwei Lehrer gingen voraus. Sie drehten immer wieder die Köpfe und vergewisserten sich, dass auch niemand den Anschluss verloren hatte. Wir gingen lange abwärts. Unten, am Fuß des Hangs, stand ein kastenförmiges Gebäude. Zu dem Gebäude gehörte eine große Wiese, auf der eine Schaukel und ein Klettergerüst standen. Auf der Schaukel saß ein Junge, ohne zu schaukeln. Die Wiese war mit Maschendraht eingezäunt. Alles sah sehr aufgeräumt aus. Wir kamen näher. Der Junge war von der Schaukel abgestiegen und näherte sich uns von der anderen Seite des Zauns. Wir blieben etwa einen Meter vor dem Zaun stehen. Er auch. Der Junge war etwas kleiner als die Jungs in meiner Klasse; er hatte einen größeren Kopf als sie, der aber auf einem kleinen, dünnen Körper steckte. Er hatte schwarzes, sehr dichtes Haar, das den Kopf noch größer wirken ließ. Das Haar ging fast nahtlos in dichte Augenbrauen über, darunter große, schwarze Augen, die uns erwartungsvoll anblickten. Vierundzwanzig Augenpaare blickten zurück.

»Hallo«, sagte er.

»Hallo, guten Tag. Wer bist du denn?«, fragte unsere Klassenlehrerin.

Seine Augen wurden noch größer, in meiner Erinnerung verformen sie sich sogar zu Fragezeichen. Die Lehrerin trat einen Schritt nach vorn, tippte mit dem Zeigefinger auf ihre Brust und sprach überdeutlich ihren Namen aus.

»Monika, ich bin Monika. Wer bist du?«, fragte sie wieder und zeigte auf ihn.

Er kicherte. Überhaupt hat er fast die ganze Zeit gelacht. Die Oberlippe stülpte sich so hoch, dass man seine obere Zahnreihe sehen konnte und das Zahnfleisch. Die Zähne waren klein und spitz. Er sah komisch aus. Wegen der Zähne, aber nicht nur deshalb, es war noch etwas anderes. Ich versuchte herauszufinden, was es war.

Der Körper, die Beine, sie wirkten irgendwie schief, wie schlecht zusammengesteckte Teile einer Marionette. Auch das Lachen war anders. Es war nicht gezwungen oder gekünstelt, das nicht. Es war ausgelassen, aber im Unterschied zu unserem klang es *dennoch* ausgelassen. Alle schienen es zu spüren, denn alle waren still und warteten auf seine Reaktion.

»Ich bin Ali. Ali, Iran!«

Iran. Die Lehrerin drehte sich mit einem suchenden Blick zu uns um, der Blick blieb an mir hängen.

»Lisa, du kommst doch auch aus dem Iran. Komm mal her und sprich mit ihm.«

Alle sahen mich an, als sähen sie mich zum ersten Mal. Das Blut schoss durch meine Adern aufwärts Richtung Kopf, der im nächsten Moment furchtbar heiß wurde. Ich bin noch nie gerne aufgefallen, ich tat immer alles, um in Gesellschaft meiner deutschen, katholischen Mitschüler möglichst noch deutscher und katholischer zu wirken. Mit Erfolg, glaube ich. Aber jetzt war ich plötzlich Iran und hatte etwas mit dieser haarigen Gestalt hinter dem Zaun gemeinsam. Das machte mich widerwillig. Trotzdem trat ich näher an den Zaun und sah den Jungen an. Er erkannte mich, Iran, und sein Gesicht veränderte sich wie eine weite Ebene, über der die Wolkendecke unerwartet aufreißt. Er begann sofort, Persisch zu reden. Er redete und redete, er hatte vermutlich lange niemanden mehr zum Reden gehabt. Währenddessen kam er immer näher an den Zaun, bis er sich schließlich mit den Händen an den Drahtmaschen festhielt.

»Lisa, übersetz uns doch bitte, was er sagt!«

Ein seltsames Gefühl, etwas zu können, was die Lehrerin nicht konnte. Ich fing an.

»Er sagt, er ist zwölf Jahre alt und kommt aus dem Iran. Da ist Krieg. Er sagt, der Krieg geht gegen Irak, er dauert schon sehr lange. Er ist auf eine Mine getreten, aber er hat Glück gehabt, die Ärzte konnten seine Beine retten. Er sagt, seine Eltern sind gestorben.«

Erst nachdem ich den Satz gesprochen hatte, wurde mir klar, was er aussagte. Alle waren näher an den Zaun gekommen. Den Gesichtern war anzusehen, dass sie sich für einen Augenblick vorzustellen versuchten, wie das wohl war. Tote Eltern. Krieg. Er war so alt wie wir. Wir – achtziger Jahre, kein Privatfernsehen, nur Heidi und Muppet Show, die Eltern in unserer Gegend schleppten uns wahlweise ins Phantasialand oder zu Ostermärschen, Friedenstauben-Aufkleber überall. Krieg kannten wir nur, weil Kriegsspielzeug draußen bleiben musste. Das heißt: Ich wusste, dass Krieg war im Iran. Aber Bilder habe ich in der Tagesschau nie gesehen. Und jetzt stand er plötzlich vor mir, der Krieg, schiefbeinig und mit einem Maschendrahtmuster.

Eine Stille lag über uns, wie sie über zweiundzwanzig Pubertierenden nur selten liegt. Johannes T., ein altkluges Kind, das wohlgenährt und mit rosigen Wangen neben Ali aussah wie ein Preisferkel, war still. Sogar Thorsten B., der Schläger der Klasse, war still; Jahre später, damals Mitte zwanzig, hat er seinen Vater mit fünfzehn Messerstichen umgebracht.

Ali redete ohne Unterbrechung weiter.

»Er ist hier, um sich zu erholen und kräftig zu werden. Er sagt, die deutschen Ärzte sind sehr freundlich zu ihm.«

Ich verstand nicht alles, er sprach so schnell, dass sich die Wörter überschlugen. Dann, plötzlich, hielt er inne. Er sah mir in die Augen, aber seine Pupillen, zwei Stücke Kohle, bewegten sich unaufhörlich weiter. In den Augen war es zu finden, das *Dennoch*. Er sagte etwas, und noch bevor ich darüber nachdenken konnte, ob ich es übersetzen sollte, hatte ich es schon getan.

»Er sagt, ich bin sehr schön.«

Noch im selben Augenblick schoss wieder das Blut in mir hoch, Scham ergoss sich wie eine Dusche von oben und rann heißkalt an mir herunter. Ich sah auf den Boden. So etwas Peinliches ist mir noch nie passiert, dachte ich. Niemand sagte ein Wort, die Stille schien sich auszudehnen, ich spürte, wie meine Adern pochten. Erst allmählich begriff ich: Niemand lachte. Kein Kichern, kein Zischen, nichts.

Ich weiß bis heute nicht, was genau es an ihm war, das uns so zivilisiert hat. So rührend: fiese picklige Jungs und hormonell verwirrte Mädchen. Mitleid war es nicht, dafür war er zu fröhlich. Vielleicht war er auch gar nicht fröhlich, vielleicht war er traumatisiert und hatte total einen an der Waffel. Und wir haben es nur nicht gemerkt. Aber das glaube ich nicht. Ich glaube, es war diese pure Freude, uns zu sehen. Trotz allem. Wir hatten Respekt vor diesem schiefen Männchen. Er war so traurig und so froh zugleich.

Bevor wir weiter wanderten, fragte er mich noch, ob ich seine Freundin sein wollte. Ich nickte. Es war klar, dass wir uns nie wieder sehen würden. Dass unsere Wege so unterschiedlich sind, dass sie sich nie wieder kreuzen werden. Aber einmal, irgendwo in einer deutschen Mittelgebirgslandschaft, haben sie sich gekreuzt.

WEIL

KATHARINA
STEGEN

»Für wie lange ist es dieses Mal?«

Wir saßen nebeneinander auf der Mauer, Juliana und ich, wie so oft. Die Schokolade zwischen uns, baumelten wir mit den Beinen. Immer wieder stieß ich mit den Hacken gegen die Backsteine. Es tat ein bisschen weh, aber das war mir im Moment nur recht.

Ich schloss die Augen, betrachtete die Schwärze dahinter. Es war so leicht, diese Schwärze mit einem Blinzeln in die helle Welt zu verwandeln, die dahinter wartete. Für mich zumindest. Juliana kostete es die gesamte Kraft, die Lider zu heben und für den Bruchteil einer Sekunde den Sonnenschein zu sehen. Dann fielen ihr die Augen wieder zu, und sie versank im Dunkeln.

»Sie sagen drei Wochen erst einmal, zur Beobachtung. Das heißt mindestens zwei Monate.«

Juliana zwinkerte mir zu, aber mir war nicht nach Scherzen zumute. Immer heftiger hieb ich meine Füße gegen die Steinmauer. Es half nicht. Ich hielt inne, als ich Julianas Hand auf meinem Oberschenkel spürte.

»Hey, Süße. Reg dich mal nicht so auf. Ich komme doch wieder.«

Mit einem Satz sprang ich von der Friedhofsmauer.

»Ja, in zwei Monaten oder so.«

Ich konnte mir die Wut nicht erklären, die mit einem Mal in mir aufstieg. Hilflos ballte ich die Hände zu Fäusten.

»Ich tue das nicht freiwillig, weißt du?«

Ich hörte Juliana ihren Ärger an. Sie sprang mir hinterher, aber ich wartete nicht auf ihre Worte. Stattdessen drehte ich mich um und lief davon. Meine Schritte waren laut auf dem Asphalt, mit jedem Klacken frage ich mich, warum ich weglief.

Hinter mir hörte ich Julianas Stimme:

»Was soll der Mist? Wenn du nichts mehr mit mir zu tun haben willst, dann sag es doch!«

Vielleicht weinte sie, es hörte sich danach an. Ich drehte mich nicht um, ich wollte sie nicht sehen, vor allem nicht, wenn sie weinte. Mein Ärger war mir in diesem Moment wichtiger als sie. Immer lässt du mich allein!, hätte ich so gerne gerufen, aber ich konnte nicht. Ich keuchte, die Luft brannte in meinen Lungen, als ich immer weiter lief. Ich wollte nicht, dass Juliana mich einholte. Wieder musste sie weg. Wieder ließ sie mich allein. Wie schon so oft. Sie kann nichts dafür, wurde eine ruhigere Stimme in mir laut, sie würde auch gerne bei dir bleiben. Aber es geht nicht. Klappe!, hielt die Wut in mir dagegen. Wenn sie sich mehr anstrengen würde, dann könnte sie. Ja, das glaubst du. Weil für dich alles so einfach ist. Du hast ein einfaches Leben, du bist ein glücklicher Mensch. Die Stimme wurde immer leiser, bis sie verklang, übertönt von der Wut, die mir die Tränen in die Augen trieb.

Irgendwann stoppte ich. Als ich mich umdrehte, war Juliana nicht mehr zu sehen. Verlassen lag die Straße da, und mich fröstelte bei dem Anblick. Langsam ging ich durch den Sommerabend nach Hause.

Kaum hatte ich meine Schuhe ausgezogen und in die Ecke getreten, stand schon meine Mutter vor mir.

»Line, wo warst du so lange? Du weißt, dass es um sieben Abendessen gibt!«

»Ich habe keinen Hunger«, murmelte ich und drängte mich an ihr vorbei in mein Zimmer.

Das rotgoldene Licht der untergehenden Sonne flutete den kleinen Raum. Er war unaufgeräumt wie immer. Auch wenn man mit sechzehn wohl schon Ordnung halte sollte, musste meine Mutter mich immer noch zum Aufräumen zwingen.

Durch Klamottenhaufen, Pizzakartons und CDs bahnte ich mir einen Weg durchs Zimmer, schmiss ich mich aufs Bett und drückte das Gesicht ins Kissen. Langsam wich die Wut einer Traurigkeit, die mein Innerstes auszuhöhlen schien. Ich hatte ich mich noch nie mit Juliana gestritten, schon gar nicht wegen so etwas, und als ich jetzt darüber nachdachte, was passiert war, erschien es mir auch albern; entschuldigen wollte ich mich aber nicht. Ich hatte es satt, immer so tun zu müssen, als machte mir das alles nichts aus.

Seit drei Jahren kannten wir uns nun, und die Hälfte der Zeit waren wir getrennt gewesen. Immer und immer wieder musste Juliana weg. »Weg«, so nannten wir es, wenn wir meinten: in die Klinik.

Wir lernten uns kennen, als sie in meine Klasse kam. Sie war bereits zum zweiten Mal sitzen geblieben und hatte zum dritten Mal die Schule gewechselt. Warum, erfuhr ich erst sehr viel später.

Damals fand ich sie einfach nur interessant. Das zwei Jahre ältere Mädchen, das dunkle Schminke und Stiefel trug, war so anders als die Mädchen, die noch immer für Pferde und für Jannis, den ältesten Jungen unserer Klasse, schwärmten. Dazu kam das Geheimnis, warum sie hatte wiederholen müssen. Im Unterricht wusste sie die Antwort auf jede Frage und korrigierte die Lehrer manchmal sogar. Selbst ihre kleinen Witze ließen sie ihr durchgehen, was uns Respekt vor ihr einflößte, auch wenn wir es nicht wagten, mit ihr zu reden.

In den Pausen allerdings wurde sie still. Meine Freundinnen und ich hatten damals einen speziellen Platz in der Pausenhalle, wo wir drei Bänke zusammengeschoben hatten. Mit dreizehn brauchten wir noch keine Ecke zum heimlichen Rauchen, so verschanzten wir uns dort, um über Jungs zu reden, über Bands und über Ärger mit unseren Eltern.

Natürlich gab es auch andere Mädchen in unserer Klasse, die in dem Alter anfingen, sich zu schminken, enge Kleidung zu tragen und sich die BHs auszustopfen. Meine Welt war das nie. Ich beobachtete lieber von unserer sicheren Station aus dieses neue, fremde Mädchen. Juliana. Was für ein Name. Mein eigener, Caroline, war mir schon immer gewöhnlich vorgekommen. Juliana dagegen ... Was hätte ich für solch einen Namen gegeben.

Juliana war immer allein. Gegen die Wand gelehnt las sie in einem Magazin oder Buch, tat das aber mit der Lässigkeit einer Person, die andere nicht zu beachten braucht, keinesfalls wie ein weltvergessener Bücherwurm.

»Juliana ist so cool!«, sagte ich irgendwann mal in das Gespräch meiner Freundinnen hinein. »Ich wäre gern wie sie.«

Clarissa drehte sich zu mir um. Sie war damals für mich das, was man wohl eine beste Freundin nennt. Jemand, der zu einem gehört, mit dem man eine Menge unternimmt, über den man nie schlecht reden würde und bei dem man nicht darüber nachdenkt, wieso man das alles tut oder eben nicht tut.

»Juliana? Ich weiß nicht ... Ich habe komische Dinge über sie gehört.«

Sofort rutschte alles näher zusammen, auch ich steckte den Kopf in die Runde.

»Meine Mutter kennt einen Lehrer von ihrer alten Schule. Sie soll oft gefehlt haben, weil sie in 'ner Klapsmühle war oder so.«

Ich schickte einen verstohlenen Blick zu der Person hinüber, die dort an der Mauer lehnte und las.

»Sie sieht aber gar nicht verrückt aus. Ich meine, sie benimmt sich doch ganz normal, oder?«

Clarissa zuckte verärgert mit den Schultern.

»Ich hab das auch nur von meiner Mutter gehört.«

»Wir könnten sie doch fragen«, warf Katja ein.

Sofort bekam sie von Steffi einen Stoß in die Seite:

»Klar, wir gehen einfach hin und fragen sie, ob sie verrückt ist«, sagte sie ironisch.

»Line macht so etwas bestimmt!« Clarissa schaute mich grinsend an. Sie liebte es, mich zu provozieren. »Sie interessiert sich ja am meisten für Juliana, oder?«

Das Ganze ging eine Weile hin und her. Ich sträubte mich nur wenig. Natürlich interessierte mich Juliana, aber ich wollte meinen Freundinnen nicht zeigen, wie sehr sie mich tatsächlich faszinierte. Also ließ ich mich überreden, und kurz bevor es klingelte, machte ich mich auf dem Weg zu unserer mysteriösen Mitschülerin. Ich hatte Bauchschmerzen vor Aufregung, und kurz überlegte ich, einfach umzudrehen und so zu tun, als wäre ich zu den Toiletten unterwegs.

Schließlich fand ich mich doch vor Juliana wieder. Den Blick auf den dreckigen Boden zwischen uns gerichtet, überlegte ich, was ich sagen könnte. Schließlich stellte ich meine Frage geradeheraus:

»Du, Juliana, stimmt es, dass du schon mal in der Klapse warst?« Ich schickte ein nervöses Kichern hinterher.

Juliana ließ langsam das Heft sinken, in dem sie geblättert hatte. Mit der flachen Hand schlug sie mir ins Gesicht.

So begann unsere Freundschaft. Später erinnerten wir uns gerne an diesen Augenblick und lachten darüber. Juliana pflegte dann zu sagen: »Das war aber auch eine beschissene Frage!« »Kein Grund, mich zu schlagen«, erwiderte ich, und unter lautem Lachen verziehen wir einander.

Damals aber spürte ich nur den Schmerz in der Wange und hörte den leisen Aufschrei meiner Freundinnen. Geschockt von Julianas heftiger Reaktion schossen mir die Tränen in die Augen. Ich fuhr herum, und so schnell wie möglich eilte ich zur sicheren Bastion unserer Bänke zurück.

Steffi, Clarissa und Katja erwarteten mich mit einem angemessen empörten Gesicht.

»Was sollte das denn?«

»Die spinnt ja wirklich!«

»Na warte, das werden wir Herrn Steiner sagen!«

Juliana beachtete unser aufgeregtes Gekreische nicht. Es klingelte, sie faltete ihre Zeitschrift zusammen und ging zum Klassenraum. Dort saß sie im Unterricht, als wäre nichts geschehen. Auch als wir aufgeregt in die Klasse gestürmt kamen und Herrn Steiner, unserem Klassen- und Deutschlehrer, ausgeschmückt erzählten, was passiert war (natürlich ohne den Inhalt meiner Frage zu erwähnen), sagte sie nichts. Als ich sie später einmal darauf ansprach, meinte sie, sie habe die Diskussion nicht vor der Klasse austragen wollen. »Das ging die anderen nichts an«, war ihre Meinung.

»Juliana, entschuldige dich bei Caroline«, forderte Herr Steiner sie auf.

Sie tat es. Ohne mit der Wimper zu zucken. Ohne es ernst zu meinen. Sie warf mir danach ein kurzes, zuckersüßes Lächeln zu, ohne das ich wohl nie mehr mit ihr geredet hätte. So aber weckte sie mein Interesse. Es schien mir, als wäre meine Frage nicht nur eine vorschnelle Idee, ein Scherz, sondern berechtigt gewesen. Auch wenn mir schon beim Gedanken daran die Beine zitterten, musste ich mich entschuldigen. Und um eine Erklärung bitten.

Ich wartete, bis der Unterricht vorbei war. Als Juliana den Klassenraum verließ, folge ich ihr in einigem Abstand, denn meine Freundinnen sollten nicht mitbekommen, was ich vorhatte. Ich verabschiedete mich schnell von ihnen und hielt dann Ausschau nach Juliana. Es war kein Leichtes, sie nicht zu verlieren und gleichzeitig so auszusehen, als wäre ich nur auf dem Weg nach Hause.

Sie hatte das Schulgelände bereits verlassen und bog gerade in eine Seitenstraße ein, als ich sie erwischte.

»Juliana!«

Ich war so sehr mit meiner Verfolgungsjagd beschäftigt gewesen, dass ich mir kaum Gedanken darüber gemacht hatte, was ich sagen wollte.

Jetzt stand sie vor mir, unendlich groß, das dunkel geschminkte Gesicht von Gleichgültigkeit erfüllt. Sie sagte nichts. Sie wartete, was ich zu sagen hatte.

»Juliana, e-es tut mit leid. Die Frage … ich meine, das war nicht in Ordnung!«, sprudelte es aus mir heraus.

Meine Hand zitterte und ich fuhr damit durch die Luft, als könnte ich damit meinen Worten helfen, zu diesem sonderbaren Mädchen zu gelangen.

Juliana schaute mich nur an. Sie blinzelte zweimal, ich erinnerte mich noch lange daran, dieser doppelte Augenschlag.

»Wieso entschuldigst du dich? Was hast du denn falsch gemacht?«

Ihre Frage klang ehrlich und keineswegs ironisch. Es schien sie wirklich zu interessieren. Ich senkte den Kopf.

»Ich … ich weiß nicht genau. Ich weiß nur, dass es dich gestört haben muss, weil du … na ja, weil du mich geschlagen hast.«

Mit einem herzlichen Lachen hieb mir Juliana auf den Rücken.

»Herrje, nur weil jemand dich schlägt, heißt das nicht, dass du etwas falsch gemacht hast. Diese Einstellung solltest du dir ganz schnell abgewöhnen!«

Blut schoss mir ins Gesicht. Ich öffnete den Mund, um etwas zu entgegnen, aber mir fiel nichts ein. Das Gespräch nahm einen völlig anderen Gang, als ich erwartet hatte. Überfordert schloss ich den Mund wieder.

Juliana lächelte mitleidig.

»Komm, ich lad' dich auf 'ne Cola ein. Dann erklär' ich dir auch alles.«

Im nächsten Supermarkt kaufte sie zwei Dosen, wobei ich nach einer zaghaften Anfrage eine Sprite statt einer Cola bekam.

Juliana führte mich zu dem nahegelegenen Friedhof einer kleinen katholischen Gemeinde.

»Hier wird schon lange keiner mehr begraben«, erklärte sie, als ich mich unbehaglich umsah. »Aber im Frühling ist es schön. Über den Gräbern blühen tausende von kleinen blauen Blumen, es ist ein unbewegliches Meer. Wirklich, wunderschön.«

Sie schwang sich auf die Friedhofsmauer und klopfte auf den Backstein. Mit immer noch mulmigem Gefühl setzte ich mich neben sie. Schweigend tranken wir. Ich wäre gerne geflohen, und plötzlich wollte ich gar nicht mehr wissen, was mit ihr war. Vielleicht hatte sie mich ja hierher gebracht, um mich …

»Die Leute haben vollkommen falsche Vorstellungen von der Klinik. Von der Klapse«, sagte sie in meine Gedanken hinein und nahm einen Schluck aus ihrer Dose.

Ich tat es ihr gleich, um mein Gesicht zu verbergen, um nichts sagen zu müssen, um überhaupt etwas zu tun.

Doch sie erwartete nichts von mir, sondern redete von sich aus weiter.

»Es ist nicht so, dass da nur Psychopathen sind, die Kinder vergewaltigen und Menschenfleisch essen oder Stimmen hören.

Schon gar nicht in der Jugendabteilung. Nein, die Klinik ist ein Schutzraum. Es geht um Hilfe, aber auch darum, sich nur mit sich selbst beschäftigen zu müssen, mit seiner Krankheit. Das funktioniert nicht immer, am Anfang sogar oft nicht. Wenn man dort angekommen ist, an dem Punkt, an dem man sich mit seiner Krankheit auseinandersetzen kann, ist man schon sehr weit. Manchmal gibt es aber keine Chance auf Heilung.«

Sie spielte mit der Dose in ihren Händen. Es war fast, als spräche sie mit sich selbst.

»Viele psychische Krankheiten lassen sich nicht heilen, sie lassen sich nur unterdrücken, mit Medikamenten. Man muss lernen, damit umzugehen, mit der Krankheit, aber auch mit der Verzweiflung, die einen manchmal überkommt. Und dann ist die Klinik nur noch Schutzraum. Sie schützt einen vor sich selbst, andere vor einem und einen vor anderen.«

Sie verstummte. Zögerte. Dann sagte sie leise: »Ich war dort, weil man mich vor mir selbst schützen musste. Auch vor anderen. Aber vor allem vor mir selbst. Ich war schon drei Mal dort, das erste Mal mit dreizehn. Das war mein zweiter Selbstmordversuch, der erste ging so daneben, dass niemand es mitbekam.«

Sie lachte nervös und fuhr sich mit der Hand übers Haar. Noch immer sah sie mich nicht an.

»Vier Monate in der Klinik, nachdem ich schon über einen Monat nicht mehr in der Schule war. Ich schaffte die Klasse nicht. Als ich nach den Ferien zurückkam, wusste es die halbe Schule. Überall hörte ich ›Klapsenkind‹, ›Verrückte‹ und ähnliches. Meine Mutter sagte mir, die anderen könnten nur nicht damit umgehen. Aber was half mir das Wissen, sie machten trotzdem weiter. Ich wechselte die Klasse. Es brachte nichts. Ich wechselte die Schule, aber nach einem oder zwei guten Monaten dort kam die Depression zurück. Irgendwann hielten meine Eltern es nicht mehr aus. Sie hatten Angst, dass ich es dieses Mal schaffen würde zu sterben, und ließen mich einweisen. Ich hatte nicht die Kraft, mich zu wehren. Die Klinik war auch besser als die Welt draußen.«

Ich suchte nach Worten, fand aber keine. Sie zuckte nur mit der Schulter.

»So ging das weiter, und so wird es vielleicht immer weitergehen. Klapse – draußen – wieder Klapse. Hoffnung ist manchmal ein schwieriges Wort.«

Endlich fand ich meine Stimme wieder. Es war, als wäre mir jedes Gefühl abhandengekommen. Am liebsten wäre ich weggelaufen, aber ich konnte nicht.

»Wieso hast du versucht, dich umzubringen?«

Meine Zunge fühlte sich taub an.

Zuerst dachte ich, Juliana würde mich wieder schlagen, doch als sie sich zu mir umdrehte, zuckte sie nur mit den Schultern. Sie sah mit einem Mal sehr müde aus, alle Kraft war aus ihrem Blick verschwunden.

»Ich weiß nicht, keiner weiß es wirklich. Ich bin depressiv, das haben sie rausgefunden, aber das ist auch keine große Kunst. Das hätte ich ihnen auch sagen können, an jedem Tag, an dem ich nur auf dem Sofa zu Hause lag, bestenfalls manchmal heulte, ohne zu wissen, wieso, und mich so furchtbar unerträglich fühlte, dass ich nur noch weg von mir wollte, ohne zu können.«

Ihre Stimme war immer leiser geworden.

»Aber was das alles ausgelöst hat ... Wer weiß. Meine Eltern haben sich scheiden lassen, als ich fünf war, aber das passiert vielen Kindern, und trotzdem sind sie glücklich. Mein Vater hat seinen Job verloren, er ist seit drei Jahren arbeitslos, aber das geht auch vielen Kindern so. Ich weiß nicht, was mich von ihnen unterscheidet.«

Bei dem letzten Satz krümmte sie sich zusammen, und ich merkte, wie die Panik in mir aufstieg. Was sollte ich jetzt tun, was war los?

»Ist ... alles in Ordnung?«

Etwas Besseres fiel mir nicht ein.

»Nein, nichts ist in Ordnung, aber das ist in meinem Leben nichts Ungewöhnliches«, nuschelte sie in ihren Rock. »Ich weiß nur nicht, wieso ich dir das alles erzähle, und eigentlich will ich auch nicht darüber nachdenken.«

Sie hob den Kopf und holte tief Luft. Ihre Dose warf sie auf die menschenleere Straße. Das hohle Scheppern war ein willkommenes Geräusch in der drückenden Stille.

»Na dann«, sagte sie und glitt von der Mauer, »geh jetzt und erzähl deinen komischen kleinen Freundinnen, was du erfahren hast, bis die ganze Schule es weiß – es interessiert mich nicht mehr, was sie über mich sagen. Von mir aus renn weg, ich bin es gewohnt. Mit mir will keiner etwas zu tun haben, mit mir *kann* keiner etwas zu tun haben. Entweder sie haben Angst oder verstehen nichts von dem, was ich bin, dann lachen sie oder schauen weg. Oder sie versuchen es, das sind die Schlimmsten. Sie opfern sich auf, weil sie es für moralisch richtig halten, und stellen irgendwann enttäuscht fest, dass man mir nicht helfen kann. Die wenigsten können genau diese Tatsache akzeptieren: dass sie alles kaputt machen, wenn sie versuchen, mir zu helfen.«

Mit einem traurigen Lächeln streckte sie sich, gähnte, dann schnappte sie sich ihre Tasche.

»Au revoir.«

Ich blieb zurück, sagte nichts mehr. Es gab nichts zu sagen, sie hatte alles vorweggenommen. An dieser Stelle, davon war ich überzeugt, würde Julianas und meine Geschichte enden. Wenn ich nicht etwas tat. Anders war.

Bei dem Gedanken fasste ich einen Entschluss.

Zuerst war es nur der Trotz, nicht so sein zu wollen wie all die anderen, von denen sie mir erzählt hatte. Sie wusste wohl, dass ihre Worte genau das hervorrufen würden, und ich war mir dessen auch bewusst.

Am nächsten Tag brachte ich ihr Kuchen mit. Ich wusste nicht, was ich sonst tun sollte, aber es reichte ihr. Sie aß ihn. Das wiederum reichte mir.

Lange Zeit kam das Gespräch nicht mehr auf das Thema ihres etwas anderen Lebens. Wir redeten über Bücher, über Filme, über Schule und Musik. Ich lernte eine Menge neuer Dinge durch sie kennen, und sie erfreute sich, wie sie es ausdrückte, an meiner Kindlichkeit und Unberührtheit von den Schrecken der Welt.

Als wir uns besser kannten, schnitten wir das Thema manchmal in Nebensätzen an, machten Witze darüber. Es war gut zu sehen, dass Juliana nicht von mir erwartete, mich schon damit auseinanderzusetzen. Offenbar war es genug, dass ich da war, und das war ich gerne.

»Du hängst viel mir der Neuen rum«, bemerkte Clarissa irgendwann.

Katja und Steffi nickten zustimmend. Ich hatte von den beiden auch nicht erwartet, dass sie den Mund aufmachten. So etwas überließen sie immer Clarissa. Clarissa, der Anführerin.

»Wirklich?«, erwiderte ich beiläufig.

Natürlich wusste ich, dass sie recht hatten. Es interessierte mich nur nicht. Ich war inzwischen vierzehn, alt genug, um zu wissen, wie der Hase bei so etwas lief. Clarissa würde zuerst versuchen, nett zu sein, dann würde sie mich erpressen. Aber wenn sie mich vor die Entscheidung stellen würde: sie oder Juliana, wusste ich bereits, wen ich vorziehen würde. Ich hatte schon lange beschlossen, immer den zu wählen, der mich nicht vor die Wahl stellte. Juliana hatte mir beigebracht, mich nicht erpressen zu lassen, sie hatte es in der Klapse gelernt. Sie hatte dort eine Menge nützlicher Dinge gelernt, vor allem was Unabhängigkeit und Selbstbewusstsein betraf.

»Wenn du schon mal versucht hast, dich selbst zu töten«, sagte sie einmal, »kann dir keiner mehr was. Das größte Druckmittel, der Tod nämlich, ist allen aus der Hand gerissen worden. Du brauchst dich nicht mehr vor ihm zu fürchten. Man muss sich nur immer daran erinnern.«

Clarissa stellte die Frage nicht direkt. Auch das hatte ich erwartet. Sie spielte ihr unterschwelliges Spiel, auf das ich nicht einging. Wenn ich mit Juliana verabredet war, fragte sie mich absichtlich, ob ich an dem Tag mit ins Kino wollte. Verneinte ich, zeigte sie mir erst, wie sehr es sie beleidigte, und unterhielt sich am nächsten Tag lauthals darüber, wie gut der Film gewesen sei.

Sie hielt mir im Unterricht oder in den Pausen Plätze frei, wartete auf mich, allerdings nur, wenn sie wusste, dass ich nicht kommen würde. Dann beklagte sie sich darüber, wie ich sie immer und immer wieder im Stich ließe.

Es wirkte nicht. Irgendwann erkannte ich, wie egal sie mir war. Wie langweilig ich Katja und Steffi fand. Wie oberflächlich sie und meine Gespräche mit ihnen waren. Meine Mutter warf mir vor, arrogant zu sein, als ich mit ihr darüber reden wollte. Ich versuchte es nicht mehr, sondern akzeptierte, was ich für mich wusste: Mit diesen dreien konnte ich nichts mehr anfangen. Irgendwann hörte ich ganz auf, etwas mit ihnen zu unternehmen, und war statt dessen länger bei Juliana.

Das Ganze ging auch gut, bis Juliana wieder in schwere Depressionen fiel. Zuerst bekam ich es nur unterschwellig mit. Sie war grundlos gereizt, dann wieder weinte sie, was ich bemerkte, auch wenn sie es niemals vor mir tat. Die Tage, die sie in der Schule fehlte, wurden immer zahlreicher. Wenn ich etwas mir ihr unternehmen wollte, lag sie meist nur zu Hause herum und schüttelte stumm den Kopf.

Ich war kurz vor dem Verzweifeln, denn je mehr sie sich zurückzog, desto größer wurde meine Angst, desto größer meine Einsamkeit. Ich suchte wieder mehr Kontakt zu Clarissa, Katja und Steffi, aber nur mit Steffi konnte ich noch reden. Früher hatte ich ihre Stille oft als langweilig empfunden, jetzt genoss ich sie.

Juliana dagegen ging es immer schlechter, und ich konnte nichts tun. Als sie schließlich in die Klinik kam, war es eine kleine Erlösung für mich.

Das Warten fiel mir schwer, aber ich tat es. Ihr zuliebe. Ich schickte ihr manchmal Briefe, die unbeantwortet blieben, doch ich wusste, sie würde zurückkommen. Meine Aufgabe war es, so lange den Kopf oben zu halten. Wenn ich weinen musste, weil sie mir fehlte, weinte ich zwar, aber ich versuchte danach, etwas Schönes zu machen. Es ging, irgendwie. Ich überstand die Zeit.

So ging es weiter. Juliana war meine beste Freundin, auf der anderen Seite hatte ich Steffi, die ich auch sehr mochte und die mir Stabilität bot, wenn ich sie brauchte. Ich lernte Juliana immer besser kennen, und bald merkte ich, wie schwer es war, mir ihr befreundet zu sein. Manchmal dachte ich, ich könnte nicht mehr, so könne es nicht weitergehen. Als ich ihr das beichtete, lächelte sie nur:

»Glaub mir, ich weiß auch nicht, wie es weitergehen soll. Niemand weiß es. Der Gesellschaft reicht es, mich wegzusperren, wegzusperren für das gute Gewissen, denn solange ich nicht tot bin, interessiert es niemanden, dass ich nicht lebe.«

Jede Freundschaft, da war ich mir sicher, hatte ihre Weils, aber auch ihre Obwohls. Ich war mir Juliana befreundet, *weil* sie anders war, interessanter, intelligent, witzig und mir die Augen für neue Dinge öffnete.

Aber ich war auch mir ihr befreundet, *obwohl* sie diese Probleme hatte und *obwohl* diese Probleme manchmal das Einzige waren, über das ich mit ihr reden konnte. Das Schlimmste war, mit ihr befreundet zu sein, *obwohl* ich ihr nicht helfen konnte. Das brauchte am meisten Kraft.

Manchmal schien das Obwohl zu groß zu werden, übermächtig. Unsere Freundschaft bestand dann nur noch aus einem Obwohl, und jedes Weil war zu klein, zu schwach, um sich dagegenzustellen.

Bei unserer ersten Begegnung hatte Juliana gesagt: »Hoffnung ist manchmal ein schwieriges Wort.«

Erst in jenen Obwohl-Zeiten habe ich verstanden, was sie damit meinte. Aber meine Hoffnung lebte, die Hoffnung, das Weil würde irgendwann die Oberhand wiedergewinnen und diese Weil- wären die Obwohl-Zeiten wert.

Drei Jahre nach diesen Worten legte ich mein Kissen zur Seite, starrte noch einen Augenblick an die Wand und erhob mich dann vom Bett.

»Wohin gehst du jetzt noch?«, wollte meine Mutter wissen, als ich an ihr vorbei zur Haustür schlappte.

Ich gab keine Antwort.

Zu Julianas Wohnung war es nicht weit. Seit diesem Jahr wohnte sie allein, es tat ihr gut, behauptete sie, eine betreute Wohngemeinschaft wäre nichts für sie. Ich glaubte ihr trotzdem nicht, dass sie allein leichter zurecht kam.

Sie öffnete erst beim dritten Klingeln.

Keine von uns beiden sagte etwas, ich folgte ihr stumm in den dritten Stock. Im Flur standen zwei Koffer, sie hatte es tatsächlich geschafft zu packen. Ich wusste, wie schwer ihr das mitunter fiel, wenn es schlimm wurde.

In der Küche stapelten sich dreckiges Geschirr und Abfall.

Wenn sie nicht mehr mit ihrem Leben zurechtkam und von allem überfordert war, geriet ihr Zuhause mitunter in einen grausamen Zustand. Es störte mich nicht.

Juliana ließ sich auf ihr dunkelgrünes Sofa fallen, das Gesicht nach unten. Eine Weile regte sie sich nicht, schließlich setzte sie sich auf. Ihre Bewegungen schienen verlangsamt, als koste jeder Atemzug sie schon zu viel Kraft. Vermutlich war es auch so.

Ich setzte mich neben sie, und sie lehnte ihren Kopf gegen meine Schulter.

»Es ist schon hart für dich, meine Kleine, es tut mir leid, dass ich es dir so schwer mache«, murmelte sie. »Ich dachte mir, ich sage dir dieses Mal besser auf Wiedersehen, deswegen habe ich sie gebeten, mich erst morgen abzuholen. Aber ich kann nicht mehr, und …«

Ihre Stimme versagte.

»Bringt es denn etwas?«, flüsterte ich. »Hilft es dir?«

Sie seufzte, überlegte. Schüttelte den Kopf. »Nur wenig. Aber es bringt mich weg. Lässt mich durchatmen, wenn auch nur für kurze Zeit. Ich weiß es nicht.«

Mit ihren unendlich langsamen Bewegungen richtete sie sich wieder auf, legte ihre Hand an meine Wange.

»Es tut mir so leid, meine Süße, dass ich dich immer wieder alleine lassen muss. Ich habe dich lieb, das weißt du, und ich wäre gerne anders. Aber manchmal …«

… ist Hoffnung ein schweres Wort«, beendete ich ihren Satz. Ich lächelte sie an, drückte ihre Hand. Weil ich sie lieb hatte.

MEIN FREUND JURI

HERMANN
CHARPIED

Ich habe Juri nie vergessen können. Noch immer, nach so vielen Jahren, nach Jahrzehnten, denke ich oft zurück an meine Zeit mit ihm. Dann bin ich wieder so jung wie damals, sehe ihn ebenfalls so jung wie damals, lasse mich wieder mitreißen von seiner unbekümmerten und herzlichen Fröhlichkeit, von seiner einfachen und doch großen und selbstverständlichen Menschlichkeit. Wir hatten nicht mehr als fünfzehn Monate des Miteinander in einer Zeit, die nicht auf Freundschaft ausgerichtet war, schon gar nicht auf eine so gegensätzliche. Juri trug die Uniform der Roten Armee, ich war ein deutscher Kriegsgefangener, ein *Woina Plenny*.

Es war im Sommer 1948, der furchtbare Krieg war lange schon zu Ende, aber ich befand mich immer noch in »sowjetischem Gewahrsam«. Nach fünf bitterharten Jahren hinter Stacheldraht stand die Heimkehr kurz bevor. So hieß es jedenfalls. Ich war in diesen Jahren ein altgedienter und erfahrener *Plenny* geworden, aber ich war körperlich und seelisch kaputt, ausgebrannt, abgemagert und müde, und vor allem hungrig, immer nur hungrig. Seit vier Monaten war ich in einer Strafbrigade, durfte das Lager zu Außenarbeiten nicht mehr verlassen und arbeitete als Bretterstapler im Sägewerk des Lagers. Mitten in der Arbeit wurde mein Name aufgerufen, und ich wurde zum

Lagerkommandanten befohlen. Der teilte mir mit, dass ich zu einer ganz besonderen Arbeit ausersehen sei, zu einer ganz wichtigen Aufgabe. Ich sollte der Verwalter und Leiter der kleinen Benzinstation werden. Sie befand sich außerhalb des Lagers, deshalb brauchte man einen vertrauenswürdigen Mann. Ich hatte mir längst abgewöhnt, mich über irgendetwas zu wundern, und nahm alles so, wie es kam. So sagte ich also zu. Vor dieser neuen Arbeit waren noch viele Verhöre zu überstehen mit Ermahnungen und Hinweisen auf die Regeln und Gesetze der Sowjetunion, danach erst bekam ich meinen Ausweis, den *Propusk*. Damit konnte ich nun ohne Begleitposten das Lager jederzeit verlassen, konnte gehen und kommen, wann immer ich wollte. Wie ein freier Mensch beinahe.

An der Benzinstation wurden nur die Fahrzeuge des Lagers betankt, mit Öl versehen und mit Staufferfett. Ich hatte ein kleines Büro mit Tisch und Stuhl, Papier, Bleistifte, Formulare, eine Rechenmaschine mit bunten Holzkugeln. Genaueste Buchführung wurde verlangt, genaueste Abrechnung bis zum letzten Deziliter Benzin. Es war keine schwere Arbeit für mich, aber dann doch eine schwierige. Im Laufe der Zeit hatte ich mir ganz gute Kenntnisse der russischen Sprache angeeignet, mit ein wenig Mühe konnte ich sogar lesen und schreiben. Doch ich verstand nichts von Autos, ich wusste nichts von Motoren, Getrieben und Kurbelwellen. Und da rollten nun täglich lautstark und mit viel Gestank die vielen LKWs der Marke SiS vor mein Büro (SiS heißt *Sawod imeni Stalina* – Stalinwerk). Die Fahrer waren verdiente Soldaten der Sowjetarmee, grobe Typen, ganz die Sieger des Krieges. Ich war für sie nur ein Dreck, ein Fritz, ein verfluchter Deutscher. Wenn etwas nicht gleich richtig klappte, wenn ich nicht schnell genug war oder mit meinen ungeschickten Händen sogar Benzin verschüttete, dann zeigten sie mir offen ihre Verachtung. Sie spuckten vor mir aus, schleuderten mir ihre zotigen Flüche entgegen und hielten mir die Faust vor die Nase. Erst mit der Zeit beurteilten sie mich ein wenig milder und verständnisvoller, packten sogar mit an, wenn ein schweres Fass zu rollen war, oder halfen mir beim Umfüllen vom Fass in die Kanne. Irgendwie bekamen sie doch Respekt vor mir, nahmen sogar die Mütze ab, wenn sie zur Unterschrift in mein Büro kamen. Nach einer Weile nannten wir uns beim Vornamen, sie sahen mich als einen der ihren, und auch ich fand sie gar nicht mehr so übel.

Juri war einer von ihnen, ein Soldat wie sie, aber doch ganz anders. Mit seinem offenen und ehrlichen Gesicht war er fast noch ein Junge, immer lachend, immer fröhlich. Er spuckte nicht vor mir, er fluchte nicht, er war höflich und freundlich. Ihn mochte ich vom ersten Augenblick an, er gehörte zu mir, das spürte ich. Er fuhr auch keinen LKW, sondern den Wagen des Lagerkommandanten, ein dunkelblaues Mercedes-Cabrio 220 S, Baujahr 1936. Ein Traum von Auto, das begeisterte sogar mich. Es war natürlich ein Beutewagen, mit dem wohl in »großdeutschen Zeiten« irgendein hoher deutscher Offizier gefahren war. Nun befand sich dieser herrliche Wagen hier im Lager, in »sowjetischem Gewahrsam«, genau wie ich. Aber dieser Deutsche wurde gehegt und gepflegt. Für Juri war es sein Auto, sein ganzer Stolz und seine Liebe. Natürlich wurde dieses Prachtstück von allen bewundert und bestaunt, als deutsche Wertarbeit hochgelobt und anerkannt. Aber es durfte sich kein anderer ans Steuer setzen, er gehörte nur Juri und erst in zweiter Linie seinem Chef, dem Kommandanten. Ständig putzte und wienerte Juri an dem Wagen herum, kein Stäubchen durfte sich auf dem glänzenden Lack sehen lassen.

Ich mochte Juri, er war so wie ich und hätte mein Bruder sein können. Obwohl mit Jahrgang 1926 zwei Jahre jünger als ich, war er schon seit zwei Jahren verheiratet, und seine Frau wartete auf ihn in Kiew. Sie war schwanger, das vertraute er mir später einmal an, und er machte sich große Sorgen um sie. Wenn er davon sprach, wurde er ganz ernst und traurig, und auch mir krampfte sich das Herz zusammen. Ich versuchte ihn zu trösten und machte ihm Hoffnung auf ein baldiges Zusammensein mit Frau und Kind, schilderte ihm eine Zukunft in Frieden und Glück. Dann lachte er wieder und sagte: »Ja, ja, so wird es sein, so wird es kommen!«

Durch solche Gespräche verbesserten sich meine Sprachkenntnisse nach und nach. Wenn ich nicht das richtige Wort oder die bei der russischen Sprache so wichtige Betonung fand, geriet ich ins Stottern und verhaspelte mich immer mehr. Juri lachte nicht darüber. Mit Eifer und großem Ernst erklärte er mir alles, schrieb mir einiges zum Lernen auf. Leider wollte er von meiner Sprache nicht viel wissen, einige Worte konnte er auf Deutsch sagen, aber das tat er nur ungern. Die deutsche Sprache war ihm zu schwer. Dafür verstand er etwas von Musik, ich merkte das bald. Und auch er hatte schnell gemerkt, dass ich Musik liebte. Wenn er großspurig und mit lautem Hupkonzert zum Tanken vorfuhr, ließ ich alles stehen und liegen und lief dem Wagen entgegen. Ich öffnete den Wagenschlag, und er stieg aus, mit hochgerecktem Kopf, die Hand stramm an der Mütze, wie ein General. Aber bevor wir uns begrüßten, pfiff er für mich erst einmal einige Takte Mozart oder Beethoven (»Bettgowenna«!), und er vergaß auch nicht seinen geliebten Glinka. Ich antwortete ihm dann pfeifend mit der zweiten Stimme, und danach lachten wir uns nur noch an. An einem Tag stand er vor mir auf dem breiten Trittbrett seines Wagens und sang mir etwas vor, ganz ohne Scheu oder Genanterie. Es war ein Lied von Schumann: *Der Nussbaum*, aber ich verstand vom Text kein einziges Wort, er sang es in einer ganz anderen Sprache, wahrscheinlich auf Ukrainisch, aber diese Unterschiede kannte ich damals nicht. Ich kannte jedoch dieses Schumann-Lied und den schönen romantischen Text von Julius Mosen. Dieses deutsche Lied von dem jungen russischen Soldaten zu hören, berührte mich unendlich tief und schnürte mir fast die Kehle zu. Er sang es bestimmt nur, um mir eine Freude zu machen, und ich freute mich auch ehrlich darüber. Dieser Russe, er gehörte zu mir, er musste mein Freund sein.

Aber die Arbeit durfte darüber nicht vergessen werden. Juri putzte und polierte, goss Öl nach. Ich saugte derweil mit einem langen dünnen Schlauch aus einem Extra-Fass Benzin an, ganz vorsichtig, damit mir nichts in dem Mund kam. Wenn es hochsprudelte, ließ ich es in einen Eimer laufen, der genau auf zehn Liter geeicht war, und goss es dann mit Hilfe eines Trichters in den Tankstutzen des Wagens. Das alles mit großer Vorsicht natürlich, kein Tropfen des kostbaren Benzins durfte dabei verloren gehen. Es war besonderes Benzin, nur für den Mercedes, heute heißt es wohl Super, und es war sehr schwer zu bekommen. Da halfen auch keine Berechtigungsscheine, keine Stempel, keine Unterschriften. Wenn eine Lieferung einmal ausgeblieben war, konnte ich mir in dem großen Kraftstoff-Vertriebsmagazin in Moskau den Mund noch so fusselig reden. Man hörte mir wohl mit großen Augen erstaunt zu, zuckte aber dann doch nur mit den Achseln. Es war nichts zu machen. »Geh wieder nach Hause, grüß deinen Kommandanten!« Man sagte mir das natürlich etwas anders, russischer, aber ich kannte das ja schon. Das war immer ein trauriger Tag für mich, ich kam zurück ohne Extra-Benzin für Juri, und er war dann auch immer ganz niedergeschlagen. Nun musste er seinen Wagen in der Lagergarage stehen lassen und bis zur nächsten Lieferung in einer Woche seinen Chef mit diesem gewöhnlichen und verhassten Ami-Hopser, einem Jeep, fahren. Da war er nicht mehr fröhlich, und er pfiff beim Tanken auch nicht. Diese Missgeburt von Auto schluckte gewöhnliches Dieselgemisch pfui, der Teufel sollte dieses Ding fahren. In einer solchen Woche habe ich ihn einmal überredet, es mit Diesel zu versuchen. Er goss dem Mercedes also *Salarka* in den Tank. Mir war nicht ganz geheuer dabei, und ach, er kam auch nicht weit damit, die Fehlzündung knallte nur so aus dem Auspuff, und eine pechschwarze Abgaswolke zog hinter ihm her. Da hat mein sonst so fröhlicher Juri bitterlich geweint und ich natürlich mit ihm, unseren ganzen Weltschmerz heulten wir raus. In diesem großen Kummer hielten wir uns fest umarmt – und damit war unsere Freundschaft besiegelt.

Fünfzehn Monate dauerte diese Zeit der Freundschaft, tägliches Tanken mit einem gepfiffenen Mozart, kurze, manchmal auch etwas längere Gespräche. Ein Brief von seiner Frau, ein Bild von ihr, die Freude auf das Kind, er wünschte sich einen Jungen. Ja, wir teilten unsere Sorgen, unsere Sehnsüchte, unsere Träume. Jeden Tag nur für wenige Minuten, sonntags manchmal auch etwas länger. Aber immer waren wir darauf bedacht, davon nichts nach draußen und zu den anderen dringen zu lassen. Eine solche Freundschaft war gefährlich und natürlich auch unbedingt strafbar, für jeden von uns. Ich weiß bis heute nicht, warum es damals so sein musste. Aber es hat in diesen Monaten wohl niemand etwas bemerkt, nie hat jemand auch nur die kleinste Andeutung gemacht. Ich wurde noch des Öfteren in der Nacht zu Verhören gerufen, zu »Gesprächen« mit dem gefürchteten Politkommissar des Lagers. Er wollte immer viel von mir wissen. Familie, Wehrmacht, Kriegsverbrechen, wer von meinen Kameraden war noch immer Hitler-Gefolgsmann? Es war sein taktisches Spielchen, ich kannte das längst, eine Antwort konnte ich ihm nie geben. Ich hoffte nur immer, dass der Name von Juri nicht erwähnt werden würde, und das war wirklich nie der Fall. Hinterher war ich immer ganz erleichtert, unsere Freundschaft gehörte also tatsächlich nur uns, und sie war rein und ehrlich.

Manchmal brachte mir Juri etwas mit von seiner Ration, zog es umständlich und langsam aus der Tasche seiner Uniformhose und überreichte es mir dann wie eine Kostbarkeit. Und das war es auch für mich! Ein Kanten schwarzes Brot, ein Stückchen Speck, Zwiebeln und Knoblauch, eine kleine Rübe oder eine gekochte Kartoffel. Er sparte sich das ab, denn die Rationen der Soldaten waren auch nicht viel üppiger als bei uns, den Gefangenen. Ich nahm alles dankend von ihm an und aß es immer gleich vor seinen Augen, dann freute er sich. Oft hatte ich auch etwas für ihn. Es gab sehr wenig zu essen, und der Hunger im Lager war groß, aber wir bekamen jeden Tag Zucker, siebzehn Gramm, ein schwach gehäufter Esslöffel voll. Die Ration gab ich Juri, und er freute sich darüber sehr, er süßte damit seinen Tee. Für die Soldaten war Zucker nicht vorgesehen, das war Mangelware für alle Russen, auch für die Zivilbevölkerung. Er war ebenso kostbar wie Benzin. Und natürlich hätte ich mir meinen Zucker manchmal auch gerne genüsslich im Munde zergehen lassen, aber Juri war mir wichtiger als meine Genusssucht, und seine Hand auf meiner Schulter war Entschädigung genug. Aber auch das war alles verboten, es durfte nicht sein, dafür wurde man bestraft mit Arbeitslager, das galt für ihn wie für mich. Auch ohne dass wir davon sprachen, wussten wir darum, doch war uns das nicht wichtig, und es hatte keine Bedeutung für uns.

Mit dieser Arbeit im Benzinlager, mit dem Vertrauen, das mir von der Lagerleitung entgegengebracht wurde, mit Juri als

Freund und Vertrautem und durch meine Mitarbeit in der Kulturgruppe des Lagers wurden die letzten Monate der Gefangenschaft leichter für mich, unbeschwerter, fast glücklich. Da war an meiner Seite ein Mensch, dem ich vertrauen konnte, der mir vertraute. So etwas hatte es hier vorher nie gegeben, und ich hätte das auch nie erwartet. So vergingen die Tage und Wochen. Ich wurde nicht mehr zu einer anderen Arbeit abkommandiert, ich blieb bis zum Ende meiner Zeit als *Plenny* nun der *Natschalnik Bensina*, der Chef des Benzins. Und das war gut für mich und sehr schön, da hatte ich Juri für wenige Minuten am Tag ganz für mich, und ich konnte mit ihm lachen, ich konnte mich mit ihm freuen und war damit beinahe frei von meinem Elend, von meinen Sorgen und meiner Not, von meinem Hunger. Ich war frei von all dem, was mich bedrückte und mich innerlich so quälte.

Aber doch kam ein Tag der Mutlosigkeit und der Verzweiflung. Das war im Sommer 1949, es war ein entsetzlich heißer Tag, und ich war müde, abgearbeitet und lustlos, ganz mutlos und ohne Hoffnung. Alles erschien nur noch trostlos und deprimierend. Die Verse eines altchinesischen Dichters gingen mir durch den Kopf:

Der müde Soldat
Was weiß ich noch von heiligen Gewässern
und von des Dorfes Abendrot?
Ich bin gespickt mit tausend Messern
und müde von dem vielen Tod.
Der Kinder Augen sind wie goldener Regen,
in ihren Händen glüht die Schale Wein.
Ich will mich unter Bäume schlafen legen
und kein Soldat mehr sein.

Ja, ich wollte mich schlafen legen, aber es gab hier keine Bäume, keine Kinder. Ich ließ mich im Schatten der großen Benzintonnen nieder, lag da auf dieser benzingetränkten Erde, war umweht von Benzingeruch und dem Gestank nach Öl. Ich hatte plötzlich großes Heimweh, so schrecklich übermächtig wie wohl noch nie zuvor in all den Jahren. Aber ich glaubte nicht mehr an Heimkehr, ich glaubte an keine Zukunft mehr, nur Leere war noch in mir. Ich konnte nicht mehr, ich wollte nicht mehr, es war alles so sinnlos, was sollte das noch? Ich wollte nichts mehr wissen und nichts mehr ertragen, wollte mich nur noch fallen lassen, ein Ende finden.

Da hörte ich laute und aufgeregte Rufe. Mein Freund kommt angelaufen zu mir, zu Fuß, ohne sein geliebtes Auto. Er ist ganz atemlos, krebsrot im Gesicht, aber lachend und strahlend vor Freude. »*German*, *German*, ich hab was für dich, ich hab was für dich!« In seiner Hand hielt er ein kleines Päckchen aus *Prawda*-Zeitungspapier, er öffnete es und hielt mir lachend zwei Pellkartoffeln hin. Das wäre eigentlich ein Festessen für mich gewesen, aber jetzt, gerade in diesem Augenblick der Verzweiflung, hätte ich darüber weinen mögen. Ich ließ mir nichts anmerken, ich sah auf die Kartoffeln. Ja, ich spürte meinen Hunger, ich wollte diese Kartoffeln essen. Er hockte sich zu mir, ganz eng saßen wir mit dem Rücken an einer Öltonne beieinander, und er pellte die Kartoffeln. Ich sah ihm dabei zu, ich hatte ja kein Messer, durfte als *Plenny* keines haben, streng verboten. Er pellte schnell und sauber, die erste Kartoffel lag schon blank und appetitlich auf seinem Hosenknie, in aller Ruhe pellte er auch noch die zweite, und dann hielt er mir auf jeder Hand eine Kartoffel hin. »Bitte, das musst du essen, nimm das!« Ich war sehr hungrig. Ich sah auf die Kartoffeln, ich sah in das Gesicht von Juri, und dann nahm ich ihm nur eine Kartoffel aus der Hand, die kleinere. Er protestierte laut, beide Kartoffeln waren nur für mich. Aber ich musste mit ihm teilen, ich hätte niemals beide Kartoffeln nehmen und essen können. Da nahm mir Juri die Kartoffel wieder aus der Hand und gab mir dafür seine, die größere. Wir nickten uns zu, und wir wussten um unsere Freundschaft, es bedurfte keiner Worte mehr. Wir aßen und lachten, wir vergaßen die hässliche Gegenwart um uns herum, und ich spürte wieder neue Hoffnung in mir. In diesem Augenblick trennte uns nichts mehr, keine deutsche Wehrmacht, keine Rote Armee, es gab keine Feindschaft mehr, keinen Krieg, keinen Hass. Alles war so einfach und so selbstverständlich. Wir saßen eng zusammen, jeder von uns aß seine Kartoffel, er war kein Russe mehr, ich war kein Deutscher mehr, wir gehörten zusammen, wir waren Freunde, einfach so,

Freunde. Wir schauten in den Sommerhimmel, drückten den Rücken an die Öltonne, wir lachten wohl ein wenig verlegen, aber da war Mensch bei Mensch, Freund bei Freund, Bruder bei Bruder! Es war so! Es war einer der ganz wenigen glücklichen Augenblicke in meiner langen Gefangenschaft.

Und dann, wenige Wochen später, Anfang September 1949, war es wieder Juri, der angelaufen kam, rot im Gesicht und keuchend vor Atemnot, schon von Weitem gestikulierte er wie wild, und er schrie, er schrie ganz aufgeregt und wie von Sinnen: *»German, German, German, domoi, domoi, saftra domoi!«* Du kommst morgen nach Hause, nein, das hatte ich schon zu oft gehört, ich glaubte es nicht. Aber diesmal stimmte es, ich durfte das Lager nicht mehr verlassen, mein *Propusk*, wurde mir abgenommen, es wurde alles für den Transport vorbereitet, überall nur Hektik, Geschrei, Jubel und Freude. Plötzlich ging alles so schnell, und ich habe Juri nicht mehr wiedergesehen.

Ich kam zurück in ein fremdes Land, aber bei allem, was da noch auf mich zukam, habe ich Juri doch nie vergessen. Wie oft habe ich ihn später in Gedanken umarmt, ihm gedankt für unsere Freundschaft, sein Lachen, seine Fröhlichkeit. Ob er wohl gewusst hat, wie viel leichter mir mein Leben damals gewesen ist mit ihm? Ich denke an ihn, an seine Frau, an sein Kind, und es mögen hoffentlich noch einige dazugekommen sein. Ich wünsche sehr, dass er alles heil und gut überstanden hat und glücklich geworden ist in Kiew, seiner Stadt! – Juri, mein Freund!

DIE BRÜCKE

ELIZABETH
VOLK

Zusammen können wir lachen, bis wir weinen. Es kommt aber auch vor, dass wir weinen, bis wir lachen, meine Freundin und ich. Manchmal gehen unsere Meinungen auseinander, aber in wichtigen Dingen sind wir uns einig. Es gibt zum Beispiel diese Moderatorin im Fernsehen, die immer am Ende ihrer Sendung sagt »Alles wird gut«. Über diese Frau sind wir uns sehr einig. Wir lachen uns schief über diesen Satz. Und lachen und lachen. Denn wie soll man einer solchen Aussage sonst begegnen? Alles wird nicht gut! Wenn auch das Leben für mich inzwischen erträglicher geworden ist, so hat es meine Freundin doch noch ziemlich schwer.

Auf Anhieb würde man wahrscheinlich nicht erkennen, dass wir als Freundinnen so gut zueinander passen. Sie ist verheiratet und hat zwei Kinder. Sie ist groß und schlank, wie es Deutsche oft sind, die Haare mal blond, mal nicht, ist Raucherin, schreibt schöne Sachen, besonders Gedichte, hat einen wunderschönen Garten und einen großen, sehr alten, lieben und treuen, aber inzwischen leider etwas vergesslichen Hund.

Auch ich bin verheiratet, Mutter von vier Kindern. Ansonsten bin ich ziemlich genau das Gegenteil von meiner Freundin, klein, dick, Amerikanerin, die Haare schlohweiß (vorzeitig, versteht sich), passionierte Nichtraucherin (gilt nicht hinsichtlich meiner Freundin), schreibe Deutsch nur, wenn es nicht anders geht, habe einen eher ungepflegten Garten, dafür einen lebhaften kleinen, jungen, sehr gescheiten Hund.

Wir lernten uns über unsere Kinder kennen. Es war auf einem Treffen für Familien mit unheilbar kranken Kindern. Ich werde diesen Anblick nie vergessen. Plötzlich standen sie da, noch eine Familie mit zwei kranken Kindern, das erste Mal, dass ich so etwas erlebt hatte. Ihre zwei Kinder (mit sieben Jahren und kurz nach der Geburt diagnostiziert) und zwei von meinen vier Kindern (mit knapp vier Jahren diagnostiziert), haben nämlich eine Erkrankung, die nach einem langen Verlauf, der sich über viele Jahre hinziehen kann, zum Tode führt. Das sind Fakten. Da kann man sich keine falschen Hoffnungen machen. Noch nie ist jemand davon geheilt worden. Die Krankheit, Mukopolysaccharidose Typ III, ist furchtbar, gleichbedeutend mit dem allmählichen Verlust aller Fähigkeiten unserer Kinder und unweigerlich verbunden mit viel Leid für uns alle, mit langen Jahren des Stresses, der Schlaflosigkeit und der Sorgen. Dass auch viel Schönes dabei ist, hat mit anderen Sachen zu tun – die Krankheit selbst ist wirklich nur entsetzlich. Jedenfalls ist es schwer zu vermitteln, wie überglücklich ich damals war, als ich mit eigenen Augen sah, dass noch andere im gleichen Boot saßen. Seit fünf Jahren waren wir nämlich schon in der Selbsthilfegruppe, ohne dass wir bis dahin Leuten begegnet waren, die mehr als ein krankes Kind hatten, das noch lebte. Mit zwei kranken Kindern war man die absolute Ausnahme, auch unter lauter Ausnahmen von Familien, die von so einer seltenen Krankheit betroffen waren. Wenn man hört, dass statistisch gesehen lediglich ein Mensch von 29 000 an MPS erkrankt, dann versteht man, was ich meine. Zwei solcher Kinder zu haben, ist wie ein doppelter zweifelhafter Lottogewinn.

Schon während jenes Treffens haben wir die ersten vorsichtigen, dann aber immer innigeren Kontakte geknüpft. Nach dem Treffen haben wir angefangen, sporadisch miteinander zu telefonieren. Irgendwann hat meine Freundin gefragt: »Wollt ihr uns nicht zu Weihnachten besuchen?« Es war sehr mutig, uns mit unseren vier Kindern, davon zwei extrem hyperaktiv, die anderen zwei klein und auch sehr anstrengend, und dann noch mit den Therapiestühlen und Windeln zu einem solchen besonderen Festtag einzuladen, wo man nur bemüht ist, möglichst alles schön zu gestalten, und wo man selber genug Hektik im Hause hat. Diese Einladung betrachte ich heute als den eigentlichen Beginn unserer Freundschaft. Ich war einfach überwältigt von dieser Geste.

An jenem Tag haben sich unsere Familien gegenseitig fotografiert. Während ich jetzt schreibe, liegt das Bild vor mir, das damals von unserer Familie gemacht wurde. Ich sehe, dass wir eine Menge Leute waren und dass wir das Wohnzimmer richtig ausfüllten. Auf dem Bild schauen unsere vier Kinder, wie üblich, in vier verschiedene Richtungen. Nur die Eltern lächeln in die Kamera hinein. Ein Kind hat so rote Backen, dass es mir jetzt wieder einfällt, dass sie später an dem Tag Fieber bekam. Der Tag muss sehr anstrengend gewesen sein. Aber das weiß ich nicht mehr – ich habe alles als so schön in Erinnerung. Und es war sicher nicht so einfach, das kostbare Bild zu machen. Heute bedeutet es mir unglaublich viel.

Aber was ist diese Freundschaft? Inzwischen besteht sie seit fast 13 Jahren, und die ganze Zeit ist sie überwiegend eine Telefonfreundschaft gewesen, weil wir ein paar Autostunden voneinander entfernt wohnen, vor allem aber weil wir beide, wenigstens am Anfang, sehr an unser jeweiliges Zuhause gebunden waren. Wenn man wegfahren wollte, dann war es wie der Aufbruch zu einer Expedition, denn es hieß, die ganze Familie mit all dem Zubehör, das erforderlich war, zu mobilisieren. So etwas unternimmt man eher selten.

Am Anfang tauschten wir uns über alltägliche Schwierigkeiten aus. Wir suchten und fanden eine Solidarität miteinander in ganz vielen Dingen. Natürlich kann das Leben mit einem kranken Kind sehr schwierig sein. Mit zwei kranken Kindern ist es oft die pure Not, besonders wegen der Schlafstörungen, die über lange Jahre anhalten und zum Krankheitsbild gehören. Wir waren füreinander da, haben einander ernst genommen und, so denke ich, uns richtig verstanden. Mutter von zwei kranken Kindern zu sein, war wie die Mitgliedschaft in einem exklusiven Klub, obwohl wir beide damals alles in der Welt darum gegeben hätten, ihm nicht anzugehören. Und dennoch, allmählich schien das Leben immer weniger eine Strafe zu sein. Unsere Freundschaft hat erheblich dazu beigetragen, dass dies so wurde. Wir haben festgestellt, dass es wichtige Themen gibt, auf die wir uns vorbereiten sollten, und wir haben uns daran gemacht. Wir sprachen einfach über alles. Nach und nach haben wir uns sogar über unsere schlimmsten Befürchtungen ausgetauscht und es ausgehalten. Ich glaube, dass wir dadurch an unserer Situation gewachsen sind. Auf diese Weise haben wir uns auch wieder eine Zukunft erarbeitet. Wir erzählten uns unsere größten Hoffnungen, die vielleicht für andere Leute etwas bescheiden klingen. Ich für meinen Teil wollte nur den Tod zweier meiner Kinder überstehen und erreichen, dass danach für die ganze Familie Gefühle der Liebe überwiegen. Die Hoffnungen meiner Freundin werde ich nicht verraten.

Wir tauschen uns zwar viel über Bücher aus, die wir gelesen haben, und, seltener, über Filme, die wir gesehen haben, was sicherlich auch wertvolle Gespräche sind, aber überwiegend reden wir über unsere Kinder. Manchmal denken wir laut darüber nach, was es für unser jeweiliges Leben bedeutet, dass ich zusätzlich zu den kranken noch zwei gesunde Kinder habe, dass aber beide Kinder meiner Freundin krank sind und früher als andere sterben werden. Was wir zumindest darüber sagen können, ist, dass wir es offensichtlich zu unterschiedlichen Zeiten in unseren Leben besonders schwer hatten oder haben werden. Ich wahrscheinlich vor dem Tod der kranken Kinder, weil man ständig in alle Richtungen rennt, meine Freundin vielleicht danach, als eine Mutter, die dann auf Erden keine Kinder mehr haben wird. Das sind keine einfachen Gedanken. Aber was wollen wir machen? Wir stehen uns gegenseitig bei. Es hat gut zu sein, wie es ist. Das zu erkennen, tut mir wiederum gut. Ihre Familie ist einfach eine andere Ausformung des menschlichen Daseins als meine. Dennoch bin ich froh, dass meine Freundin und ihr Mann ganz viel Anteil an unseren gesunden Kindern nehmen. Meine Kinder lieben auch ihre Kinder. In dieser bunten Tüte Menschheit gibt es viel zu lachen und auch sonst vieles, was uns alle ein ganzes Leben lang positiv prägen wird. Davon bin ich überzeugt. Wie wichtig mir das alles vorkommt!

Habe ich eigentlich schon gesagt, was mir an meiner Freundin so gut gefällt? Sie ist ehrlich, sie ist klug. Ihr kann man alles sagen, sie denkt mit, und sie steht mir bei. Sie hört mir wirklich zu. Der Inhalt ist ihr wichtig, und mein fehlerhaftes Deutsch hält sie gut aus, meistens ohne Kommentar. Ich habe das Gefühl, sie akzeptiert mich so, wie ich bin. Das ist schön. Vor allen Dingen aber ist es der Tiefgang in unseren Gesprächen und das Lachen, das ich so schätze.

Dieser Humor, rabenschwarz manchmal, hilft uns wirklich in vielen hilflosen Situationen. Wir haben dieses Spiel zum Beispiel, das wir »Kopf hoch, es könnte schlimmer sein« nennen. Wir spielen es immer dann, wenn eine von uns gerade ganz Schlimmes zu bewältigen hat. Es geht so: Zunächst setzen wir uns mit dem Problem, das gerade im Brennpunkt steht, auseinander, meistens natürlich, ohne auch nur annähernd eine Lösung zu finden (wie kann es denn anders sein?). Aber dann, wenn wir so weit sind, heißt es: »Kopf hoch, es könnte schlimmer sein.« Dann versuchen wir, uns ein Szenario auszudenken, das tausend Mal schlimmer wäre als das, was ansteht. Und dann lachen wir und lachen wir noch mehr, und das tut uns sehr gut. Ein Beispiel: Wenn eines oder zwei unserer Kinder in der Nacht überhaupt nicht zur Ruhe kam und wir am nächsten Tag aufstehen und mit vollem Einsatz weitermachen mussten, aber uns nur noch zum Heulen zumute war, dann hieß es: »Es könnte schlimmer sein. Stell dir vor, du bist Hirnchirurgin, und am nächsten Tag musst du zwanzig äußerst heikle Operationen durchführen. Dein Mann kann dir nicht helfen, weil er zur Zeit das Klima am Südpol retten muss, und du hast sechs solcher Kinder, nicht nur zwei. Also, reiß dich zusammen. Es könnte schlimmer sein.« Oder eine andere häufige Situation bei uns: Wenn mal am Tag alles außer Kontrolle geriet und die Kinder nicht zu bremsen waren und Essen und einfach alles nur so durch die Gegend flog und die Nerven blank lagen, hieß es, »Es könnte schlimmer sein. Du könntest gerade im Flugzeug sitzen und unterwegs nach China sein, und stundenlang musst du deine

Kinder ruhig auf ihren Sitzen halten, weil es draußen Turbulenzen gibt, und alles kotzt, und wenn du aus dem Flugzeug steigst, warten die Reporter darauf, dich und deine Familie zu einem wichtigen Kongress zu begleiten, wo die Zukunft beider Länder auf dem Spiel steht. Reiß dich also zusammen. Es gibt Schlimmeres.« Wir haben uns eigentlich immer schlimmere Szenarien ausdenken können. Uns gehen die Ideen in dieser Hinsicht nicht so schnell aus. Ich glaube, dass das ein menschlicher Schutzmechanismus ist, stets zu ahnen, dass es andere Menschen gibt, die wirklich noch viel schlimmer dran sind. Doch wir haben es deshalb so auf die Spitze getrieben, weil wir dagegen ankämpfen wollten, dass andere Leute UNS als Beispiel nahmen, um sich bewusst zu machen, dass es tatsächlich noch Schlimmeres gab als ihre eigene Lebenssituation. Diese Rolle mögen wir gar nicht.

In unserem Leben sind wir leider nur allzu oft auf Beerdigungen von Kindern aus unserem Verein, und hauptsächlich dort treffe ich meine Freundin »gesellschaftlich«. Dass wir uns deshalb so viel in Schwarz sehen, gefällt mir nicht. Aber so ist es eben. Ich werde nie das erste Mal vergessen, als ich ihr bei einer anderen Gelegenheit begegnet bin, ganz bunt angezogen. Ich habe richtig gestaunt. Meine Tochter hat einmal geschrieben: »Der Geburtztag ist schön, Die Hochzeit ist schön, nur der Tod ist manschmal Traurich.« Dieses »manschmal« rettet mich heute noch, wenn ich daran denke. Ich finde, das trifft es ziemlich genau. Wenn ein Kind stirbt, ist es traurig. Auf Erden war für dieses Kind bestimmt nicht alles gut. Und doch überlegen wir oft zusammen, was wir von diesem Kind mit seinem kurzen Leben gelernt haben. Es gibt immer etwas, und das tut uns gut. Zusammen haben meine Freundin und ich feststellen können, dass die wertvollsten Gespräche oft in Zeiten der größten Not zustande kommen.

Aus beruflichen Gründen musste mein Mann in die neue Hauptstadt Berlin umziehen. Ich bin mit den vier Kindern hier geblieben. Ich kam kaum vom Fleck. Es war furchtbar. In jenen Jahren habe ich mit meiner Freundin sogar noch öfter telefoniert als in der Zeit vorher, manchmal mehrere Male am Tag. Die Zeit war hammerhart. Meinen kranken Kindern ging es gar nicht gut. Die Krankheit wurde sehr bedrohlich – es kamen viele Lungenentzündungen hinzu. Da waren auch andere Infekte, Probleme mit den Magensonden, Schmerzen, eins schlimmer als das andere. Die Nächte waren sehr lang, und oft hatte ich richtig Angst. Ich habe es kaum ausgehalten und war wirklich einsam. Und doch war meine Freundin immer für mich da. Ich habe meistens heulend angerufen, wir haben meistens lachend aufgelegt. Unser Humor wurde übrigens noch schwärzer – oft haben wir Gott provoziert und dabei denken müssen: »Jetzt straft ER uns mit einem Blitzschlag.« Gott ist aber wohl nicht so, wie wir immer denken. Gott sei Dank, kann ich nur sagen. Wir leben noch, obwohl wir es tunlichst vermeiden, während eines Gewitters miteinander zu telefonieren, und niemals würden wir nebeneinander stehen, wenn es blitzt und donnert. Wir fordern das Schicksal besser nicht auf diese Weise heraus.

Leider aber leben meine kranken Kinder nicht mehr. Als unser Sohn starb, ruhig und unter vielen Menschen, im Bus auf dem Weg zur Schule, ist meine Freundin sofort gekommen. Sie war einfach da, stand uns bei. Die Kaffeemaschine lief, viele Leute kamen vorbei. Unser Sohn wurde am Nachmittag von der Schule zu uns nach Hause gebracht. Für uns wäre es gut und wichtig gewesen, ihn ein paar Tage bei uns daheim zu haben, um uns in aller Ruhe von ihm verabschieden zu können. Das war aber nicht möglich. Ich habe die Bilder noch ganz deutlich vor Augen, wie unsere Tochter an diesem Tag von der Schule nach Hause kam und wie üblich in ihr Bett im gleichen Zimmer, wo auch unser Sohn sein Bett hatte, gelegt wurde. Das war sehr hart. Unsere Tochter, die ihr ganzes Leben ein Zimmer mit ihrem Bruder geteilt hatte, sollte Abschied nehmen können, und das hat sie sicher für sich getan. Aber es war klar, und wir haben es einsehen müssen, dass sie nicht bei ihm im selben Zimmer bleiben konnte. Das hat so weh getan. Schließlich kamen beide Kinder noch am gleichen Tag ins Kinderhospiz. Unser Sohn wurde ins Abschiedszimmer gebracht, unsere Tochter bekam das Bett, das sie sonst immer hatte, wenn wir da waren. So befanden sich die beiden bis zur Beerdigung wenigstens noch unter einem Dach. Ich weiß zwar schon lange, dass man sich nicht auf alles vorbereiten kann. Aber ich weiß auch noch, wie überrascht ich war, mich damit abfinden zu müssen, dass unser Sohn nicht noch ein paar Tage in seinem schönen Zimmer bei uns bleiben konnte. Auch meine Freundin wurde nachdenklich. Ihre Kinder teilen sich nämlich zu Hause ebenfalls das Zimmer. Ich kenne meine Freundin – wenn es bei ihren Kindern so weit sein wird, hat sie diese Situation bereits bedacht.

Ihre ganze Familie stand uns in den nächsten Tagen bei. Meine Freundin hat bei der Trauerfeier geredet. Das kann nicht einfach gewesen sein, und ich bin ihr dankbar dafür.

Nur wenige Wochen später starb unsere Tochter. Das war eigentlich unfassbar, nach 18 Jahren plötzlich beide Kinder tot, so kurz hintereinander. Rund 14 Jahre lang wussten wir, dass sie irgendwann in jungen Jahren sterben würden, und immer war alles gut gegangen, bis jetzt jedenfalls. Es waren Zwillinge, gestorben am 5.3. und 3.5.2001. Jeder möge das für sich interpretieren, wie er will. Ich selber weiß immer weniger. Ich war dabei, als meine Tochter im Kinderhospiz starb. Einen Tag vorher dachte ich noch, sie wird das schon schaffen, wie immer, aber am nächsten Tag ist auch mir klar geworden, dass für sie der Tod ganz nahe war. Mein Mann saß noch im Zug aus Berlin. Meine Freundin war zu uns unterwegs ins Kinderhospiz, wollte sich noch verabschieden. Beide sollten es nicht mehr rechtzeitig schaffen. Meinem Mann habe ich über Handy die Nachricht im Zug mitteilen müssen. Ich weiß noch, ich habe auch den Mann von meiner Freundin angerufen, dass er Bescheid sagt. Er meinte aber, das wollte er jetzt nicht mehr tun. Sie säße schon im Auto. Vielleicht würde sie deswegen auf der Autobahn einen Unfall bauen. Man solle es ihr im Kinderhospiz an der Tür sagen. Jedenfalls hat sie mir später gesagt, dass sie es erst einmal einfach nicht begreifen konnte, dass sie zu spät gekommen war. Sie hatte so fest damit gerechnet, unsere Tochter noch am Leben zu finden. Sie kam durch die Tür des Kinderhospizes, wo auch sie die Leute gut kennt, weil ihre Familie ebenfalls oft dort war, und alles fiel ihr um den Hals.

Unsere Freundschaft ist in eine neue Phase getreten, seitdem zwei meiner Kinder tot sind. Die Freundschaft ist noch sehr innig, aber ich merke, wir gehen vorsichtiger, behutsamer miteinander um. Ihre wunderbaren Kinder leben noch. Es tut gut, sie alle sehen zu können, und sie sind bei uns willkommen, immer samt Rollstühlen, Gepäck und betagtem Hund. Im Augenblick sind aber unsere Alltagserfahrungen nur bedingt vergleichbar, eigentlich zum ersten Mal, seitdem wir uns kennen. Sie ist noch mehr als voll im Einsatz, vor allem wegen der Kinder, aber auch weil sie jetzt im Vorstand unseres Kinderhospizvereins ist, wo ich früher regelmäßig mitgearbeitet habe, jetzt aber nur noch sporadisch aktiv bin. Meine Freundin ist ganz und gar nicht frei, und es muss sie manchmal hart ankommen zu sehen, dass ich auf einmal sehr viel in meinem eigenen Leben bestimmen kann, während sie so gebunden ist. Ich weiß aber, sie gönnt es mir dennoch. Und ich, ich habe jetzt eine Freiheit, über die ich sehr froh bin, die mir aber gleichzeitig weh tut, weil ich mir stets bewusst bin, dass ich sie nur habe, weil meine kranken Kinder tot sind. Das ist ein unmöglich hoher Preis. Neulich habe ich in Berlin auf einem Stück noch übriggebliebener Mauer folgenden Spruch aufgemalt gesehen: »Alles wird besser, aber nichts wird gut.« Offensichtlich trifft die TV-Moderatorin nicht nur bei mir einen Nerv. Ich komme wieder ins Grübeln. Gerne würde ich meine Version ebenfalls irgendwo hinsprayen: »Alles wird nicht gut, und leider wird nicht alles besser, aber macht daraus, was euch möglich ist.« Ja, so ungefähr ist das vielleicht.

Wir Freundinnen besuchen uns noch. Um zueinander zu gelangen, müssen wir immer eine Brücke überqueren. Mein ganzes Leben habe ich an großen Flüssen gewohnt – am Ohio, an der Spree und jetzt, seit vielen Jahren, am Rhein. Ich bin es gewohnt, Brücken zu suchen und zu finden. Eine Brücke ist eine Verbindung zwischen zwei Ufern, auch zwischen zwei Freundinnen. Man muss einer Brücke einfach vertrauen, dass sie einen trägt und dass man zur anderen Seite gelangt, egal welche Aufgabe man hat. Wie stark diese Brücken sind, selbst wenn sie noch so filigran wirken! Auch unter den größten Lasten schwingen sie mit. Eine Freundschaft ist auch so, und noch mehr dazu.

Für meine Freundin und ihre Familie stehen noch schwierige Aufgaben an, besonders für ihre Kinder. Dass sie ihren Teil schafft, daran zweifele ich überhaupt nicht. Noch nie gab es einen Grund, nicht an diese Freundin zu glauben. Ich will mit ihr und ihrer Familie diesen Weg gehen, will dabei sein, will auch meinen Teil tun, was immer das sein mag. Und wenn es auch »nur« dieses Beistehen und Aushalten ist, Dinge, die ich persönlich inzwischen für die schwierigsten halte. Ich arbeite dran. All dies weiß meine Freundin hoffentlich bereits. Aber ich sage es hier noch einmal, denn diese Geschichte ist für sie.

AUF DEM DACH

KEIKO
SAILE

An dem Tag, als ich Großvater das erste Mal sah, regnete es. Es war kein Regen, auf den Bewohner der Wüste monatelang warten, Regen, der einen immerfort währenden Durst zu stillen versucht, Wasser, das wie eine Zimmerdecke auf den Sandboden hinabstürzt, so, als gäbe es kein Dazwischen. Dieser Regen war auch kein Monsun, der den erhitzten Boden dampfen lässt, der die Menschen unter die Blätter der Bananenbäume treibt, unter die Plastikdächer der motorisierten Suppenküchen oder zurück an die Hotelbar. Es war kein Regen, wie er am Südpol fällt, kleine Eiszapfen, die sich im Himmel bilden und auf dem Weg nach unten den Kopf eines Eisbären zu durchbohren vermögen. Der Regen, den ich meine, war ein leiser Regen, ein steter Regen. Die Menschen in unserem Dorf wurden träge. Sie machten sich nach ein paar Tagen nicht mehr die Mühe, die Hosenbeine hochzukrempeln, wenn sie hinausgingen. Viele blieben einfach zu Hause. So auch Großvater.

Als ich klingelte, kam Großvater nicht zur Tür. Sie war nur angelehnt, nach einigem Zögern ging ich ins Haus. Ich zog meine Regenstiefel im Eingangsbereich aus und stellte sie neben seine blank polierten Lederschuhe. Wenn er sie trug, knarrten sie bestimmt.

Barfuß lief ich durch den Flur. Ich wusste nicht, wo Großvaters Wohnzimmer war, meine Mutter hatte kein Wort darüber verloren. Am Türrahmen des ersten Zimmers blieb ich stehen und spähte ins Innere. In diesem Moment fiel mir ein, dass ich nichts mitgebracht hatte, kein Geschenk, gar nichts. Mir wurde heiß.

Großvater war hinter einer Zeitung verschwunden. Er saß in einem niedrigen Sessel und hatte überall, wo Platz war, Kissen hingestopft, unter seine Arme, auf seinen Schoß, auch seine Füße ruhten auf einem Kissen. Ich räusperte mich leise. Großvater ignorierte mich. Zeitunglesende Kissenskulptur. Eine Linie aus Rauch kräuselte sich hinter dem Papier zur Decke. Ich wagte nicht, mich zu bewegen, geräuspert hatte ich mich ja schon. Ich stand still und wartete.

»Ich muss das Rauchen aufgeben«, sagte Großvater plötzlich und legte die Zigarette, die in einer Spitze aus schwarzem Kunststoff steckte, in den Aschenbecher. Seine Stimme klang tiefer, als ich erwartet hatte, rauer.

»Ich habe damals nur wegen Holly angefangen. Die hat immer *so* geraucht.« Er griff nach der Zigarette. Seine Hand beschrieb eine Bewegung, als würde er mir zuprosten wollen wie mit einem bauchigen Glas Wein. »To Miss Holly Golightly!«

Er sah mich erwartungsvoll an, aber ich konnte nur flüstern:

»Großvater, es freut mich, dich kennenzulernen.«

»Ach was, was soll denn das, so ein Unsinn, diese Förmlichkeit, wer hat dir das denn beigebracht, deine Eltern?«

Ich schluckte und hob unschlüssig die Schultern.

»War doch nicht so gemeint. Hast du mir etwas mitgebracht?«

Ich senkte den Kopf. Meine Haare fielen nach vorne, ich versuchte, mein errötendes Gesicht dahinter zu verbergen.

»Nein, entschuldige.«

»Und was ist das in deiner Jackentasche?«

Ich zögerte. Was meinte er?

»Milky-Bonbons, die liebe ich! Her damit!«

»Die Packung ist ein bisschen nass geworden.«

»Nass?«

»Draußen regnet es, Großvater.«

»Macht nichts, macht nichts, gib mir doch bitte so ein Bonbon.«

Ich reichte ihm die Packung. Dazu musste ich ein paar Schritte auf ihn zu machen.

»Kopf hoch, sieh mich einmal an.«

Er hatte einen Bart. Ich hatte noch nie einen Japaner mit so viel Haar im Gesicht gesehen. Mein Vater rasierte sich immer. Die Milchbonbons verschwanden hinter Großvaters Bartvorhang, eins nach dem anderen. Er lutschte sie nicht, er kaute darauf herum und schluckte sie sofort hinunter.

»Gut, gut«, schmatzte er, »du erlaubst, wenn ich noch ein paar …?«

»Großvater, du musst die Bonbons langsam essen, sonst schmecken sie nicht.«

»Wie? Was war das? Widerrede? Sehr gut, sehr gut, da haben deine Eltern dir doch etwas Vernünftiges beigebracht.«

Warum sprach er schon wieder von meinen Eltern? Bis kurz vor meinem ersten Besuch bei Großvater hatte ich kaum etwas über ihn gewusst. Ich hatte in einer Schublade eine Schwarz-Weiß-Aufnahme gefunden, an den Rändern eingerissen, die einen Mann mit strahlendem Lächeln zeigte. Mein Vater hatte mir das Foto aus der Hand genommen und es in seine hintere Hosentasche gesteckt. (Vermutlich war es immer noch dort. Oder es hing in kleinen Fetzen in der Waschtrommel.)

»Wer ist das auf dem Foto?«, hatte ich gefragt.

»Mein Vater.«

»Also mein Großvater?«

»Ja.«

Das war alles. Es war nicht mehr aus ihm herauszubekommen, und meine Mutter erzählte nur, dass er noch lebte und dass sie sich mit ihm zerstritten hätten.

»Weshalb?«

»Lange Geschichte«, seufzte sie. Mehr sagte sie nicht.

Das weckte meine Neugier. Ich wollte Großvater kennen lernen, nun erst recht. »Wo wohnt er? (Er wohnte im gleichen Dorf wie wir, nachdem er lange in Amerika gelebt hatte. Bestimmt hatte ich ihn schon einmal auf der Straße übersehen.)

Ihr könnt ihn nicht vor mir verstecken, er ist mein Großvater! (»Wir verstecken niemanden, Kitsune. Hör auf damit.«) Ich will ihn sehen!« »Diese Theatralik«, rief mein Vater. »Das hast du von ihm, diesem ewigen Schauspieler!«

Ich wunderte mich, warum sich Großvater selbst nie meldete. Ich konnte nicht wissen, dass er lange versucht hatte, meine Eltern zu erreichen. Damals, in Amerika, hatte er regelmäßig Briefe geschickt und war zur Jahreswende nach Japan geflogen, um sie zu besuchen. Einige Male hatten sie sich in einem Restaurant getroffen und in ihre Suppenschalen gestarrt. Schließlich gab Großvater auf. Keiner von ihnen konnte die Stille, die sie mitten in einem Lokal voll Stimmen, Duft und Dampf umgab, länger ertragen.

Ich allerdings gab nicht auf. Als die Flut anfing, in die Häuser zu dringen, malte ich meinen Eltern beim Abendessen ein grauenhaftes Szenario aus, das Großvater in den Wellen seines eigenen Wohnzimmers ertrinken ließ.

»Vielleicht sollte man doch einmal nach ihm sehen, das ist ein Ausnahmezustand, und womöglich ist das Haus wirklich schon überschwemmt«, sagte meine Mutter schließlich.

»So schlimm ist es auch wieder nicht«, behauptete mein Vater, »das bisschen Wasser hier.«

»Trotzdem«, entgegnete sie. »Er ist älter geworden.«

»Ach was, grade mal fünfundsechzig. Ein Wunder, dass er überhaupt so alt geworden ist. Warum denkst du gerade jetzt an ihn? Es ist nicht einmal *dein* Vater.«

»Ich weiß nicht«, gab sie zu. »Vielleicht werde ich auch alt. Alt und nachsichtig.«

Mein Vater kniff sie in die Backe, beide lachten.

Selbst hingehen wollten meine Eltern nicht. Stattdessen schickten sie mich. Meine Mutter begleitete mich bis zu Großvaters Haus, dessen blau glasiertes Ziegeldach schon von weitem sichtbar war. Sie weigerte sich, mit hineinzukommen.

»Sag einfach guten Tag und unterhalte dich ein wenig mit ihm«, sagte sie, als sie sich zum Gehen wandte, »und sei höflich.«

Ich wunderte mich, warum ich höflich zu jemandem sein

sollte, mit dem meine Eltern kein einziges Wort mehr wechselten.

Ich schreckte hoch, da Großvater plötzlich rief:

»Du bist ja barfuß! Warum hast du dir im Hauseingang keine Pantoffeln genommen? Setz dich!« Er zeigte auf den zweiten Sessel im Raum. Wolkensessel. Ich verschwand fast darin.

Es klopfte.

»Das muss der Postbote sein!«

Man musste also klopfen, um bei Großvater Gehör zu finden, klingeln nutzte nichts, das hatte ich zuvor ja selbst erfahren. Großvater warf die Kissen zur Seite und lief zur Haustür. Der Postbote war in der Woche zuvor mit seinem Fahrrad auf der Straße ausgerutscht und mitsamt allen Briefen in einen überfluteten Straßenkanal gefallen. Er glaubte die Briefe schon verloren – die Dorfbewohner allerdings nahmen ihre Haartrockner, bliesen das Papier trocken und entzifferten, was von den Schriftzeichen noch übrig war. Von da an ging der Postbote zu Fuß. In hohen gelben Gummistiefeln stapfte er durch die engen Gassen. Es dauerte länger, bis jeder seine Post bekam, aber das schien niemanden zu stören. Nur mein Großvater war ungeduldig gewesen. Er hatte auf ein Paket gewartet.

»Da ist es! Endlich, Audrey Hepburn! Auf D – V – D!«

»Du hast einen DVD-Player, Großvater?«

»Ganz recht. Audrey Hepburn, die kennst du doch bestimmt, oder?«

Ich hatte von diesem Namen noch nie etwas gehört.

»Natürlich.«

»Hast du Lust auf Frühstück bei Tiffany?«

Tiffany?

»Ja, Großvater.«

Großvater packte die DVD aus und schob sie in den Rekorder, der unter dem kleinen Fernseher in der Ecke stand. Er drehte seinen Sessel ein Stück in Richtung der Mattscheibe und nahm die Fernbedienung in die Hand. Audrey Hepburn war sehr schön. Sie saß auf einer Feuerleiter und sang ein Lied …

… moonriver …

Dazu zupfte sie mit gespreiztem Daumen auf der Gitarre und sang …

two drifters, off to see the world,
there's such a lot of world to see …

»Du bist eingeschlafen.«

»Entschuldige, Großvater.«

»Das macht nichts – wir sehen uns den Film morgen noch einmal an.«

Großvater gähnte. Dann zündete er sich eine Zigarette an und öffnete das Fenster. Er blies den Rauch ins Freie. Ich glaube, er tat das mir zuliebe.

»Sag mal, kannst du eigentlich etwas Besonderes?«, fragte er und aschte auf den Sims.

Ich überlegte. Dann erzählte ich vom Klavierunterricht. Großvater winkte ab.

»Das machen sie doch alle, Geige oder Klavier, und immer klingt es grauenhaft. Alle spielen das gleiche Instrument, und am Elternabend tragen die Geigen etwas in makellosem Unisono vor, siebzig Kinder auf einmal. Man hat Mühe, sich aufrecht auf dem Stuhl zu halten. Die kleine Göre von nebenan spielt Klavier – ich hoffe, die Flut hat das Instrument ruiniert.«

»Dann spielt sie eben Geige«, sagte ich.

»Du bist ja doch ein ausgekochtes Schlitzohr«, stellte Großvater befriedigt fest und bot mir ein Kissen an.

»Wie war doch gleich dein Name«, fragte er, nachdem ich das Kissen auf meinem Schoß platziert hatte.

Er wusste meinen Namen nicht? Wie lange hatte er nicht mehr mit meinen Eltern gesprochen?

»Kitsune.«

»Ah, Kitsune, kleines Füchslein, wie? Ungewöhnlich, gefällt mir. Also, Kitsune, was kannst du sonst noch Besonderes?«

»Nichts, Großvater.«

»Nichts? Nichts gibt es nicht. Da muss doch etwas sein.«

»Ich weiß nicht.«

»Du bist doch kein Dummkopf?«

Da fiel mir etwas ein. Ich wusste, Großvater war einmal Schauspieler gewesen. Er mochte bestimmt Geschichten.

»Ich kann Geschichten erfinden.«

Großvater lachte. Er lachte, sein Sessel wackelte, er dröhnte vor Lachen, und mir wurde wieder heiß.

»Das kleine Füchslein kann Geschichten erfinden?« Großvaters Schnurrbart wippte auf und ab, ein vergoldeter Vorderzahn blitzte auf, ich wäre am liebsten hinausgelaufen, durch das Wasser, aus dem Dorf.

Da wurde Großvater ernst.

»Das ist gut, Kitsune, das ist sehr gut. Ich möchte, dass du mir eine Geschichte erzählst.«

»Unmöglich.«

»Wieso?«

»Ich kann sie nur aufschreiben. Ich kann sie nicht einfach so erzählen.«

»Dann schreibst du sie eben auf und liest sie mir vor!«

Großvater holte Papier aus einer Schublade.

»Es tut mir leid, das Papier ist ein wenig zerknittert.«

»Das macht nichts.«

Er füllte Tusche in einen Specksteinblock und reichte mir einen dünnen Pinsel.

»Also los«, sagte Großvater.

»Du darfst nicht zusehen.«

»Gut«, sagte Großvater und verschwand wieder hinter seiner Zeitung.

Der Regen malte Flussarme auf das Fenster. Ich tauchte den Pinsel in die Tusche und begann zu schreiben. Es war meine erste Geschichte, aber das konnte Großvater ja nicht wissen.

Nach neun Tagen war plötzlich alles still. Es hatte aufgehört zu regnen. In der Luft hing ein Geruch von Feuchtigkeit, von Dächern und Bäumen tropfte es noch ab und zu. Die Kanäle jedoch waren überflutet, und das Wasser, das nicht abfließen konnte, hatte bereits begonnen, in die Häuser zu kriechen. Ich sage kriechen, weil es sich anfühlte wie eine Invasion hungriger Insekten oder Schlangen, deren Kommen man gar nicht bemerkt hatte. Wie die Kakerlaken, die jedes Jahr über das aufgeweichte Linoleum des Sommers huschten und sich unter Schränken versteckten, zog das Wasser in Großvaters Haus: unbemerkt zunächst und unhörbar leise.

Als Großvater sich im Teezimmer auf die Tatamimatten setzte und bemerkte, dass seine Hose am Hintern feucht wurde, seufzte er, stand auf, zog eine frische Hose an und stieg aufs Dach. Er beschloss, dort zu warten, bis sich das Wasser wieder verzogen hatte.

»Auf dem Dach!«, rief er und winkte, als er mich kommen sah. Er saß mit einem Kissen im Rücken gegen den Schornstein gelehnt und hatte die Beine auf dem fast flachen Dach ausgestreckt.

»Guten Morgen«, sagte er, nachdem ich mich neben ihn auf den Giebel des blauglasierten Dachs gesetzt hatte.

»Ich muss das Rauchen aufgeben.«

»Das hast du letzte Woche schon gesagt, Großvater. Guten Morgen.«

»Ich weiß. Da hat es noch nicht so stark geregnet.«

»Versteh ich nicht.«

»Was?«

»Was haben deine Zigaretten mit Regen zu tun?«

»Hätte es letzte Woche nicht geregnet, wäre ich auf den Fuji gestiegen. Dort kann mir der Regen nichts anhaben. Die Aussicht ist so atemberaubend, dass ich gut auf Zigaretten verzichten kann.«

»Und ich?«

»Und du? Na, dich hätte ich selbstverständlich mitgenommen, Füchslein. Ich kann dich ja hier nicht ertrinken lassen.« Selbst mein Vater konnte nicht mehr abstreiten, dass die Straßen überflutet waren – suppenschüsselvoll, unser Dorf.

»Und wo hätten wir übernachtet?« Ich sah uns in Decken gewickelt auf der Schneespitze des Fuji liegen, sah Wolkenwattefetzen, die am Berg vorbeieilten.

»In einem Ryokan natürlich.«

Ryokans kannte ich nur aus Erzählungen. Meine Eltern bevorzugten normale Hotels – sie waren billiger als die traditionellen japanischen Gästehäuser.

»Warst du schon einmal in einem Ryokan?«

»Nein.«

»Dann müssen wir das nachholen.«

Meine Eltern waren dagegen. Das Holz der Schlafzimmertür war glatt und kühl, als ich mein Ohr dagegen presste.

»Wir hätten sie nicht hinschicken sollen«, sagte meine Mutter.

»Meine Idee war es nicht«, entgegnete mein Vater, »die Flut hätte ihn bestimmt nicht umgebracht. Vermutlich steigt er einfach aufs Dach, um sich keine nassen Füße zu holen, und genießt die Aussicht.«

»Du kennst ihn ja erstaunlich gut – nach so langer Zeit.«

Mein Vater erwiderte nichts. Ich kauerte vor der Tür, mein Fuß war eingeschlafen – ich dachte, eine besonders unbequeme Position würde den kleinen Verrat des Belauschens ihrer Gespräche wiedergutmachen. Ich blieb regungslos sitzen, da keiner von beiden weitersprach. Das Rascheln der Bettdecke, ein dumpfes Geräusch, einer von beiden musste aufgestanden sein. Oder beide? Schritte zum Fenster. »… er war immer so …«, Wortfetzen meines Vaters, »… habe ihn nie verstanden, vor allem damals, du weißt schon, als er mit dieser Amerikanerin, dieser gottverdammten …«

»Du meinst Julia.« Die Stimme meiner Mutter klang nah, es war fast, als richte sie ihre Worte direkt an mich.

»Ja, Julia«, wiederholte mein Vater.

»Du hast ihm nie verziehen.«

Wer ist Julia, dachte ich. In meinem Fuß begannen Ameisen die Blutbahnen entlangzuhasten, ich biss mir auf die Unterlippe und versuchte, das Kribbeln zu ignorieren. Rascheln der Bettdecke. Einer von beiden löschte das Licht. Stille.

Beim Frühstück rief ich, sie könnten mir nicht verbieten, Großvater zu besuchen, er sei mein Freund (»Er ist dein Großvater, Kitsune.« – »Na und? Kann mein Großvater nicht mein Freund sein?«), es sei langweilig, sich alleine Filme anzusehen (»… außerdem ist er dein Vater, Papa!« – »Schau mich nicht so an, Kitsune! Und überhaupt: was für Filme«), sagten sie nur, ich solle lieber

Klavier üben und meine Finger von Hollywood lassen. Ich verkniff mir die Frage nach Julia.

Als mein Vater zur Arbeit und meine Mutter (»kurz«) zum Einkaufen gegangen war, hinterließ ich ihnen einen Zettel in Schönschrift (»Gehe zu Großvater. Macht euch keine Sorgen. Ihr könnt auch kommen.«). Ich hatte Rucksack, Regencape und Schokolade dabei. Ich dachte, Großvater und ich könnten in die Rokkōberge gehen, -hügel vielmehr, zum Üben für den Fuji. Doch schon von weitem sah ich, dass Großvater wieder auf dem Dach saß. Vor dem Gartenzaun blieb ich stehen und blickte nach oben. Großvater saß reglos, hatte mich nicht bemerkt. Ein Vogel flog heran, setzte sich neben Großvater. Verharrte kurz. Flog weiter. Bevor er auf dem Giebel des Nachbarhauses landete, verlor er eine Feder. Sie schwebte an den blauen Ziegeln vorbei herunter. Ich fing sie auf, bevor sie in den Schlamm fiel, den die Flut hinterlassen hatte, und bestieg die Leiter zum Dach.

»Hier, Großvater«, sagte ich und reichte ihm die Feder. »Für dich.«

»Danke«, sagte er und behielt sie in den Händen. Er drehte sie sacht und sagte: »*Yoshikiri*. Rohrsänger. Seltsam, die gibt es sonst nur unten am Fluss. Andererseits, hier war alles Fluss während der letzten Tage. Gut, dass sich das Wasser zurückzieht.«

»Ist dein Wohnzimmer immer noch nass?«

»Nur ein bisschen.«

»Warum bist du dann hier oben?«

»Ich mag die Aussicht.« Mit einer ausholenden Geste beschrieb er einen Halbkreis, mit dem er mir die Landschaft, die vor uns lag, präsentierte. »Ich hätte schon längst wieder hier hinaufsteigen sollen.« Wir schwiegen und schauten.

Schließlich hatte ich genug von Raps und Schlamm und Horizont.

»Großvater, wer ist Julia?«

Er stutzte, sah mich an, überrascht, fast ein wenig böse. Ich senkte den Kopf – ich erinnerte mich an das erste Mal, als ich Großvater gesehen hatte. Ich zog die Schokolade aus dem Rucksack und bot sie ihm an. Aber er nahm sie nicht.

»Woher weißt du von Julia?«, fragte er.

Ich starrte auf den kleinen Grasflecken, den die Flut in Großvaters Garten verschont hatte.

»Du hast gelauscht.«

Ich konnte ihm nichts vormachen. Großvater musste ein Magier sein. Julia war vermutlich eine Fee, die ihm hellseherische Kräfte verliehen hatte und die er seitdem verehrte.

»Wo sind sie denn?«, murmelte Großvater und suchte in den Taschen seiner Hose und seiner Jacke. Er zog eine eingedellte Schachtel Zigaretten hervor.

»Großvater«, begann ich.

»Das muss jetzt sein«, entgegnete er und zündete eine verbogene Zigarette an. Er hatte sie nicht einmal auf einen Stiel gesteckt, sie sah nackt aus. Großvater blickte in die Ferne, wo ein Shinkansen in gleichmäßigem Tempo weiß durch die Rapsfelder zog. Die Flut hatte den Horizont nicht erreicht.

»Julia«, sagte er langsam.

Ich setzte mich und sah ihn gespannt an. Ich wartete darauf, dass er anfangen würde zu erzählen. Auch ich mochte Geschichten.

Zuerst, begann er, hätten sie in Kalifornien gewohnt, dann in New York, einem Meer aus Häusern, die bis in die Wolken reichten … (»Die Stadt aus dem Film?« – »Genau die, Füchslein.«)

Manche behaupteten, Julia hätte Ähnlichkeit mit Audrey Hepburn, und manche gingen so weit zu sagen, er sei nur deswegen mit ihr zusammen gewesen.

»Unsinn«, schnaubte er.

Lag es an Amerika? Sprachen meine Eltern deswegen nicht mehr mit Großvater? Wäre es anders gewesen, wäre er nach Deutschland gegangen oder nach Neuseeland? Lag es an Julia?

»Was war so toll an ihr?«

Großvater dachte eine Weile nach, dann sagte er: »Sie war die einzige, die mit mir auf ein Dach gestiegen ist.«

»Wir sitzen auch auf einem Dach«, erwiderte ich prompt.

Großvater lachte. »Natürlich, Kitsune, natürlich.«

Ich vermutete, dass da ein Unterschied war, der nur für Erwachsene einen Sinn ergab.

»Auf welches Dach seid ihr gestiegen?«

»Ich hatte ein Apartment mitten in New York, und das Apartment lag in der Mitte des Hauses, achtes von sechzehn Stockwerken. Über die Feuerleitern sind wir hochgeklettert, Julia voran, sie war viel schneller als ich, war zuerst oben. Das Dach war flach, nicht wie hier, flach mit einer großen Parabolantenne. Irgendwo dahinter ging die Sonne unter.«

»Und dann, Großvater?«

»Nichts dann. Eines Tages war alles vorbei.«

»Warum?«

»Das frage ich mich noch heute.«

Großvater sah mit einem Mal sehr müde aus.

»Schau, Großvater, dort drüben ist unser Haus.« Ich wollte ihn ablenken und bot ihm wieder ein Stück Schokolade an. Er nahm es und kaute bedächtig darauf herum.

»Heißt das, mein Vater ist Halbamerikaner? Er sieht eigentlich ganz normal aus.«

»Halbamerikaner? Ganz normal?«

»Julia war nicht meine Großmutter?«

»Wie? Nein!«, rief Großvater. »Du weißt nichts von ihr? Von deiner richtigen Großmutter, meine ich.«

»Nein. Gar nichts. Ich wusste lange nicht einmal etwas von *dir*.«

»Großmutter ist gestorben, bei der Geburt deines Vaters. Julia lernte ich erst Jahre später kennen, sechzehn Jahre später, am Theater in Osaka, bei einem Gastspiel. Sie blieb und zog zu uns. Vom ersten Tag konnte dein Vater Julia nicht ausstehen. Er hat ihre Lippenstifte mit Tigerbalsam eingeschmiert, ihre Wimperntusche mit flüssigem Klebstoff gefüllt, gefrorene Tintenfische in ihrer Handtasche versteckt, solche Dinge.«

»Vater hat so etwas gemacht?«

»Irgendwann ist es sogar mir zu weit gegangen, und du weißt, ich mag kleine Schlitzohren. Wir mussten nach Amerika, ich hatte dort ein Angebot bekommen, das ich unmöglich ausschlagen konnte. Dein Vater wollte nicht mit.«

»Du hast ihn allein gelassen?«

»Na ja …«

Noch nie zuvor hatte mir ein Erwachsener so etwas erzählt. Es war, als wäre ich nicht elf Jahre alt, sondern Großvaters Komplizin, obwohl mir die Tatsache, dass er meinen Vater im Stich gelassen hatte, nicht gefiel. Ich rückte ein Stück von Großvater ab.

»Dein Vater sagte damals, er sei froh, uns endlich los zu sein. Er wollte nicht mit nach Amerika. Lieber ins Internat nach Osaka.«

Ein paar Minuten schwieg ich noch aus Solidarität zu meinem Vater, formte aus der Schokoladenalufolie kleine Kugeln, die nur träge das Dach hinunterrollten, da es nicht steil genug war. Dann hielt ich es nicht mehr aus.

»Warum bist du nach Japan zurückgekommen?«, fragte ich.

Er kratzte sich am Kopf, setzte zum Sprechen an, ich sah seinen Goldzahn, dann schloss er den Mund wieder. Ich kramte im Rucksack, in dem nur noch ein Regencape steckte.

»Sie wollte mich nicht mehr«, sagte Großvater schließlich. »Nach Jahren, in denen alles gepasst hatte, in denen alles so stimmig gewesen war, verschwand sie. Hinterließ einen Zettel. Sie ging und hinterließ an ihrer statt ein Stück Papier. Danach war Amerika für mich leer.«

Ich versuchte mir vorzustellen, wie meine Eltern mir einen Zettel schrieben, um anschließend für immer zu verschwinden. Plötzlich vermisste ich sie. Ich stellte mir vor, wie sie beide hier säßen. Hier auf dem Dach, mit Großvater und mir. Wir würden dasitzen, nur dasitzen, und ich würde in eine bestimmte Richtung zeigen und rufen: Dort drüben, schaut, da ist unser Haus!

»Ja, ich glaube, du verstehst es«, sagte Großvater ruhig. Ich dachte, er würde mir gleich eine Zigarette anbieten, aber er starrte wieder auf den Horizont. »Wie alt bist du, Füchslein?« Ich war erstaunt, dass er ausgerechnet jetzt fragte.

»Zwölfeinviertel«, log ich.

Er lachte leise und ich dachte, er hätte mich schon wieder ertappt – dabei hatte ich ja nur ein paar Monate hinzugeflunkert. Aber er sagte nur: »Dann hast du noch ein bisschen Zeit.«

»Zeit?«

»Du wirst schon sehen, Füchslein.«

ALLES ZUFALL!

ANNA KIRA KOLTERMANN

Zufällig bin ich auf diese Internet-Seite gekommen mit dem Aufruf, über eine Freundschaft zu schreiben, und sofort ist mir meine engste Freundin Fritzi eingefallen. Ich meine, so ein »Blitzgedanke« spricht schon für sich, aber wie hat alles angefangen? Vor ungefähr sechs Jahren bin ich umgezogen, nicht in eine andere Stadt, nur in einen anderen Teil der Stadt Erlangen. Hierhin, wo ich jetzt immer noch wohne. Vor sechs Jahren entstanden hier Neubauten, in die wir beschlossen einzuziehen, da unser altes Haus zu klein war für vier Personen. So ähnlich ging es auch den Hahms und den Fleischmanns. Familie Fleischmann zog in das Haus schräg gegenüber von uns. Die Tochter, Nina, war so ziemlich in meinem Alter, und darum lernten wir uns schnell kennen und unternahmen gemeinsam ein paar Dinge. Nach einiger Zeit stellte sie mir ihre beste Freundin Fritzi vor, die nun auch in die Nähe gezogen war (drei Häuserreihen weiter). Wir machten beinahe jeden Tag etwas zusammen: Fuhren gelegentlich an einen See campen, spielten »Internat« (unser Lieblingsspiel zu der Zeit), malten oder taten Sachen, die man nun mal so tut im Alter von acht bis zwölf Jahren. Ich war immer die »Mitläuferin«, die Kleine, die Anna eben … Manchmal war ich, wie sagt man so schön, das fünfte Rad am Wagen, oder zumindest hab ich mich so gefühlt; schließlich waren die zwei ja »beste Freundinnen« (was früher immer ganz wichtig war, wer mit wem und so), zusammen in einer Klasse und zwei Jahre älter als ich. Ich ging dann auch auf das gleiche Gymnasium wie die beiden, und wir fuhren täglich zusammen zur Schule, was nicht immer gut ging. Ich fühlte mich nie recht wohl bei ihnen, aber nicht mit ihnen zu fahren, wäre mir auch nie in den Sinn gekommen, außerdem kann man sagen, dass ich Fritzi ganz schön verehrte, oder sagen wir eher bewunderte, sie hatte so was Selbstbewusstes, so was … »Cooles«, sie hatte einfach eine verdammte Ausstrahlung. Als ich in die achte Klasse kam, »verließ« uns Nina, sie zog in ein anders Viertel und packte das Jahr nicht recht und wollte freiwillig auf die Waldorfschule. Das war eigentlich der Anfang von Fritzis und meiner Freundschaft. Schließlich fuhren wir jetzt nur noch zu zweit zur Schule, und sie musste sich sozusagen gezwungenermaßen mit mir unterhalten. Wir stellten immer mehr fest, dass wir so ziemlich die gleichen Interessen hatten, und machten von da an immer mehr miteinander. Zusammen gingen wir in den Chor, besuchten die Theatergruppe und taten viele andere Dinge gemeinsam. Aber noch mal zu den Schulwegfahrten: Diese sind beinahe schon legendär, unsere Themen sind vielseitig, von Politik bis … ja, das ist die Frage … einfach alles. Ich wäre ohne diese Unterhaltungen gar nicht der Mensch, der ich jetzt bin. Ich kann ihr alles anvertrauen, ohne jemals Angst zu haben, verarscht, verraten oder dumm aufgezogen zu werden. Es ist nicht so, dass wir immer derselben Meinung sind, im Gegenteil, oft streiten wir, obwohl das eher früher der Fall war, weil jede Recht haben wollte und wir beide ziemlich stur sind. Mittlerweile ist es vielmehr ein Diskutieren. Ich kann sagen, dass ich selten ihre Meinung teile, das heißt prinzipiell schon, aber Fritzi ist so eine Person, die, wenn sie an was glaubt, diesen Glauben auch mit voller Überzeugung rechtfertigt; ich dagegen bin eher ein zweifelnder Mensch und brauche sehr viele Bestätigungen und Beweise, bis ich von einer Sache dermaßen überzeugt bin. Es ist einfach so, um es mal auf den Punkt zu bringen: Wir ergänzen uns großartig, ein anderes Wort gibt es dafür nicht. Ich denke, ohne mich wäre sie genauso wenig der Mensch, der sie jetzt ist, wie ich ohne sie. Was man noch sagen kann, ist, dass ich sehr eifersüchtig bin, vor allem, was Fritzi betrifft (ansonsten eigentlich nicht). Ich denk, das liegt daran, dass ich immer Angst hatte, sie zu verlieren, dass sie jemand anderen lieber mag (das war auch mit Nina damals das Problem). Ich weiß, das klingt jetzt besitzergreifend, dumm und ... ach, keine Ahnung, ich probiere euch doch nur nahezubringen, wie viel sie mir bedeutet. Gerade hab ich geschrieben, ich hatte Angst, sie zu verlieren. Ja, ich hatte ... jetzt nicht mehr. Das kam so: Vor ungefähr zwei Jahren, genau weiß ich das nicht mehr, fing unsere »richtige« Freundschaft an. Wie schon geschrieben, unternahmen wir immer mehr und mehr zu zweit. Anfangs besuchten wir noch oft Nina, ich jedoch gewann immer mehr Abstand zu ihr, ich weiß nicht wie, aber irgendwie merkte ich, dass mir schon bei der »Dreierfreundschaft« immer mehr an der Fritzi lag, das heißt nicht mehr dran lag, aber ich verstand sie besser. Fritzi besuchte weiterhin Nina einmal in der Woche, und ich sah Nina schließlich ein Jahr lang überhaupt nicht mehr. In diesem Jahr fing ich an, abends wegzugehen, und Fritzi war es auch, die mich dazu bewegte. Ich fand es damals unbeschreiblich nett von ihr, dass sie mich, die »kleine« Anna, zu ihren »coolen« älteren Freunden mitnahm. So lernte ich auch die gleiche Crew wie sie kennen, was uns wiederum verband. Die zwei Jahre bis jetzt haben wir so viel Scheiße (Entschuldigung ...) zusammen erlebt. Nur mal eben ein Beispiel, aber bitte nicht anzeigen (hehe): Eines Abends, wir waren auf einer richtig guten Open-Air-Feier und hatten ausgemacht, ich penn bei ihr, sie bei mir (typische Art, um nicht zu einer bestimmten Uhrzeit daheim sein zu müssen, das heißt wir waren »frei«). Na ja, um drei Uhr morgens machten wir uns dann langsam auf von der Party und beschlossen, zu mir zu fahren. Vielleicht konnten wir mit dem so genannten Notschlüssel heimlich in den Keller schleichen und dort pennen. Als wir dann aber vor meiner Haustür standen, hatten wir Angst, erwischt zu werden, und beschlossen, noch eine Tour mit dem Fahrrad durch den Naturschutzpark zu machen, der direkt an unser Viertel angrenzt. Am Naturschutzpark steht eine Reihe Häuser, die vor kurzem erst gebaut wurden, und in mehreren Gärten gibt es wundervolle blaue Swimmingpools, na ja, und wie es kommen musste, stellten wir unser Fahrrad ab und beschlossen, ein wenig »Gardenhopping« (von einem Garten in den nächsten und so) zu machen … In dem einen Garten »watschten« wir mit den Füßen durch einen Pool, in dem anderen verstellten wir richtig hässliche Keramikkugeln. Mann, war das ein Spaß, aber es kommt noch besser. Fritzi, die für jeden Blödsinn zu haben ist, hat schließlich vorgeschlagen, in einen der Gartenteiche reinzugehen, nur in Unterwäsche. Es hat einige Zeit gebraucht, bis sie mich überredet hatte, und dann … Anziehsachen aus und ab, eine Runde durch den Gartenteich. Oh Mann, hatten wir »Schiss«. Danach zogen wir uns schnell wieder an und fuhren in die Stadt, wo wir uns zum Schlafen auf den Marktplatz legten und, nachdem wir von einem Typen aufgeweckt wurden, ins Theater flüchteten. Um acht Uhr morgens machten wir uns schließlich auf den Weg nach Hause. Das war schon ein krasseres Beispiel, aber es ist einfach so, wir haben viele solcher »Sachen« zusammen durchgemacht, und so was verbindet eben. Aber um noch mal auf das ich »hatte« Angst, dass ich sie verliere, zurückzukommen. Mittlerweile haben wir so viel gemeinsam erlebt, das kann niemand anderes einholen, und neulich erst hab ich es wieder gemerkt: Fritzi hatte ein paar Leute eingeladen, weil ihre Eltern nicht da waren. Und, na ja, sie hat sich dann mit allen recht gut verstanden, während ich vorm PC gehockt habe, aber ich war keineswegs neidisch, dass ich nicht mit ihnen rumgealbert habe … Später sind die anderen raus eine rauchen gegangen, und ich und Fritzi saßen am Küchentisch und haben »Die Ärzte« gehört, und da hab ich gemerkt, das kann niemand anderes mit ihr so gut, weil wir »früher« immer zusammen Ärzte gehört haben und das gemeinsame Erinnerungen weckt. Allgemein kann man sagen, dass uns ganz viele Lieder verbinden, weil wir einfach so viele Erlebnisse mit Musik in Zusammenhang bringen … Oh Mann, ist das jetzt chaotisch geschrieben, ich hoffe, ihr habt es halbwegs kapiert. Was man aber auf jeden Fall sagen kann: Unsere Freundschaft ist so was Besonderes, dass es unbeschreiblich ist, und ich wünsche jedem so eine Freundschaft, weil sie das Leben so was von bereichert, das ist unglaublich, und mir tun die leid, die in ihrem Leben noch nie so etwas erlebt haben, so eine Freundschaft ist unersetzlich! Diese

Freundschaft will ich nie verlieren, und es nicht so wie ... ja, wie »Wir werden uns bis in Ewigkeit kennen«, so wie man das manchmal halt dahinsagt, wenn man jung ist und an die Zukunft denkt. Nein, ich denk, dass das bei uns wirklich so sein wird, die Erlebnisse, die ich jetzt gemeinsam mit Fritzi erfahren habe, so was vergisst man nicht, und dann ruft man sich zusammen später mal, und ich wette, wir werden uns dann immer noch so gut verstehen und über die Träume und Erlebnisse unserer Jugend quatschen ... Aber darüber will ich erst gar nicht nachdenken ... Ich bin froh, dass ich sie habe, und das reicht, was später ist, sehe ich, wenn's dann so weit ist.

Ich weiß, es sollte eine außergewöhnliche Freundschaftsgeschichte sein. Für mich ist sie außergewöhnlich, sehr sogar, obwohl es sein kann, dass sie für andere »normal« klingt.

Ich möchte noch einen Dank hinzufügen, dass ihr mich durch dieses Projekt dazu gebracht habt, mal zu überdenken, wie »alles« angefangen hat, und dass ich jetzt merke, dass es ohne »meine« Fritzi einfach nicht geht. Danke!!

»DANIEL UND MARTIN«

DINAH
STRATENWERTH

El silencio no es una palabra
escrita sobre una pared
es una canción solitaria por el viento
que no se detiene en el medio de un infierno.
León Gieco

Die Stille ist kein Wort
auf eine Wand geschrieben.
Sie ist ein Lied, in Einsamkeit getragen durch den Wind,
das nicht mitten in einer Hölle ist.

Eins

Ihr erstes Zusammentreffen war verkrampft und roch nach Bier. Daniel steuerte zielstrebig auf die Bar zu und verlangte laut ein großes Pils und einen Schnaps. Er trank beides in wenigen Minuten und drängelte sich dann durch die Tische Richtung Zigarettenautomat. Es war voll. Die Bedienung bewegte sich schlafwandlerisch zwischen ausgestreckten Beinen und anzüglichen Bemerkungen. Daniel wäre beinahe mit einem gestikulierenden Mann zusammengestoßen, der vom Klo kam. Im letzten Moment machte er einen Schritt zur Seite, hob unwillkürlich die Hand, in der er sein Zigarettengeld hatte, und schüttete jemandem sein Bier über die Hose.

Eine Sekunde lang wollte er einfach weitergehen, aber er brachte es nicht über sich.

»Hey, Entschuldigung, tut mir leid.«

Hektisch winkte er der Bedienung, damit sie die Glassplitter und die Pfütze beseitige. Der Mann war ein Stück von seinem Tisch weggerückt und betrachtete seine nasse Kleidung. Er sagte nichts.

»Tut mir leid, war keine Absicht, okay?«

Es verwirrte Daniel, dass er keine Antwort bekam, weshalb er das Gefühl hatte, großzügiger sein zu müssen:

»Ich bestell dir ein neues Bier, ja? Was möchtest du?«

Der Typ sah ihn an. Keine Antwort.

»Mann, jetzt sei nicht so nachtragend, kann doch mal passieren!« Daniel wurde langsam ungeduldig.

Endlich kam die Kellnerin mit Lappen und Kehrschaufel. Sie lächelte amüsiert und sagte mit einer Kopfbewegung hin zu dem Mann mit dem Bier auf der Hose:

»Das ist Martin. Dem kannste deine ganze Lebensgeschichte erzählen und musst keine Angst vor blöden Nachfragen haben, der redet nämlich nicht.«

»Wie, der redet nicht! Wie bestellt er denn dann sein Bier?«

Die Kellnerin zuckte die Achseln. »Die Chefin weiß irgendwoher, was er trinkt. Kannst ja versuchen, ihn zum Reden zu bringen, wenn du mir nicht glaubst.«

Damit eilte sie zurück zum Tresen. Daniel sah Martin an.

»Redest du wirklich nicht? Aber du verstehst mich doch, oder?«

Martin nickte. Daniel zog die Schultern hoch.

»Na gut, also … tut mir leid, okay? Entschuldigung akzeptiert?«

Martin sah ihn an, verzog dann seinen linken Mundwinkel nach hinten, ein angedeutetes Lächeln, und nickte.

»Gut, dann … einen schönen Abend noch!«

Schnell verließ Daniel die Kneipe.

Zwei

Als Daniel draußen auf sein Motorrad stieg, war ihm schwindelig. Schnell Gas geben und weg von dem peinlichen Vorfall. Auf dem Weg vergaß er das verschüttete Bier. Vor dem niedrigen hölzernen Gartentörchen in der kleinen gepflasterten Straße, auf der er früher Hockey gespielt hatte, blieb er noch minutenlang auf seinem Motorrad sitzen und starrte das dunkle Haus an. Er konnte von hier aus nicht sehen, ob sein Vater schon im Bett war, denn sein Arbeitszimmer lag nach hinten raus. Der spitze Giebel des roten Backsteinhauses, die schmale, überdachte Treppe an der linken Seite, das Küchenfenster zur Straße hin, an dem seine Mutter manchmal stand und gedankenverloren in ihrem Tee rührte – der Anblick war so vertraut, dass sein Herz sich zusammenzog. Gleichzeitig wünschte er sich, es einfach nicht mehr zu kennen, vorbeizufahren, ein anderes Ziel zu haben, auf der anderen Seite der Welt. Aber er hatte ja ein Ziel. Er hatte ein Ziel.

Tief durchatmend stieg er ab, schob das Motorrad durch das kleine Tor in den Vorgarten neben die Garage, erklomm die sechs Stufen – immer zwei auf einmal – und schloss leise auf. Jetzt konnte er sehen, dass tatsächlich das ganze Haus dunkel war. Daniel atmete erleichtert auf und schlich in sein Zimmer im ersten Stock. Er hatte seine Ruhe bis morgen. Zufrieden hockte er sich vor seinen Plattenschrank und überlegte, welche Musik er zum Einschlafen hören wollte.

Drei

Sorgfältig schaufelte Daniel mit einem kleinen Löffel Kaffee in die Espressokanne.

»Und?« Sein Vater senkte seine Zeitung, legte die Arme mit gefalteten Händen auf den Tisch und zog seine dichten grauweißen Augenbrauen hoch.

Daniel zuckte die Schultern. »Was und? Ich hab' mir die ganzen Studienführer besorgt. Und Unterlagen vom Arbeitsamt.«

Der Vater neigte seinen Kopf zur anderen Seite. Die leicht hervorquellenden blauen Augen mit den schweren Lidern hatte Daniel von ihm. Wie oft hatte er das schon gehört: die Augen des Vaters. Es nervte ihn, nicht als eigener, neuer Mensch, sondern als Produkt seines Erzeugers gesehen zu werden, aber er mochte seine Augen. Ein bestimmter Blick unter gesenkten Wimpern wirkte gut bei Frauen. Wenn sein Vater ihn so ansah, war ihm unwohl. Der Blick sagte so vieles, was gut und gleichzeitig schwer war.

»Daniel, du musst erst wissen, was du willst, bevor du richtig handeln kannst. Einfach so ins Blaue hinein, das wird dich auf Dauer nur frustrieren.«

Aber ich weiß doch, was ich will, wollte Daniel sagen. Er biss sich auf die Zunge. Keine langen Diskussionen auslösen.

»Ich ... ich will mich nur richtig informieren. Dann finde ich besser heraus, was ich wirklich will.«

»Du weißt, du kannst jederzeit zu mir kommen.«

Die blauen Augen seines Vaters ließen nicht locker, Daniel sah weg, aus dem Fenster auf die Kastanie.

»Ja. Danke«, erwiderte er und stand auf.

Wenn er jetzt duschen ging, musste sein Vater in die Praxis, während er noch im Bad war.

Die Rechnung ging auf. Als er fertig war, hörte er nur noch seine Mutter im Wohnzimmer. Wahrscheinlich machte sie Yoga, das dauerte ungefähr eine Stunde, also konnte er ganz unbehelligt gehen.

Draußen atmete er auf. Ein weiterer strahlender Herbsttag. Hoffentlich brachte die Sonne ihm Glück. Wenn heute alles glatt lief, war er seinem Ziel ein Stück näher, und dann würde es auch einfacher sein, seinem Vater alles zu erklären. Hoffte er.

Vier

Bevor er die Kneipe verließ, legte Martin wie immer einen Euro Trinkgeld auf den Tresen. Die Nachtluft war so kalt, dass er den Mantel enger um sich zog, als er nach Hause lief. Seine Hose und sein Hemd waren immer noch nass und rochen nach Bier. Fast hatte der junge Mann ihm leid getan, als er sich so oft entschuldigt hatte. Und er hatte sich vorgestellt, wie es wäre, ganz anders zu reagieren, wie es in dieser Kneipe durchaus passieren konnte: ihn anzubrüllen, zwei neue Biere zu verlangen, auf den Tisch zu schlagen. Er ergötzte sich an dieser absurden Vorstellung und fühlte sich im selben Moment hilflos, weil er sich nicht anders verhalten konnte, als er es tat.

Doch alles in allem war es ein guter Tag gewesen. Er hatte den Rechner, den der alte Mann mit der Halbglatze und dem melancholischen Hängeauge gestern bestellt hatte, fast fertig. Wenn der Laden so voll war wie heute, konnte er fast die ganze Zeit alleine hinten arbeiten, ohne dass Stefan ihm Fragen stellte oder etwas von ihm wissen wollte. Und obwohl er mit Stefan inzwischen ganz gut sprechen konnte, war es entspannend für ihn, nur mit sich und der Technik zu sein. Gegen Abend war noch ein Kunde auf Empfehlung vorbeigekommen und hatte erzählt, wie zufrieden sein Schwager mit dem neuen Rechner sei. Martin freute sich. Arbeit war ein sicherer Raum, der gut funktionierte.

Zu Hause öffnete er das Küchenfenster, noch bevor er sich umzog. Als er, endlich in trockenen Kleidern, gerade anfing, die Zucchini zu schneiden, kam Jerry durch die Tür geschlichen und strich um seine Beine. Martin lächelte zu dem Kater hinab und beeilte sich mit dem Gemüse. Er setzte Reis auf, räumte das gebrauchte Geschirr in den Geschirrspüler und gab Jerry eine Portion Katzenfutter. Kochen, Katze füttern – als nächstes war das Wohnzimmer dran. Martin ging hinüber und deckte den Tisch. Jetzt die Musik. Seit Anfang September hörte er Miles Davis. Die melancholische Trompete passte zu braunen Blättern. Heute war der Zehnte, also Lied Nummer zehn zum Essen.

Jetzt hatte er Zeit, sich mit Jerry zu beschäftigen, der sein Abendessen beendet und sich ausgiebig geputzt hatte. Er wusste genau, dass die nächsten Minuten ihm gehörten, sprang auf Martins Schoß und begann zu schnurren, bevor der ihn überhaupt berührt hatte. Der warme Körper des Katers vibrierte auf Martins Schoß, während er Jerrys Nackenfell kraulte und ein wenig an seinen Ohren zupfte. Der Kater hob den Kopf und kniff seine Augen zusammen, ein Katzenlächeln, das Martin mit seinem Menschenlächeln erwiderte. Als der Küchenwecker ihm piepend anzeigte, dass der Reis fertig war, ließ er Jerry sanft zu Boden.

Fünf

Daniel nahm einem alten Golf die Vorfahrt, schaffte gerade noch die Ampel, bog dann schwungvoll in die Gneisenaustraße ein und beschleunigte auf siebzig. Er schob das Visier seines Helms hoch, bis die Herbstluft seine Augen tränen ließ, und lachte. Es tat gut, einfach so aus Freude zu lachen. Und sich zu besaufen, setzte er seinen Gedanken fort, bremste mit quietschenden Reifen und holperte über eine Einfahrt auf den Bürgersteig. Als er seine Maschine abgeschlossen und seinen Helm abgenommen hatte, kam Ron und umarmte ihn.

»Hast du's echt geschafft? Cool, Mann, ich hab's dir doch gesagt!«

Daniel lachte wieder und nickte.

»War gar nicht so schwer«, sagte er großspurig, »und jetzt will ich drauf anstoßen!«

Die anderen waren schon da. Sie freuten sich für ihn, klopften ihm auf die Schulter, lachten und gaben lautstark Bestellungen für Särge bei ihm auf.

»Ich zimmer euch so schöne Särge, dass ihr euch sofort umbringen wollt, um sie zu benutzen«, rief er übermütig.

Endlich kam das erste Bier. Sie stießen auf Daniels Tischlerkarriere an, und er musste erzählen, wie das Vorstellungsgespräch gelaufen war.

»Die wollten wissen, ob ich handwerklich schon was gemacht habe, da hab ich natürlich ja gesagt und erzählt, dass ich meiner Freundin 'n Schränkchen zum Geburtstag geschenkt habe …«

Ron schüttelte lachend den Kopf: »Stimmt ja sogar: Du hast ein Schränkchen gebaut. Nur war die Frau nicht deine Freundin, und sie hat's dir um die Ohren gehauen.«

Daniel winkte ab. »Na und? Das hat weder dem Ding noch mir was geschadet. Ist eben beides Wertarbeit.«

Sie tranken mehr Bier, redeten weiter über Särge und wütende Freundinnen oder Nicht-Freundinnen, sinnlose Geschenke und die Frage, ob es eigentlich Sexspielzeug aus Holz gab. Ron blieb am längsten und verwickelte Daniel in ein langes

Gespräch über den Nutzen von Entwicklungszusammenarbeit. Daniel versuchte sich darauf zu konzentrieren, aber er schweifte immer wieder ab, hörte den Gesprächen an anderen Tischen zu oder sah sich im Raum um. Seit Monaten gingen sie immer mal wieder in diese heruntergekommene kleine Eckkneipe. Die Bierpreise waren unschlagbar, außerdem gab es einen Billardtisch und eine Dartscheibe, Grund genug, die Skat spielenden Stammtischbesucher zu ignorieren und über die schmuddeligen Tischdecken und Teppiche hinwegzusehen.

Da entdeckte er Martin, der am gleichen Tisch saß wie am Abend zuvor. Er passt ebenso wenig hierher wie wir, dachte Daniel. Da stieß Ron ihn an, der offensichtlich gerade seine Theorien zu Entwicklungshilfe zu einem Abschluss brachte:

»Na ja, so ist das eben, man weiß nie, ob Einmischung sinnvoll ist oder nicht. Ich geh' auch mal, bin todmüde. Kommste mit?«

Daniel schüttelte den Kopf. »Ich trink noch'n Bier.«

»Gerat mir nicht in schlechte Gesellschaft«, mahnte Ron, legte Geld auf den Tisch und verschwand.

Daniel zündete sich eine Zigarette an und wünschte sich einen Grund, um länger bleiben zu können. Denn das hieß morgen länger schlafen und nicht beim Frühstück Zukunftsplanung besprechen müssen. Er hatte zwar seinen Ausbildungsplatz bekommen, aber … Um sich von diesem Aber abzulenken, blickte er sich wieder um, und sein Blick blieb erneut an Martin hängen. Der passte wirklich nicht hierher. Er war zu jung, vielleicht Anfang zwanzig, und irgendwie wirkte er zu … ja, wie eigentlich? Er war schlank, eher dünn, drahtig, hatte schwarzes, kurzes Haar, braune, runde Augen unter dichten Brauen und ein rundes, glatt rasiertes Gesicht. Und im Gegensatz zu den anderen, die spielten und lachten und Reden schwangen, starrte er nur ins Leere.

Daniel starrte zurück. Ihre Blicke begegneten sich. Normalerweise hätte Daniel schnell weggeguckt, aber er war entspannt von dem vielen Bier und neugierig. Also lächelte er, und Martin lächelte zurück. Zögernd und kurz.

Alleine in der Kneipe zu sitzen, war auf die Dauer deprimierend, fand Daniel. Da war es besser, jemanden neben sich zu haben, der nicht redete. Er quetschte sich durch die Stühle und an der Bar vorbei zu Martins Tisch in der Ecke.

»Hi«, sagte er, »tut mir leid wegen dem Bier gestern. Kann ich mich zu dir setzen? Sonst komm' ich mir so einsam vor zwischen den ganzen Proleten.«

Er grinste verschwörerisch und senkte bei den letzten Worten ein wenig die Stimme. Martin nickte, Daniel setzte sich und bot ihm eine Zigarette an. Er schüttelte den Kopf.

»Ich bestell mir noch 'n Bier, willst du auch eins?«

Diesmal nickte er. Mit einem Blick auf sein Glas stellte Daniel fest, dass sie das gleiche tranken, und winkte der Kellnerin. Sie grinste, wahrscheinlich erinnerte sie sich an das verschüttete Bier vom Vortag.

»Na, glaubste mir immer noch nicht?«, raunte sie Daniel mit einem Seitenblick auf Martin zu und verschwand wieder.

Als sie das Bier brachte, wollte Daniel etwas erwidern, etwas Schlagfertiges, Originelles, aber ihm fiel nichts ein. Martin hob sein Glas, sie stießen an. Daniel nahm einen tiefen Schluck und genoss das leichte Drehen in seinem Hinterkopf. Gemütlich war es hier, und dieser komische Martin war ihm irgendwie sympathisch mit seinen Knopfaugen und seinem schiefen Lächeln. Er sah dabei gleichzeitig verunsichert und abschätzend aus.

»Weißt du, warum ich mich heute Abend hier besaufe?«, fragte Daniel.

Martin zog die Augenbrauen hoch, was Daniel als »Nein, aber du erzählst es mir bestimmt gleich« interpretierte.

»Ich hab heute einen Ausbildungsplatz bekommen, als Tischler. Ich will nämlich unbedingt Tischler werden, weißt du. Möbel bauen.«

Martin sah ihn ernsthaft an und schien auf mehr Informationen zu warten. Auf das Aber, das sofort wieder in Daniels Kopf auftauchte. Das musste er irgendwie gesehen oder rausgehört haben.

»Aber«, fuhr Daniel fort, »ich hab Angst, meinen Vater zu enttäuschen. Er hat eine Praxis als Psychologe, ist furchtbar erfolgreich. Er hat sogar ein Buch geschrieben, einen Beziehungsratgeber von der anspruchsvolleren Sorte. *Der Vertrauenseffekt* heißt es, hast du vielleicht schon mal gehört. Er hat mir immer viel erzählt und beigebracht über seine Arbeit, und auch so gibt er sich sehr viel Mühe. Manchmal ist das ein bisschen anstrengend, aber eigentlich mag ich ihn so. Er hat Charisma, weißt du? Nicht so wie meine Mutter. Die ist einfach eine langweilige Hausfrau.«

Martin runzelte die Stirn, und Daniel fühlte sich bemüßigt, mehr zu erklären.

»Mein Vater ist so ein Typ, der guckt dich an und weiß, was in dir los ist, der liest in dir. Klar, ist nicht immer angenehm, aber faszinierend, oder? Jedenfalls wollte er immer, dass ich mal seine Praxis übernehme. Aber ich hab eben dieses Ding, dass ich Tischler werden will.«

Martin hob wieder die Augenbrauen, diesmal ein bisschen mehr als vorher, und zog verwundert den Kopf zurück.

»Findest du das komisch?«, fragte Daniel, und Martin nickte.

»Na ja, du kennst ja auch meinen Vater nicht. Er hat immer verdammt gute Argumente, und deswegen ist es wahnsinnig schwierig, mit ihm zu diskutieren. Andererseits hat er auch immer für alles 'ne Lösung.«

Noch während er sprach, überkam Daniel das Bedürfnis, einfach nach Hause zu fahren und seinem Vater zu sagen, dass er einen Ausbildungsplatz bekommen hatte. Was sollte das Ganze? Er konnte es ja doch nicht rückgängig machen. Nein, er wollte es nicht rückgängig machen. Mit einem Zug leerte er sein Bierglas.

»Weißte was, war irgendwie nett, mit dir zu reden. Bist du hier öfter?«

Nicken.

»Vielleicht sehen wir uns ja mal wieder. Ich muss jetzt mit meinem Alten reden.«

Martin lächelte ihn zum Abschied an, diesmal nicht schief, sondern freundlich und übers ganze Gesicht, seine Mundwinkel hoben sich wie bei einem Smiley. Er sah richtig lustig aus. Daniel klopfte auf den Tisch.

»Bis bald mal.«

Sechs

Er hätte diesem Tischler sagen sollen, dass er ihn verstand. Und dass er mit seinem Vater sprechen sollte, der offensichtlich ganz nett war, ein bisschen anstrengend vielleicht, aber harmlos. Doch er hatte es nicht geschafft; mit Fremden zu reden war einfach viel zu gefährlich, schon der Gedanke daran machte ihm Angst. Als der junge Mann sich an seinen Tisch gesetzt hatte, war ihm kalt geworden, aber die Furcht hatte sich gelegt, als er so viel geredet hatte. Schade, dass er nicht in der Lage gewesen war, ihm zu sagen, wie gut er seine Sorgen nachvollziehen konnte. Das war so wichtig. Als ihm Doktor Kuhn zum ersten Mal gesagt hatte, dass er ihn verstand, vor fünf Jahren, hatte er es lange nicht glauben können. Und so richtig glaubte er es bis heute nicht. Aus dem gleichen Grund, den der tollpatschige junge Mann mit den blonden Rastas und dem Schlafzimmerblick vorhin genannt hatte: Du kennst meinen Vater nicht. Martin öffnete sein Schlafzimmerfenster weit, stellte die Hausschuhe neben den Nachttisch und kuschelte sich unter seine Decken, ohne die Augen zu schließen. Du kennst auch meinen Vater nicht, dachte er, und deswegen weißt du nicht, wie gefährlich es sein kann, mit Fremden zu sprechen, überhaupt zu sprechen, und wie viel man sich erspart, wenn man schweigt und wartet. Dann ist es oft schneller vorüber. Sein Herzschlag beschleunigte sich, und er setzte sich wieder auf und schaltete das Licht ein. Das Fenster stand offen. Das war gut, er musste wissen, dass er raus konnte. Er wollte die Augen noch nicht schließen, um zu schlafen, zu viele Bilder warteten auf den Innenseiten seiner Augen. Sie kamen von überall aus seinem Körper, aus dem Rücken, den Beinen, vor allem aus seinem Gesicht. Er konnte sie nicht abstellen. Martin stand auf und holte sich sein Buch vom Regal. Lesen würde ihn vielleicht ablenken.

Warum hatte dieser Typ ausgerechnet von seinem Vater reden müssen? Wie das Gespräch zwischen den beiden wohl gelaufen war? Statt in sein Buch vertiefte sich Martin in diese Frage und stellte sich vor, wie sich der Vater enttäuscht von seinem Sohn abwandte … Nein, er musste sich auf das Buch konzentrieren. Er atmete ein paar Mal tief durch und schlug die Stelle auf, an der er aufgehört hatte.

Sieben

Martin sollte es als erster wissen. Daniel kam es so vor, als wäre dieser schweigende Kneipenbesucher sein Komplize oder vielleicht auch sein Glücksbringer, als hätte er ihm am Abend zuvor eine Art geheimes Totem mitgegeben, das sich auf sein Gespräch mit dem Vater ausgewirkt hatte. So ein Blödsinn, dachte er fast im selben Augenblick. Trotzdem wollte er Martin als ersten wissen lassen, wie gut alles gelaufen war.

Seine Eltern waren noch wach gewesen gestern Abend. Als Daniel kam, ein wenig ernüchtert vom Motorradfahren, saßen sie am Küchentisch und unterhielten sich ernsthaft. Sie verstummten, als er eintrat. Hatten sie über ihn gesprochen? Die Mutter sah blass und besorgt aus, aber das hatte nicht viel zu sagen, das tat sie meistens. Die aufopfernde Ehefrau und Mutter war ihre Lieblingsrolle. Damit konnte Daniel schon seit Jahren nichts mehr anfangen. Sein Vater strahlte ihn an, trat auf ihn zu und umarmte ihn. Da wusste Daniel, dass er nicht Thema des Gespräches gewesen war. Es war genau der richtige Moment.

Er setzte sich zu seinen Eltern, und auf das »Und?« seines Vaters erzählte er ihnen alles: Dass er schon lange wisse, was er machen wolle, und dass er seit heute den Ausbildungsplatz habe. Einen Moment lang war der Gesichtsausdruck seines Vaters undurchdringlich, dann lächelte er.

»Das freut mich für dich, Daniel. Wirklich. Du wirst deinen Weg schon finden.«

Die Eltern tauschten einen kurzen Blick, die Mutter lächelte auch und nickte:

»Herzlichen Glückwunsch, mein Schatz.«

Viel mehr war nicht passiert. Daniel hatte lange Gespräche erwartet, Diskussionen, Versuche, ihm umzustimmen, doch seine Eltern sagten gute Nacht, stolz seien sie auf ihn, und verzogen sich ins Bett. Es war fast zu einfach gewesen, um wahr zu sein.

Martin war in der Kneipe und hörte sich bei zwei Hefeweizen den ganzen Bericht an. Als Daniel fertig erzählt hatte, setzte er wieder sein lustiges Smiley-Lächeln auf. Daniel hätte ihn gerne gefragt, was er eigentlich machte, wusste aber nicht recht, wie er es anstellen sollte. Also ließ er es. Wer wusste schon, wie Martin sich fühlte, wenn man ihn etwas fragte und er nicht antworten konnte. Oder wollte? Ob er überhaupt in der Lage war zu sprechen, so rein physisch? Er musste das unbedingt mal seinen Vater fragen. Sicher gab es dafür einen Namen. Statt Fragen zu stellen, erzählte Daniel von seinen Plänen: dass er seinen Meister machen und am liebsten eine eigene Tischlerei aufmachen wollte. Und dann schöne, teure, Möbel herstellen.

»Für die ganzen Yuppies, weißt du. Ich hab neulich gelesen, dass gutes, teures Handwerk wieder total in ist. Es gibt Leute, die geben für ein handgefertigtes Unikat um die zweitausend Euro aus.«

Martin hob die Augenbrauen und zog die Mundwinkel nach unten. Daniel lachte.

»Verrückt, oder? Aber solange ich davon profitiere, soll's mir recht sein.«

Martin hob die Schultern und legte den Kopf schief.

Acht

Es war also alles gut gelaufen. Daniel schien Glück zu haben mit seinen Eltern. Martin war froh, dass sein neuer Gesprächspartner – wenn er ihn denn so nennen konnte – endlich einen Namen hatte. Und nicht nur ein schmales Gesicht mit hohen Wangenknochen, umrahmt von wirren blonden Rastas, mit einer leichten Hakennase und diesen großen Augen mit schweren Lidern. Sie gaben Daniels Blick etwas Melancholisches.

Daniel mochte offensichtlich seine Mutter nicht besonders. Martin empfand das fast körperlich als gemein und grausam. Wie oft hatte er sich, wenn er stundenlang im Keller in der Ecke gehockt und Sekunden gezählt hatte, gewünscht, so eine Mutter zu haben. Die ihn »mein Schatz« nannte und ihm sagte, dass sie stolz auf ihn war.

Martin schüttelte den Kopf, und um auf andere Gedanken zu kommen, beobachtete er Jerry, der auf der Fensterbank döste. Daniel erzählte ihm so viel. Und er würde ihm gerne antworten und erklären, was für ein Glück er mit seinen Eltern hatte. Sollte er ihm von sich erzählen? Nein, unmöglich. Doktor Kuhn hatte er von früher erzählt, als er irgendwann nach Monaten gewagt hatte zu sprechen. Weil der ihm versprochen hatte, dass kein Wort davon jemals nach außen dringen würde. Er hatte ihm gesagt, dass das Schlimmste nicht der Keller gewesen war oder die Schläge ins Gesicht, wenn er es mal wieder nicht geschafft hatte, im Unterricht seine Hausaufgaben vorzulesen. Das Schlimmste war sein Vater gewesen, der ihn in den Arm genommen und ihm einen kalten Lappen auf seine blauen Flecken gelegt hatte. Der ihn nach den vorgesehenen drei Stunden aus dem Keller befreit oder im Winter wieder ins Haus gelassen hatte. Das Schlimmste waren die Worte, die er sprach.

»Du darfst deine Mutter nicht verraten, Martin. Sie ist krank. Wenn du sie verrätst, wer weiß, was sie dann tut?«

Martin wusste es nicht und wagte nicht, daran zu denken. Er musste seinen Vater beschützen, der solche Angst hatte, dass er manchmal zitterte, wenn er Martins schmerzenden Rücken streichelte.

Neun

Am nächsten Abend kam Daniel nicht. Wie schon so oft trank Martin seine zwei Hefeweizen, beobachtete die immer gleichen Menschen und genoss das Netz aus Gesprächen und Blicken, das ihn einwob und zugleich ausschloss. Es enthob ihn der Verantwortung, selbst reden zu müssen. Sie hatten alle so viel zu sagen. Und er durfte einfach nur da sein und vor sich hindenken. Das Stimmengewirr war wie eine Höhle aus Decken und Kissen, in der Kinder sich verstecken und Geschichten ausdenken.

Trotzdem dachte er an Daniel und fragte sich, ob er ihn wiedersehen würde. Wie es ihm wohl ging? Vielleicht hatte er seine Ausbildung schon angefangen. Martin stellte sich vor, wie es wäre, wenn er Daniel noch oft sehen würde, richtig oft, so wie

Stefan, und irgendwann mit ihm sprechen könnte. Was würde er ihm dann erzählen? Vielleicht, dass er auch gerne gutes Handwerk machte. Nicht aus Holz, sondern aus kleinen Elektroteilen. Ja, das war eine gute Idee. Eines Tages würde er ihm das sagen. Falls sie sich wiedersahen.

Zehn

»Der Vertrauenseffekt«. Wo hatte er das doch letztens gehört? Die beiden Worte standen in einer Zeitungsmeldung über einen Selbstmord. Martin überflog die Zeilen des Klatschblattes, das er am Morgen in seinem Briefkasten gefunden hatte. Was ging ihn das alles an? Eine Frau hatte sich umgebracht, weil ihr Mann sie betrogen hatte.

Warum machte ihm diese Meldung solche Angst? Er legte die Zeitung hin und versuchte, ruhig zu atmen. Das bist nicht du, Martin, das ist nicht dein Leben, sagte er sich. In deinem Leben ist alles in Ordnung. Du bist sicher. Bleib ruhig und atme weiter.

Als die Kellnerin ihm sein Bier brachte, hatte er sich so weit beruhigt, dass er es hochheben konnte, ohne zu zittern. Alles war wie immer, nur dass die Kneipe heute, am Freitag, ein bisschen voller war. Er hatte sich nach den letzten drei Tagen schon wieder daran gewöhnt, alleine hier zu sitzen, und ließ sich auf den Stimmen der anderen treiben.

Erst, als er Daniels Rastas an der Tür auftauchen sah, fiel ihm wieder ein, woher er den »Vertrauenseffekt« kannte. Eisige Kälte erfüllte seine Brust. Es ist nicht dein Leben, aber du kommst nicht daran vorbei.

Daniel begrüßte ihn, sagte ihm, er freue sich, ihn zu sehen. Er bestellte sein übliches Bier und zündete sich eine Zigarette an. Er hatte rote Augen und sah kleiner aus als sonst. Martin knetete seine Hände unter dem Tisch. Er musste jetzt unbedingt etwas sagen. Was sagt man in so einer Situation? Darauf war er nicht vorbereitet gewesen. Oder wollte Daniel ihm vielleicht gar nichts erzählen, einfach so tun, als wäre nichts, um auf andere Gedanken zu kommen? Sie sahen einander an.

»Meine Mutter hat sich umgebracht«, sagte Daniel leise, als verlese er den Wetterbericht, und dann gar nichts mehr.

Warum? Könnte ich fragen, dachte Martin fieberhaft, aber das weiß ich ja schon, nur dass er nicht weiß, dass ich das weiß. Was ist nur das Richtige? Daniel sah ihn an. In seinen Augen lag gar keine Erwartung, er sah ihn einfach nur an, so traurig, dass Martin den Blick abwandte und auf die alten Gardinen starrte.

»Du brauchst nichts zu sagen«, sagte Daniel und fing Martins Blick wieder auf.

Elf

Martin rückte ein Stück näher an ihn heran, so dass ihre Arme sich auf dem Tisch berührten. Ein paar Skatspieler gerieten in Streit und standen auf, um sich besser anbrüllen zu können. Zwei Frauen hatten ihre Männer beim Dartspielen besiegt und bekamen dafür eine Runde Kräuterschnaps. Ein dicker Mann beschwerte sich lautstark über die Lokalpolitik.

Daniel und Martin zogen sich in die Höhle aus lebendiger Wärme und Stimmen zurück. Ihr Schweigen verbreitete Stille in ihnen, und gemeinsam warteten sie darauf, dass der Schmerz nachließ.

EIN TUNNEL UNTERM BRETTERZAUN

LYDIA
SAUL

Das Wort Freundschaft ist für mich geprägt durch die Erlebnisse meiner Mutter mit ihrer besten Freundin. Ich erzähle davon immer wieder gerne, weil in dieser Geschichte, die vor dem Hintergrund von mehr als 65 Jahren deutsch-polnischer Geschichte spielt, Frauen aus fünf Generationen vorkommen. Meine Mutter behauptete immer, ihre Freundschaft mit Andzia (sprich: Andscha) sei einmalig, und so etwas könne nie wieder vorkommen.

1945 war meine Mutter fünf Jahre alt. Sie lebte mit ihrer Mutter und ihrer Großmutter in einer schlesischen Stadt, die damals Heydebreck hieß. Ihr Vater und ihre Onkel waren im Krieg, der Großvater arbeitete bei der Eisenbahn. An einem eiskalten Wintermorgen im Januar 1945 kam ihre Großmutter mit der Nachricht aus der Kirche, die Russen stünden vor der Stadt, man müsse fliehen. So, wie sie war, nur Holzlatschen an den Füßen, lief meine Mutter mit ihrer Mutter und Großmutter zum Bahnhof. Sie stiegen in den nächsten Zug, der schrecklich überfüllt war mit Menschen, die sich überstürzt auf die Flucht vor der anrückenden Sowjetarmee gemacht hatten. Besonders im Gedächtnis geblieben ist meiner Mutter das Bild von einem toten Baby, das in einem Eimer unter dem Sitz lag, weil seine Mutter sich nicht von ihm trennen wollte. Das Ziel der drei war ein Ort im schlesischen Riesengebirge, wo sie bei Verwandten unterkommen wollten. So war es mit den Männern der Familie abgesprochen.

Sie verbrachten schließlich in einer Berghütte in der Nähe des Dorfes das Frühjahr und den Sommer 1945. Die Rote Armee erreichte auch diesen Ort, und die Frauen hofften, dass die Soldaten sich vor allem für die örtliche Schnapsbrennerei interessieren und betrunken nicht auf den hohen Berg steigen würden. Doch tatsächlich waren die Russen, die die Baude besuchten, nüchtern und insbesondere zu meiner Mutter, die ja noch ein kleines Kind war, sehr freundlich. Bis zum Ende des Krieges warteten die Frauen auf ihre Männer, insbesondere auf den Großvater. Bei jedem Zug, der durch das Tal schnaufte, sang meine Mutter: »Der Opa kommt – der Opa kommt – der Opa kommt …«

Als der Krieg endgültig vorbei war, Deutschland geteilt, Polen nach Westen verschoben und ein großer Teil der Bevölkerung aus ihrer Heimat vertrieben worden war, kehrte meine Mutter mit ihrer Familie in ihr Haus nach Heydebreck, das seit 1945 Kêdzierzyn hieß, zurück. Meine Oma hat mir oft anschaulich geschildert, wie ihr Elternhaus nach der Plünderung aussah. Was nicht gestohlen worden war, hatte man unbrauchbar gemacht. Auch von einer wunderschönen Vase, die noch heil geblieben war, erzählte meine Oma. Sie landete aber trotzdem auf dem Müll, weil die Russen sie als Nachttopf benutzt hatten. Die beiden Frauen und das Kind hatten nichts mehr außer dem Haus, einer Doppelhaushälfte, die mein Urgroßvater gekauft hatte und in der er zusammen mit seiner resoluten Ehefrau vier Söhne und eine Tochter großgezogen hatte. Der Opa, mein Urgroßvater, der als Eisenbahner nicht als Soldat einberufen worden war, arbeitete nun in einem niedrigeren Dienstgrad bei der polnischen Bahn und wurde von seinen neuen Kollegen, allen negativen Erlebnissen mit Deutschen zum Trotz, respektiert und sogar materiell unterstützt.

Die Familie, die in dem Nachbarhaus meiner Urgroßeltern gewohnt hatte, war nach dem Krieg nicht wieder zurückgekehrt.

Statt dessen war dort eine Familie eingezogen, die ebenfalls ein Kind hatte, ein sechsjähriges Mädchen.

Anfangs begegnete die aus Ostpolen vertriebene Familie ihren deutschen Nachbarn mit Ablehnung. Sie riefen das Wort »Schwaben«, das sich anhörte wie »Schaben«, über den Bretterzaun, der so hoch war, dass man nicht hinübersehen, und so dicht, dass man kaum zwischen dem Holz hindurchsehen konnte.

Doch es gab Astlöcher, Ritzen und lose Latten im Zaun, durch die die beiden Mädchen Kontakt miteinander aufnahmen. Später gruben sie mit bloßn Händen an einer versteckten Stelle im Garten ein Erdloch unter den Zaunlatten. Sie nannten diesen Durchschlupf schlesisch »Tunell«. Die ersten Begegnungen der beiden waren noch von der ablehnenden Haltung der Eltern gegenüber den jeweiligen Nachbarn geprägt. Sie hätten sich feste gekloppt, erzählt meine Mutter heute mit einem Augenzwinkern Richtung Andzia. Da Andzia etwas älter und deutlich stärker war als meine Mutter, war die Rangordnung schnell klar, und es gab keinen Grund mehr zum Streiten. Meine Mutter lernte von ihrer neuen Freundin die polnische Sprache. Die übrigen Familienmitglieder konnten als Schlesier etwas Polnisch, und bald wurde zu Hause nur noch polnisch gesprochen, aus Angst, als Deutsche diskriminiert zu werden. In unserem Familienarchiv existiert noch ein Dokument, das belegt, dass zwei unserer Tanten eine Geldstrafe zahlen mussten, weil sie in ihrer Wohnung deutsch gesprochen hatten.

Mit der Freundschaft der Kinder schwanden die negativen Gefühle den neuen Nachbarn gegenüber. Man entdeckte Gemeinsamkeiten und begann, Unterschiede als Bereicherung zu verstehen. Dabei spielte der Glaube eine wichtige Rolle. Die älteren Frauen gingen gemeinsam in die Kirche, fast jeden Tag. In der Adventszeit in die Roratemesse und im Frühjahr in die Maiandachten. Meine Großmutter erklärte ihrer polnischen Nachbarin, was ein Herz-Jesu-Freitag ist. Die Polin erklärte der Deutschen die Bedeutung des Wallfahrtsortes Tschenstochau. Sie nahm meine Großmutter Jahre später einmal dorthin mit. Mit Hilfe des polnischen Kirchengesangbuches verbesserte meine Oma ihre Sprachkenntnisse. Nur das »Heilige Maria, Königin von Polen« in der Lauretanischen Litanei mochte sie nicht mitsingen. Der Glaube an einen liebenden und verzeihenden Gott, der in der Generation meiner Großeltern und Urgroßeltern in naiver Volksfrömmigkeit seinen Ausdruck fand, gab später auch meiner Mutter und Andzia Halt in schwierigen Zeiten.

Mit ihrer Freundin aus dem Nachbarhaus verbrachte meine Mutter eine unbeschwerte Kindheit, so weit dies in der Nachkriegszeit möglich war. Andzia nannte meine Mutter Lica (sprich: Litza), weil Felizitas, ihr richtiger Name, in polnischen Ohren allzu befremdlich klingt. Andzia und Lica waren echte Wildfänge. Niemand war vor ihnen sicher. Ein jüngeres Mädchen aus der Nachbarschaft überredeten sie, unreife Pflaumen zu essen, bis diesem ein brauner Streifen die Beine herunterlief. Dem Opa der Freundin steckten sie Piroggen (polnische Teigtaschen) in die Reitstiefel, so dass er durch die Küche sprang, weil er dachte, er wäre auf eine Maus getreten. Einem unfreundlichen Nachbarn strichen sie Kitt auf den Zaun. Kratzige Strumpfhosen, die sie in der Schule tragen sollten, hängten sie hinter der nächsten Ecke in die Büsche und zogen sie erst auf dem Heimweg wieder an. Gemeinsam schwänzten sie bei schönem Wetter die Schule und kicherten hinter vorgehaltener Hand, als der Schulleiter der Klasse mit verweinten Augen mitteilte, dass der Genosse Stalin verstorben sei. Auch als Jugendliche steckten Andzia und Lica immer zusammen. Die hübsche, aber schüchterne Andzia lockte die Jungen an, während die schlagfertigere Lica sich mit ihnen unterhielt.

Kurz nach der Abiturfeier meiner Mutter, im Mai 1958, beschlossen meine Großeltern und Urgroßeltern, nach Deutschland umzuziehen. Meine Mutter war 17, und ihre Familie befürchtete, sie könnte alleine in Polen bleiben wollen. Denn sie hatte intensive Freundschaften, und mit ihrem Schulabschluss als Jahrgangsbeste erwartete sie eine glänzende Karriere als was auch immer. Die deutsche Sprache war vollständig aus ihrem Gedächtnis verschwunden, und sie kannte ihren Vater überhaupt nicht, der nach dem Krieg in der Lüneburger Heide geblieben war und zu dem man nun umsiedeln wollte. Doch sie entschied sich, gemeinsam mit der Familie umzusiedeln.

Zum Abschied schenkte meine Urgroßmutter Andzias Familie als Zeichen der Verbundenheit eine Porzellanfigur aus Familienbesitz, die irgendwie den Krieg und die Plünderungen überstanden hatte. Eine Josefsfigur. Die dazugehörige Marienfigur nahm sie mit nach Deutschland. Sie wird heute noch genauso in Ehren gehalten wie der Josef bei Andzias Familie.

Meine Mutter hat den Abschied von Polen noch genau vor Augen. Sie weiß sogar das Datum: der 22. Juli 1958. Andzia begleitete ihre Freundin im Zug bis Stettin. Die ganze Strecke weinten sie nur, in der festen Überzeugung, sich niemals wiederzusehen. Das bisschen Tauwetter zwischen Ost und West reichte nicht aus, um sich vorzustellen, einander jemals besuchen zu können. Zunächst gab es nur die Briefpost als Kontaktmöglichkeit, aber die wurde reichlich genutzt. Andzia und Lica schrieben sich jeden Tag. So war es zumindest in ihrer Erinnerung.

In Deutschland hatte es meine Mutter anfangs sehr schwer. Weil das polnische Abitur nicht anerkannt wurde, musste sie diese Prüfung noch einmal ablegen. Danach studierte sie an der Pädagogischen Hochschule in Lüneburg, wurde Lehrerin, lernte meinen Vater kennen und brachte mich und meine beiden jüngeren Geschwister zur Welt.

Die Freundschaft zu Andzia, die genau wie sie Lehrerin geworden war und sich in ihrer Kirchengemeinde engagierte, hielt meine Mutter all die Jahre aufrecht, obwohl in den fünfziger und sechziger Jahren Besuche zwischen Polen und Deutschland nicht möglich waren. Ich weiß nicht einmal, ob man damals nach Polen telefonieren konnte. Stundenlange Versuche, handvermittelte Gespräche zustande zu bringen, das mühsame Buchstabieren von Andzias Namen und Wohnort mit Hilfe internationaler Codes und das Warten auf das Klingeln des Telefons gehören zu meinen intensivsten Kindheitserinnerungen. Das war aber erst in den siebziger Jahren.

Auch sonst war Andzia in meiner Kindheit unglaublich präsent. Häufig packte meine Mutter Pakete für sie und ihre Familie. Religionspädagogische Bücher wurden zwischen den beiden Lehrerinnen hin und hergeschickt. Zu Weihnachten gab es Geschenke von Andzia an uns. Ein riesiger mit Holzwolle gefüllter gelber Bär bewacht mein Schlafzimmer noch heute. Meine Mutter schimpfte immer, wenn Andzia, die doch selber nichts habe, sich in Unkosten stürzte.

Als mein jüngerer Bruder geboren wurde, war auch Andzia schwanger. Sie bekam ein Mädchen: Ella. Und als meine kleine Schwester unterwegs war, war für Andzias zweites Kind sogar der gleiche Geburtstermin wie für meine Schwester ausgerechnet worden. Gosia (sprich: Goscha) kam, genau wie meine Schwester, natürlich nicht pünktlich. So haben die beiden doch nicht den gleichen Geburtstag. Die beiden Freundinnen wollten sich gegenseitig als Paten für ihre Kinder einsetzen. Meiner Mutter gelang es erst bei ihrem jüngsten Kind, meiner Schwester, die 1975 geboren wurde. Umgekehrt konnte meine Mutter schon bei Andzias erstem Kind Ella trotz Abwesenheit bei der Taufe die Patenschaft offiziell übernehmen.

Die Ostverträge 1971 ermöglichten endlich Reisen von Deutschland nach Polen. So sah unsere Mutter ihre beste Freundin 1972 nach 14 Jahren zum ersten Mal wieder. Die Urlaubsreisen unserer Familie führten in den siebziger Jahren ausschließlich nach Polen. Während meine Freunde alle nach Spanien oder Italien verreisten oder wenigstens an die Nordsee, ging es für uns mit dem Wohnwagen nach Polen. Das war damals sehr exotisch. Wir Kinder lernten nun auch Andzia mit ihrer überschäumenden Freundlichkeit und freigebigen Gastfreundschaft persönlich kennen. Im Elternhaus unserer Mutter wohnte nun einer ihrer ehemaligen Schulfreunde mit seiner Familie. Es waren sehr gebildete Leute, die neben Französisch auch Deutsch sprachen. Ihre Tochter, die dreisprachig aufgewachsen war, wurde für einige Jahre meine Brieffreundin.

Die beiden Grundstücke trennte damals immer noch der alte Bretterzaun. Ich habe ihn als ungeheuer massiv und hässlich dunkelgrau in Erinnerung. Das Astloch und die lose Latte, durch die der erste Kontakt von Andzia und Lica stattgefunden hatte, waren noch da, den Tunnel hatte man inzwischen zugeschüttet. Ella, Andzias ältere Tochter, mochten wir besonders gern. Wir probierten jedoch zunächst neu gelernte polnische Schimpfwörter an ihr aus. Das machte sie so traurig, dass wir unsere Mutter nach netten Sätzen fragten, über die sich Ella sehr freute. Ich weiß noch heute, was »meine liebe Kleine« auf polnisch heißt. In der Folge blieb es bei Freundlichkeiten zwischen uns, obwohl wir keine gemeinsame Sprache hatten. Ella war freundlich, fröhlich und unglaublich anhänglich, ein ganz besonderer Mensch. Sie ist nach der Wende eine der ersten Sozialarbeiterinnen in Polen geworden. Später gab es auch Gegenbesuche bei uns, lange vor der Öffnung des Eisernen Vorhangs. Es war umständlich, man musste eine offizielle Einladung schicken und eine Unmenge von Formularen ausfüllen, aber Andzia durfte so zur Erstkommunion ihres Patenkindes, meiner Schwester, kommen.

Heute sind Reisen zwischen Ost und West denkbar einfach: ein paar Stunden Autofahrt, mehr nicht. Als Andzia 2002 Jahren zur Hochzeit meiner Schwester kam, habe ich darüber nur gestaunt.

1995, zum 50-jährigen Bestehen ihrer Freundschaft, schenkte Andzia meiner Mutter ein Erinnerungsalbum mit Fotos und Geschichten. Auf die erste Seite hat sie ein Gedicht über die Freundschaft geschrieben, das zum Ausdruck bringt, was sie mit Lica über all die Jahre verbunden hat. Meine Mutter hat es übersetzt.

Ein Freund sein heißt:
auf den anderen schauen können, in den Augenblicken
der Freude und in Augenblicken der Trauer,
und dies mit ihm teilen.
Ein Freund sein heißt:
das Gute und Schöne wahrnehmen, das jedes Wesen
besitzt, und es bewundern können.
Ein Freund sein heißt:
um Vergebung bitten, vergeben und vergessen können.
Ein Freund sein heißt:
danken und den anderen glücklich machen können.
Ein Freund sein heißt:
dem zur Seite stehen, der alle Hoffnung verloren hat,
und Liebe schenken.

Sieben Jahre später brauchte Andzia ihre Freundin genau in diesem Sinne, denn mit der Hochzeitsfeier meiner Schwester begann die traurigste Zeit für Andzia und Lica und auch für uns. Die freundliche Ella war nicht mit zu der Hochzeitsfeier gekommen, weil sie sich krank fühlte. Wir hatten uns noch ein bisschen darüber geärgert, denn wir ahnten nicht, wie weit ihre Krankheit schon fortgeschritten war. Sie hatte Sklerodermie, eine äußerst seltene Autoimmunkrankheit, eine Berufskrankheit bei Arbeitern im Uranbergbau. Andzia hat sich mit Ella im Sommer nach der Reaktorkatastrophe von Tschernobyl mehrere Wochen in Ostpolen aufgehalten, weil die staatlichen Stellen in Polen, wie im ganzen Ostblock, die Bevölkerung über die Gefahren des radioaktiven Fall-outs belogen hatten. Unsere Mutter bangte um Ella, als wäre sie ihr eigenes Kind. Sie lebte in dieser Zeit ganz für ihre Freundin und sagte alle anderen Verpflichtungen ab, denn sie wollte Andzia beistehen, wo es nur ging. Sie fuhr zu ihr hin, rief sie an und führte unzählige Gespräche mit Fachärzten. Die medizinische Versorgung war in Polen inzwischen genauso gut wie in Deutschland, doch niemand konnte Ella helfen. Am 20. November 2002 starb sie im Alter von 31 Jahren.

Andzia und Lica haben die Höhen und die Tiefen ihres Lebens miteinander geteilt, obwohl es immer etwas gab, das sie hätte trennen können: den Bretterzaun, den Eisernen Vorhang oder 800 Kilometer Entfernung. Was die beiden Frauen so verbindet, lässt sich nur vor dem Hintergrund ihrer Lebensgeschichten verstehen. Diese beginnen zu einer Zeit, an die sich weder Andzia noch Lica erinnern können. Erst kurz bevor Andzias Mutter starb, erzählte sie meiner Mutter ihre Geschichte.

Sie lebte als Polin in der Nähe von Lemberg, das später zur Sowjetunion gehören sollte. Ihr jüngstes Kind Andzia wurde am 17. Juli 1939 geboren. Andzias Mutter beschrieb, wie sie mit dem Säugling bei Kriegsbeginn vor Tieffliegern floh und sich in einem Graben über das Kind warf, während um sie herum die Bomben einschlugen. Später kamen deutsche Soldaten in ihr Dorf und verschleppten die Männer, auch ihren Sohn Janek. Er wurde Zwangsarbeiter auf einem Bauernhof im Hessischen. Der junge Bauer und sein Sohn waren im Krieg, und Janek versorgte mit dem alten Bauern den Hof. Als nach Kriegsende der junge Bauer zurückkam, bedankte er sich bei Janeks Eltern dafür, dass sie so einen guten und hilfsbereiten Menschen erzogen hatten. Darauf war die Mutter sehr stolz, und sie war dankbar, dass ihr Sohn in der Fremde so freundlich aufgenommen worden war. Janek blieb nach dem Krieg im Westen, weil er nur dort eine berufliche Zukunft für sich sah. Er wurde Bergmann und starb 1984 in Belgien.

Meine Mutter berichtete, dass die alte Frau ohne Bitterkeit von ihren Erlebnissen im Krieg erzählte. Vielleicht hat das nachbarschaftliche Leben alte Wunden geheilt oder in ihr die Erkenntnis geweckt, dass nicht alle Deutschen gleich sind. Meine Familie ging immer sehr sensibel mit ihrer Vergangenheit im Dritten Reich um. Uns Kindern wurde erzählt, wie sich die einzelnen Familienmitglieder damals verhalten, vor welchen Entscheidungen sie gestanden, was sie richtig und was sie falsch gemacht hatten. Manch einer empfand persönliche Schuld. Sie waren als fromme Katholiken zwar gegen Hitler, als einfache Menschen taten sie sich jedoch nicht durch Widerstand hervor. Im Rahmen ihrer Möglichkeiten unternahmen sie einiges, um ihrer Überzeugung treu zu bleiben, und hatten doch später immer das Gefühl, dass es zu wenig war.

Das Leid von Andzias Familie hatte mit dem Rückzug der Deutschen aus Europas Osten kein Ende genommen. 1945 wurde die polnische Bevölkerung aus den Gebieten vertrieben, die die Sowjetunion nun für sich beanspruchte. Die Menschen wurden in den Gebieten angesiedelt, aus denen man wiederum Deutsche vertrieben hatte. So kam Andzia mit ihren Eltern und Großeltern in das Nachbarhaus meiner Urgroßeltern. Was muss es für diese Menschen bedeutet haben, nun Grundstück an Grundstück mit Leuten leben zu müssen, die einem Volk angehörten, das für den erlittenen Verlust verantwortlich war. Aber nachdem sich Andzia mit Lica angefreundet hatte, ließ die polnische Familie meine nie wieder spüren, was Deutsche ihr angetan hatten.

Andzias jüngere Tochter Gosia hat die deutsche Sprache gelernt und arbeitete bis zur Geburt ihres ersten Kindes als

Übersetzerin. Meine Schwester hat inzwischen auch eine Tochter bekommen, und so sind Andzia und Lica fast gleichzeitig Omas geworden. Der Kontakt der Familien wird sich dank Gosias Sprachkenntnissen über unsere Generation hinaus fortsetzen.

Die Geschichte von Andzia und Lica zeigt, wie Leben gelingen kann: nach dem Verbindenden suchen, nicht nach dem Trennenden. Erlittenes Unrecht darf nicht vergessen werden, aber man kann es getrost beiseite legen – um der Freundschaft willen und für eine bessere und gemeinsame Zukunft. Etwas wirklich Großes kann entstehen, wenn man sich über äußere Gegebenheiten hinwegsetzt und das Gute lebt, beharrlich und geduldig. Die Grenzen zwischen Ost und West wären nicht über Nacht verschwunden, wenn nicht Millionen einzelner Menschen genau darauf gewartet hätten

EIN FREUND

WOLFGANG
KOPPLIN

Manchmal kann man sich seine Freunde wirklich nicht aussuchen. Zum Beispiel dann, wenn man ohne Hilfestellung oder Fürsprache in eine bis dahin unbekannte Stadt fährt, dort keinen Menschen kennt und während der Gültigkeit einer Tagesrückfahrkarte eine Studentenbude für das erste Semester sucht.

Wenn man nach ungezählten Kilometern treppauf und treppab, nach wenigen Verschnaufpausen, nach aufsteigender und wieder sinkender Sonne, nach Wut- und Enttäuschungsanfällen bei allen Absagen dann doch noch bei letzter Abenddämmerung einen Schlafplatz in einem maroden Zimmer weit außerhalb der Universitätsstadt findet, dann ist man zuerst einmal glücklich. Nur: In der kargen Studentenbude mit zwei wackeligen Eisenbetten, Nachttischen und Stühlen, einem Tisch und einem Schrank, in dieser Zelle wohnte schon jemand.

Der Jemand hieß Eduard, wie sich beim Einzug und der ersten Begegnung herausstellte. Er hatte sich nach dem Abitur in Wismar mit einem Schulkameraden dem Wehrdienst in der Nationalen Volksarmee des Arbeiter- und Bauernstaates entzogen, war von der Ostsee bis an den Rhein geflüchtet. Weil sein Abitur nicht anerkannt wurde, hatte er sich in einer Ziegelei als ungelernter Arbeiter verdingt. Sein Kamerad war gerade, von Heimweh übermannt, nach Mecklenburg zurückgefahren und hatte das Bett in dem ärmlichen Zimmer dem wohnraumsuchenden Studenten überlassen.

Als ich Eduard erstmalig gegenüberstand, hatte ich nicht den Eindruck, einen zukünftigen Freund vor mir zu haben. Hart wie seine norddeutsche Sprechweise war sein Händedruck, untersetzt und muskulös die ganze Gestalt.

Wir sprachen nur das Nötigste miteinander, verkehrten im Übrigen durch Zettelchen, die ich vorfand, wenn ich spät aus der Uni ins leere Zimmer kam, oder die ich ihm auf den Ess- und Arbeitstisch legte, wenn ich wegging.

Näher kamen wir uns an den Wochenenden beim gemeinsam zubereiteten Mittagessen aus der Tüte, bei kleinen Spaziergängen am Rheinufer und besonders durch das gegenseitig eingestandene Heimweh. Bei ihm war aus politischen, bei mir aus finanziellen Gründen an eine Heimreise während der Arbeitswochen nicht zu denken. Wir besuchten stattdessen gemeinsam Abendveranstaltungen und Turnübungen im örtlichen Sportverein, und dabei wurde unmerklich und wie selbstverständlich aus der abtaxierenden Bekanntschaft eine streitlustige Kameradschaft, aus der Kameradschaft eine unausgesprochene echte und verständnisvolle Freundschaft. Unter dem Dach dieser langsamen Annäherung lud er mich ab und zu an Sonntagen zu einer Mahlzeit in ein winziges Gasthaus am Rhein ein. Ich nahm ihn an den hohen Feiertagen hin und wieder, wenn er Lust hatte, mit zu meiner Familie.

Nach einem Zwischenexamen erlaubte ich mir, eine ganze Semesterferienzeit im Sommer zu Hause zu bleiben und in einem Stahlwerk zu arbeiten, weil ich mir im folgenden Jahr den Jugendtraum einer Fahrradfahrt durch Skandinavien erfüllen wollte, ehe der Ernst der Examensvorbereitungen oder gar später des Berufsalltags begann. In jenen harten Fabrikwochen, ich in der Stahlkocherei am Rande des Ruhrgebiets, er in der Ziegelei am Rhein, beschloss ich, meinen Zimmergenossen zu fragen, ob er die Reise mit mir wagen wollte. Für einen allein war sie etwas riskant. Ich hätte ihn wohl nicht gefragt, wenn ich seine Antwort nicht geahnt hätte. Aber es überraschte mich doch, wie unkompliziert er meiner Einladung folgte. Er fügte sich in alle meine Pläne und tat mehr als das Notwendige, um die gemeinsame Fahrt zu ermöglichen. So kaufte er sich nicht nur sofort ein Fahrrad und begann zu trainieren, was ich wegen meiner jahrelangen Fahrten zur Schule nicht nötig zu haben glaubte, sondern legte sich auch ohne mein Wissen freiwillig ins Krankenhaus, um sich den Blinddarm herausnehmen zu lassen. Der habe ihn ganz früher einmal gezwickt.

Als alle Vorbereitungen abgeschlossen waren, als ein amerikanisches Zwei-Mann-Zelt aus alten Heeresbeständen gekauft, in zwei gleiche Bahnen auseinandergeknöpft und um die Fracht auf den Gepäckträgern gerollt, das dürftige Reisegeld in vier Landeswährungen sorgfältig berechnet, eingewechselt und im Gepäck verstaut war, konnte es losgehen.

Edos, wie ich meinen Freund inzwischen wegen seiner kunstvoll geschwungenen und abgekürzten Unterschrift nannte, kam samt Fahrrad und Gepäck mit dem Zug zu uns nach Hause, von wo aus wir starten wollten. Vater gab uns noch ein paar ironisch-skeptische, Mutter besorgt-ängstliche Ratschläge mit auf den Weg, und dann rollten wir mit den schwer bepackten Rädern im Morgengrauen los.

Auf dieser Fahrt über knapp viertausend Kilometer wurde aus unserer Alltagsfreundschaft eine feste, verlässliche Freundschaft fürs Leben. Sie bewährte sich gerade bei kleinen Streitereien um die Dauer und den richtigen Ort für die Pausen, um die Reisegeschwindigkeit und den Platz des jeweiligen Nachtquartiers. Noch härter waren Belastungsproben wie die angeschlagene Gesundheit und die Erschöpfung bei meinem Freund am dritten Tag der Reise, der Gepäckträgerbruch an meinem Fahrrad in Dänemark, der Kettenriss, ebenfalls an meinem Rad, in Mittelschwedens Einöde, die gemeinsame Quälerei im Gegenwind und Regen Nordfinnlands. Zwei müde, dickköpfige Rechthaber können kleinliche Ärgerlichkeiten viel zu schnell zu prinzipiellen Problemen aufbauschen. Aber wir fanden ebenso schnell wieder zurück zu unserer Freundschaft, ja, zu noch weiter vertiefter und gereifter Freundschaft. Nicht nur weil wir aufeinander angewiesen waren, sondern weil wir erfuhren, wie wir uns gerade in schwierigen Situationen aufeinander verlassen konnten.

Der größte Teil der Fahrt verlief nicht nur friedlich, sondern einträchtig und in dankbarer Gewissheit der Gegenwart des Freundes. Wir wiesen uns gegenseitig auf die Schönheiten der wechselnden Landschaften hin und besprachen an den kurzen Abenden vor dem Zelt die unterschiedlichen Reaktionen der Einwohner in den verschiedenen Ländern und die kleinen überraschenden Erlebnisse am Weg. Etwas erstaunt waren wir beide, wie reibungslos sich unsere Planung erfüllte, etwas enttäuscht über die oft abweisende Haltung der Schweden uns gegenüber, umso begeisterter und geradezu überwältigt von der großen Gastfreundschaft in Finnland.

Auf dieser langen Reise sind wir unverbrüchlich Freunde geworden, Weggefährten im Kampf gegen Müdigkeit und Mücken, gegen die Lust zum Aufgeben, wenn wir an einer geschlossenen Bahnschranke einen Zug mit bequemen Sesseln hinter erleuchteten Fensterscheiben vorbeirauschen sahen oder tief in der Einsamkeit der Wälder von einem Lastwagen mit Langholz aus den Spurrillen der zerfahrenen Nordlandstraßen in die Kies- und Grasstreifen am Wegrand gedrängt worden waren.

Edos verlor durch die wochenlange Abwesenheit seinen Arbeitsplatz in der Ziegelfabrik. Ich konnte ihm durch die in einer Tageszeitung aufgeschnappte Notiz über die nachträgliche Anerkennung des DDR-Abiturs zu einem Neuanfang in der Verwaltung verhelfen. Ich wechselte aus Studiengründen für einige Zeit die Uni. Edos half mir bei meiner Rückkehr, ein neues Zimmer zu finden.

Natürlich lud ich ihn zu meiner Hochzeit ein und selbstverständlich er mich zu seiner. Keine Frage, dass wir auch als alte Herren bis heute in Verbindung stehen, obwohl wir uns nur selten treffen können. Aber wenn wir uns sehen, dann gibt es ein großes Hallo, und es ist, als wären wir erst gestern auseinandergegangen, um uns heute in vertrautem Gespräch und in unveränderter, herzerwärmender Freundschaft zu begegnen.

DIE FERNREISE

BIRGIT
VAN DER LEEDEN

Dunkel erinnere ich mich, dass von dieser Hilfsaktion schon seit Jahren gelegentlich in der Zeitung berichtet wird. Meldungen wie viele, die mich nichts angingen und die ich oberflächlich aufgenommen und wieder losgelassen habe. Beim Frühstück. In aller Hast. Das ist jetzt vorbei. Ich habe Zeit. Noch vor kurzem dachte ich, Zeit sei das Kostbarste, das es gibt, und wusste nicht, wie unterschiedlich sie aussehen kann.

Die Tageszeitung lege ich beiseite, nehme sie im Laufe des Vormittags aber immer wieder zur Hand. Vier Wochen können eine lange Zeit sein. Und Zeit ist nach wie vor ein Stoff, den ich nicht einfach hergeben mag.

Im Briefkasten, den ich an diesem Vormittag häufiger als sonst ansteuere, liegen gegen Mittag zwei Briefe, längliches Format. Rechnungen, was sonst, und ein Modekatalog, den ich nie angefordert habe. Für ein paar Augenblicke lasse ich die Espressomaschine fauchen. Blättere, in der linken Hand die Tasse haltend, in einem der Kataloge, die ich früher mit den ungelesenen zwei Dritteln der Tageszeitung in die Altpapiersammlung gegeben habe. Neuerdings kaufe ich jede Woche mindestens eine Illustrierte. Ein Espresso aber ist viel zu schnell ausgetrunken.

Arbeitslos? Kein Problem, sag ich vorsichtshalber, wenn Leute mich auf meine Situation ansprechen. Die Abfindung kann sich sehen lassen, sag ich. Sie verlockt dazu, ein Stück einer unbekannten Welt zu buchen, eine Fernreise, einen Wellnessurlaub, ein Abenteuer. Das denk ich nur. Nahsehen statt Fernsehen.

Die Zeitung lasse ich jetzt aufgeschlagen neben der Espressomaschine liegen. Das Haus ist klein. Fremde Menschen. Vier Wochen Ungewissheit. Ich jäte Unkraut. Harke den Weg. Gönn mir einen zweiten Espresso. Dann rufe ich an.

Die Frau am anderen Ende der Leitung nimmt meine Bereitschaft sachlich zur Kenntnis. Lobt sie nicht, fragt nichts, gibt nichts zu bedenken. Ich habe jetzt einen Platz. Auf der Liste. Mir zugeordnet eine Mutter mit Sohn. Passt das?

In den nächsten Wochen bin ich sporadisch mit Vorbereitungen beschäftigt, richte das Zimmer her, erkundige mich nach Öffnungszeiten von Museen, Schwimmbädern und einem entfernt liegenden Erlebnispark. Beginne meine Stadt mit anderen Augen zu sehen. Vor der Ankunft stelle ich noch Blumen, Obst und einen Kuchen ins Zimmer, so dass ich jetzt beinahe selbst gern zu Gast bei mir wäre. Da Radtouren auch etwas für den Jungen sein werden, habe ich für gemeinsame Ausflüge zwei zusätzliche Fahrräder organisiert; Bewegung an der frischen Luft wird Mutter und Sohn gut tun.

Der verdreht erst einmal die Augen, als er am Bahnhof in mein altes, verbeultes Auto steigen soll. Die Mutter hingegen nimmt es so, wie man sich mit einem Taxi arrangiert, das man bestellt hat. Wenn es da ist, hat man keine Auswahl. Mich nimmt sie ebenso hin und versucht weder auf der Fahrt noch später, während ich Haus und Zimmer zeige, mich für sich zu gewinnen. Setzt meine Freundlichkeit als selbstverständlich voraus. Natürlich. So soll es ja sein.

Ein Zimmer, nun ja, sagt sie, als ich sie ins Gästezimmer führe, übersieht Blumen, Obst und Kuchen und deutet auf den Sohn. Er hustet in der Nacht. Ich verstehe, dass ein Zimmer für eine Mutter mit einem hustenden Sohn nicht erholsam ist, und bin kurz darauf dabei, meinen PC und einige Utensilien aus dem Arbeitszimmer ins Schlafzimmer zu räumen. Einen Monat lang werde ich mit weniger Platz auskommen können.

Währenddessen testet der Sohn die Standfestigkeit des

Gästebetts, indem er sich mehrmals mit Karacho daraufplumpsen lässt. Das Bett besteht den Test nicht. Hatte ich Kranksein im Verbund mit Bravsein gedacht? Während ich den Lattenrost behelfsmäßig repariere, entfacht sich zwischen Mutter und Sohn ein mit schrillen Obertönen behafteter rascher Wortwechsel, der sich anhört, als würde man eine Schallplatte mit zu hoher Drehzahl abspielen. Ich verstehe kein Wort, und mir wird bewusst, dass ich nun in meinem Haus die Minderheit stelle.

Schon als ich unter den skeptischen Blicken der beiden die bereits am Nachmittag vorbereitete Lasagne auftische, die ich für ein ideales Willkommensessen hielt, ahne ich, dass ich nicht die richtige Wahl getroffen habe. Beide stochern schweigend in der Füllung herum und begnügen sich nach der langen Reise mit einem Anstandshappen.

Trotz der schlechten Qualität des Bettes schläft der Junge schnell ein. Der Frau biete ich wie jedem Besuch, der zum Abend bleibt, einen Wein an. Sie nickt sachlich und lässt sich von meiner Zuwendung nicht bestechen. Es stört mich, dass sie auf meinen guten Wein nicht freundlicher reagiert, und ziehe mich auf eine Höflichkeit zurück, bei der ich mich vor mir selbst wie eine dritte Person anfühle.

Der Wein lockert ihr die Zunge. Als Deutschlehrerin kann sie von ihrem Gehalt kaum existieren, berichtet sie. Ich weiß, dass ihre Armut ein Abgrund ist, in den ich nicht schauen kann. Vielleicht nicht einmal schauen mag. Ihr hier, sagt sie, ihr verdient mehr als das Zehnfache. Sie spricht von mir, stellvertretend für das ganze System. Denke ich. Aber ihr Gesicht zeigt nicht die Spuren jener Brüchigkeit, die entsteht, wenn Worte sich von der Sache entfernen, um auf den anderen zu zielen.

Sie klagt nicht an, sondern stellt fest. Führt keine Unterhaltung, sondern hält ein Referat. Über die anhaltende Kontamination, die auch nach zwanzig Jahren nicht offiziell anerkannten Folgen: Veränderungen im Immunsystem, chronische Infekte, Krebs bei Kindern und Erwachsenen. Die Blässe der Frau ist mit ungebrochener Resolutheit gepaart. Dieser Aufenthalt bedeutet für sie und den Sohn eine Notwendigkeit. Für mich ist ihr Besuch eher ein Zufall, abhängig von verschiedenen Faktoren, die mein Leben bestimmen. Plötzlich fühle ich mich dieser Frau hoffnungslos unterlegen.

Am nächsten Tag schlafen die beiden lange. Die Strapazen der Reise wirken natürlich nach. Als ich um zwölf Uhr gerade beschließe, die Frühstückszeit in Zukunft abzusprechen, höre ich die ersten Geräusche aus dem Badezimmer.

Den Tee trinken sie stark und süß, nie durchscheinig (ein nettes Wort), erklärt die Mutter, als die beiden endlich am Frühstückstisch sitzen. Zum ersten Mal sehe ich sie lächeln, als sie mit dem durchscheinigen Tee vorlieb nehmen und tapfer das Bioladenbrot kauen. Mein Vorschlag, zusammen eine Fahrradtour zu machen, stößt unverblümt auf einstimmige und vieräugige Ablehnung. Warum nicht mit dem Auto?, fragt die Frau. Du hast doch eins.

So fahren wir an Hafen und Industriegebieten vorbei, halten in der Altstadt und gucken uns Kirchen und historische Bauten an. Ich erkläre, was ich weiß, doch die Frau will Daten, Namen und Hintergründe genauer, als ich sie liefern kann.

Bis zu einem gewissen Grad lässt sich der Sohn die Stadtführung geduldig gefallen; irgendwann aber sagt mir sein Blick, dass es jetzt mit der Kultur reicht, und wieder beginnt ein russischsprachiger Disput, hart, scharf, schier endlos. Können wir nicht zum Einkaufszentrum?, fragt die Frau schließlich.

Vielfalt und Zauber der Boutiquen unter dem hoch gewölbten Glasdach gruppieren um die Wünsche von Mutter und Sohn einen ausladenden Hof, der sich in den zwei Augenpaaren spiegelt. Ihre Erwartungen überlagern meine vermeintliche Großzügigkeit und machen sie unsichtbar; an den Rändern schwappen sie über und stoßen auf meinen dort lauernden Geiz, der ihre Bitten zu Forderungen mutieren lässt. Einsilbig erfülle ich ihre Wünsche, ohne zu weiteren zu ermuntern. Ich bin es, die die Grenze setzt, die kleinlich wird in den Maßstäben.

Zum Schluss lade ich, wie ich es geplant hatte, in die Eisdiele ein. Als dem Sohn das gewünschte Spaghettieis serviert wird und er schon beim ersten Bissen zu maulen anfängt, zwinkert mir die Mutter zu und flüstert, der Kleine habe bei der Abbildung etwas Herzhaftes erwartet, wie es denn mit einem Hotdog sei? Ich bin erstaunt, welche Begriffe man im Russischen kennt. Oder wenigstens einen Hamburger, ergänzt sie. Den bekommt der Kleine aber nicht mehr heute, denke ich eisern und presse die Lippen aufeinander.

Auf dem Rückweg passieren wir ein Geschäft für orthopädischen Bedarf. Die Mutter wird auf einmal ganz rege, weil sie im Schaufenster ein Nackenstützkissen entdeckt hat, wie der Sohn es braucht, wenn er nachts Probleme mit dem Atmen hat. Ich kaufe das Kissen und spendiere anschließend für den Sohn zwei Hotdogs. Während er sie mit großem Geschmatze verspeist, gucken die Frau und ich uns die Wände in unterschiedlichen Richtungen an.

Der zweite von 28 Tagen. Am Abend rühre ich in immerwährenden Drehbewegungen in Kochtopf und Kopf. Ich suche Menschen aus dem Osten, die beiden suchen den Westen. Sie brauchen mein Geld mehr als meine Nähe. Das, worauf ich aus bin, gehört nicht zum Alphabet derer, die ums Überleben kämpfen.

Heute will ich früh zu Bett gehen. Als ich noch etwas aus dem Zimmer holen muss, in dem die Frau schläft, sehe ich, wie auf dem Nachttisch einige Kosmetikproben westlicher Firmen liegen, die aus meinen Illustrierten stammen müssen. Sie haben kein Geld gekostet. Trotzdem werde ich morgen offen darüber sprechen.

In der Nacht hab ich einen Gedankenüberschuss im Kopf, der mein Schlafbedürfnis so überdeckt, dass ich keine Ahnung habe, wie ich es jemals zuvor angestellt habe einzuschlafen.

Ich weiß nicht, ob ich einen Entschluss fasse. Aber vielleicht so etwas Ähnliches. Ich wollte eine Fernreise buchen. Abenteuer erleben. Also tue ich, was ich wollte. Gleich morgen mach ich mich auf den Weg. In meinem eigenen Haus.

Am letzten der 28 Tage schießt Vitali noch schnell ein Foto von meinem verbeulten Auto, bevor wir uns auf den Bahnsteig begeben. Er lacht. Das wird man ihm zu Hause kaum glauben, dass es Deutsche gibt, die mit so alten Autos rumfahren. Sein Deutsch ist gut geworden in diesen Wochen. In Wochen, die eine Zeit waren, die ein Format hatte.

Vor dem Bahnhof bitte ich einen fremden Herrn, von uns dreien ein Erinnerungsfoto zu machen. Vitali schneidet Grimassen und posiert stolz mit seinen neuen Markenturnschuhen. Die Anschaffung dieser Schuhe gehört zu jenem Rest des Nicht-Gesagten, der auf jeder Stufe einer Beziehung bleibt. Vielleicht können wir im nächsten Sommer darüber reden, vielleicht auch nie. In der Bahnhofsvorhalle kaufe ich für Vitali ein paar Hamburger als Wegzehrung.

Der Winter wird in jedem Fall gut, behauptet Galina. Entweder du hast eine Arbeit, oder du kommst nach Wolynien. Sie stellt tief verschneite Wälder unter klirrend blauem Himmel in Aussicht, durch die wir mit den alten Holzskiern ihrer Eltern streifen werden, und zwinkert mir zu: Immer was für die Gesundheit tun, oder? Im Sommer mit dem Rad und im Winter auf Skiern.

Vitali gibt dem romantischen Bild ein paar Kratzer. Nimm bloß dicke Klamotten mit. Und eine Wärmflasche. Unsere Wohnung ist saukalt. Die Mutter widerspricht. Wenn man zusammenrückt, reicht die Wärme gerade aus.

Was sollen wir sagen?, fragt sie, bevor sie in den Zug steigt. Dass ich arbeiten muss und du es nicht darfst? Oder sollen wir es lieber positiv sehen: Ich darf arbeiten und du musst nicht? Solche Sätze habe ich in den vergangenen Wochen oft von ihr gehört.

Um uns herum wird es eng; allüberall Stolpergefahr durch Koffer und vollgestopfte Plastiktüten. Vitali trifft einen Kumpel, Galina eine Kollegin. Mit jener Sprache, in der sich die Worte zu überschlagen scheinen, ist die Ost-West-Grenze auf diesen Bahnsteig verlagert. Händeschütteln, Umarmungen, Bruderküsse. Bisweilen erreicht mich ein Anflug scharfen Wodkageruchs.

Der Boden vibriert, als sich die Waggons in Bewegung setzen. Sie schreiben eine Spur fest, die nach Osten führt. Wenn wir uns jenseits des Dukatenvorhangs treffen, werden wir voreinander jeweils anders aussehen. Ich bin gespannt.

Ein Espresso wird mir jetzt nicht genug sein.

DAS GEHEIME HAUS

HEIDY
GASSER

Sie saß hinter Glas. Den ganzen Tag blieb Mia dort, ausgestellt in der Empfangshalle, und hantierte mit Telefonhörern und leuchtenden Knöpfen, stellte Verbindungen her, verabschiedete und empfing. In der Welt der weißen Schürzen leuchtete ihr rotes Haar so intensiv, dass es manchmal beinahe brannte. Ich arbeitete zwei Stockwerke unter dem Empfang, im Labor der alten Klinik. Manchmal wandere ich durch meine Erinnerungen, in denen die Zeit stehen geblieben ist. Ich gehe durch die Räume dort unten, öffne den Kühlschrank mit den Blutkonserven, höre das Summen der Zentrifugen, das leise Gurgeln der Wasserbäder, in denen schwankende Reagenzgläser stehen. Ich sehe Kolonnen voller Zahlen, chiffrierte Ergebnisse der Analysen, die von Krankheitsverläufen erzählen.

Im Glashaus war alles anders. Wir saßen wie zwei Meeresbiologen dort drinnen und beobachteten. Menschen tauchten auf und gingen, schwammen durch unser Blickfeld. Sie waren draußen, wir drinnen. Nur durch ein offenes Fenster wurden Zimmernummern bekannt gegeben, Zu- und Abgänge abgewickelt. Sobald es ruhig war, tauschten wir Geschichten aus. Mia konnte zuhören. Sie hörte mit dem ganzen Körper zu, war Aufmerksamkeit vom kleinen Zeh bis zur letzten roten Haarlocke. Sie wog die Dinge ab. Mit einigen wenigen Sätzen brachte sie es fertig, meine innere Ordnung zu kippen, die Perspektiven zu ändern, die Beleuchtung. Ihre Blickwinkel waren erstaunlich. Ich gewöhnte mich daran, dass sie meine Wahrheiten auf den Kopf stellte und mit ihnen spielte, bis sie ein völlig anderes Gesicht zeigten. Oft sah ich sie erstaunt an, betrachtete ihr helles Gesicht mit den übergroßen grünen Augen. Sie war noch jung. Trotzdem war sie älter als alle, die ich kannte. Sie hatte den Blick einer Frau, die lange und intensiv gelebt hat. Die Menschen, die zum Empfang kamen, gingen oft in ihr unsichtbares Netz. Sie hatte es nicht ausgelegt. Es war einfach da, gehörte zu ihr und ging durch Glas und feste Wände. Kleine Kinder kamen, öffneten die Tür und sahen sie an, als ob sie zu ihr gehörten. Mütter holten sie mit vielen Entschuldigungen wieder heraus und versicherten, dass ihre Kinder sonst nicht zu Fremden gingen. Immer wieder beobachtete ich, wie die verschlossensten Männer, die sonst kein Wort über ihre Gefühle verloren, nach dem Dienst für ein paar Minuten ins Glashaus schlüpften. Sie erzählten, was sie sonst nicht sagen konnten. Mia hörte zu und richtete ihren Blick auf die wesentlichen Dinge. Das erriet ich, denn sie sprach nie über das, was andere ihr erzählten. Ich erriet es am Gang, wenn sie sich wieder entfernten. Sie waren leichter geworden.

Manche verliebten sich in sie. Ich sah es an der Art, wie sie nach der Arbeit auf sie warteten. Doch Mia ging einfach an ihnen vorbei und schien sie kaum zu bemerken. Als ich sie darauf ansprach, sagte sie lachend: »Das passiert mir dauernd. Ich werde täglich von wildfremden Männern angesprochen und eingeladen. Kaum setze ich mich irgendwo auf eine Bank am See, schon sitzt jemand neben mir und glaubt, mich endlich gefunden zu haben. Doch ich will nicht gefunden werden. Ich will nichts als meine Ruhe.« Mir passierte das nie. Ich konnte stundenlang in schönster Ruhe auf Bänken sitzen, ohne dass mich jemand ansprach.

Manchmal schwiegen wir, ohne uns dabei zu langweilen. Wir liebten den Blick über den See aus den hohen Fenstern der Klinik. Er war so wandelbar, so launisch und geheimnisvoll, jede

Minute wieder anders, je nach Licht und Wolken. Seine Stimmungen waren greifbar und klar wie die eines Kindes. Abends wurde der See zur dramatischen Bühne des Sonnenuntergangs. Er ließ sich jeden Tag etwas anderes einfallen, war einmal verhalten in graurosa Tönen, einmal wild in Violett und Dunkelrot. Manchmal verhüllte er sich tagelang in Nebel, war für sein Publikum nicht da, sprach nur mit sich.

Mia kannte meine Geschichte so gut wie niemand sonst. Sie selbst blieb rätselhaft. Ich wusste nur, dass sie beim Theater gewesen war. Sie wirkte wie ein verflogener Vogel von weit her, eine Art Paradiesvogel, schillernd und fremd. Mia hatte viele Gesichter. Allmählich lernte ich von ihr, lernte zuhören. Ich traf mich mit ihr nach der Arbeit und fotografierte sie. Sie probierte Gesichter an und aus wie andere Menschen Kleider. Ich fotografierte und stand danach in der Dunkelkammer, bis auf dem weißen Fotopapier die Konturen ihres Gesichts auftauchten, immer klarer wurden. Ich hängte die Gesichter zum Trocknen auf und trug sie dann aus dem Halbdunkel des Labors hinaus ans Licht. Mia blieb rätselhaft, immer noch. Doch eines der Bilder war anders. Sie hatte einen Moment lang vergessen, dass ich da war. Ich erschrak über den Ausdruck in ihren Augen, den Ausdruck von tiefem Schmerz.

Ganz allmählich begann sie zu reden. Ich erfuhr, dass sie sehr krank gewesen war. Die Krankheit hatte sie ganz jung von einem Tag zum anderen überfallen. Sie hatte nicht mehr gehen können. Alle Gelenke waren entzündet gewesen. Über ein Jahr hatte sie im Krankenhaus verbracht und alles verloren, was vorher wichtig gewesen war, ihren Freund, die Arbeit als Schauspielerin und ihre Unabhängigkeit. Sie begann zu kämpfen und zwang sich dazu, wieder gehen zu lernen. Jeder Schritt tat weh. Sie ging trotzdem weiter. Und eines Tages verließ sie das Spital auf eigenen Füßen.

Mia jammerte nie. Sie verstand, die Blicke auf das zu lenken, was an ihr heil war, auf ihre kupferroten Haare, die geschminkten Lippen, die Augen. Kaum jemand bemerkte ihre geschwollenen Hände. Die Fingernägel lenkten ab, waren kunstvoll bemalt, jeder anders und überraschend schön.

Wenn es ruhig war, versuchten wir hinter die Dinge zu kommen. Diese Krankheit, die Mias Gelenke fraß, musste doch irgendeinen Grund haben. Und Gründe lassen manchmal mit sich reden. Vielleicht brauchte es eine Diät oder geballte innere Aufmerksamkeit auf ein einziges Ziel, um wieder heil zu werden. Mia probierte alles aus. Sie änderte ihre Essgewohnheiten, meditierte, konzentrierte sich, beschwor ihre innersten Kräfte. Und sie tat alles mit einer Disziplin, die mir fremd war. Eine Zeitlang blieb die Krankheit stehen. Sie war irritiert.

Eines Tages kam ein Patient zur Anmeldung, der wie alle anderen sein Formular ausfüllte. Er tat es langsam und unbeholfen, weil seine rechte Hand in einem dicken Verband steckte. Er hatte sich einen Finger gebrochen. In die Rubrik Beruf schrieb er »Handleser«. Mia konnte sich ein Lachen nicht verkneifen. Der Mann sah kurz auf und fragte sie: »Wünschen Sie, dass ich es beweise?« Mia ließ sich das nicht zweimal sagen. Bereitwillig hielt sie ihre Hand hin. Er studierte die Linien und sagte dann: »Sie sind eine außergewöhnliche Frau, die in zwei verschiedenen Welten lebt. Sie haben viele Gesichter und die Fähigkeit zu großer Konzentration. Was immer Sie tun, Sie tun es ganz.« An dieser Stelle hörte er auf, sah Mia aufmerksam an und lud uns dann ein, zu einer längeren Sitzung zu ihm zu kommen, wenn er wieder heil sei.

Zwei Monate später fuhren wir hin. Er wohnte am See in einem kleinen Haus, das von Efeu fast überwuchert war. Zuerst ging Mia zu ihm hinein. Ich wartete draußen auf einer kleinen Bank und sah den Spatzen zu, die im Apfelbaum miteinander stritten. Es dauerte lange, bis Mia wiederkam. Der Handleser verabschiedete sie mit großem Respekt. Mia hatte die ganze Sitzung in ihrer präzisen Schrift notiert, mehrere eng beschriebene Blätter, die sie in ihrer Handtasche verstaute.

Das Büro des Handlesers war klein und sehr voll. Ich schlängelte mich zwischen wackeligen Büchertürmen hindurch, bis ich zu meinem Stuhl gelangte. Erwartungsvoll streckte ich ihm meine Hand entgegen. Er richtete den Lichtkegel der Schreibtischlampe auf sie, nahm ein Vergrößerungsglas zur Hand und studierte eine Weile schweigend meine Linien. Endlich erklärte er mir, dass ich ein langes Leben vor mir habe. Als er auf die nächste Linie näher eingehen wollte, klingelte das Telefon. Er verschwand in der Küche, und ich hörte, wie er in großer Aufregung mit einer Person sprach, die vermutlich seine Freundin war. Es klang, als ob sie sich von ihm trennen wollte. Er versuchte alles, um sie davon abzubringen, beschwor sie, mit ihm in die Ferien zu fahren und sich die Sache noch einmal zu überlegen. Dann schloss er die Tür, so dass ich nichts mehr verstehen konnte. Ich saß da und betrachtete ratlos meine beleuchtete Hand. Als er nach langem wieder zurückkam, sah er älter und kleiner aus. Er setzte sich unter vielen Entschuldigungen an seinen Schreibtisch, legte seine eigene Hand unter die Lampe und sah sie an. Mich vergaß er völlig. Als er wieder in die Realität zurückkam, entschuldigte er sich erneut und vertiefte sich halbherzig in meine Linien. Ich merkte, dass er allein sein wollte, entzog ihm meine Linien, meine Gegenwart und mögliche Zukunft und versprach, in einem besseren Moment wiederzukommen. Doch ich dachte nicht daran. Er hatte seine Magie verloren.

Mia hatte ein unglaubliches Lachen, ein Lachen tief aus dem Bauch heraus. Sie konnte fast nicht mehr aufhören, als ich ihr meine Geschichte erzählte. Wir saßen auf einer Bank am See und achteten nicht auf die Leute, die uns erstaunt ansahen. Zuerst war mir nicht zum Lachen. Ich wollte auch ein paar Seiten voll eng beschriebener Zeilen, die mich entschlüsselten und die Tür zu einem verborgenen Zimmer einen Spalt weit öffneten. Mia las mir ihre Seiten vor. Sie ergaben ein erstaunlich wahres Bild. Doch nirgends gab es einen Bezug zu ihrer Krankheit. Sie war einfach nicht da. Für die Zukunft versprach er ihr die große Liebe und dass sie bald in einem sehr großen, schlossartigen Haus am Meer wohnen werde. Sie wischte alles mit einer Handbewegung fort, sie glaube nicht an die große Liebe. Das beschriebene Haus gebe es schon, tief in ihr. Das sei eine ganz seltsame Sache mit diesem Haus. Sie kenne es seit ihrer Kindheit, obwohl sie es nirgendwo gesehen habe. In den Zimmern könne sie umhergehen. Jedes Möbelstück sei ihr bekannt. Sie kenne den Aufgang zum Haus und jede Pflanze im Garten. Doch sie sei immer alleine dort.

Die Sonne rüstete sich für ihren abendlichen Abgang. Alle Bänke waren besetzt. Liebespaare saßen Hand in Hand. Kleine Gruppen und einzelne Menschen flanierten am Ufer entlang und sahen den Schwänen zu, die sich im Abendlicht in Flamingos verwandelten. Wie immer blieben einige Männer fast stehen und waren nahe daran, Mia eine heimliche Nachricht in die leicht geöffnete Handtasche zu werfen. Ich kam mir vor wie ein Schatten, fast unsichtbar neben ihr. Doch es tat nicht weh. Es war einfach so wie immer, wenn ich mit ihr unterwegs war.

Es war auch so, als wir zusammen zum Karneval gingen. Wir waren Teufel, rabenschwarz und rot. Dieses eine Mal sahen wir gleich aus, und trotzdem war da etwas, das durch Schminke und Kostüm hindurchging. Mia zog eine Feuerspur hinter sich her, nur mit ihrer Art vorbeizugehen und einen kleinen Blick zu werfen. Es gab fast eine Prügelei darum, wer mit ihr tanzen durfte. Sie war längst weitergegangen, leichtfüßig und so, als ob alles an ihr heil wäre. Den Tänzer suchte sie sich selbst aus und ließ ihn wieder stehen, wenn er zu anhänglich wurde. Ich blieb im Hintergrund, beobachtete und vergaß, dass ich an diesem Tag ein Teufel war.

Mia war oft wie ein Kind. In ihrer Wirklichkeit stand eine Tür weit offen, damit Wunder jederzeit eintreten konnten. Sie begegnete den erstaunlichsten Menschen, die sie spontan zu sich einluden. Oft erzählte sie von mondänen Festen in feinster Gesellschaft. Dort bewegte sie sich so, als ob sie dazugehörte. Mit der gleichen Selbstverständlichkeit tanzte sie an Bauernfesten oder bei der Hochzeit tamilischer Angestellter, denen sie durch den Dschungel der Behördenformulare geholfen hatte. Sie gehörte überall dazu und war doch nicht zu fassen. Kaum wollte sie jemand für sich alleine haben, war sie schon fort und in ihrer eigenen Welt. Oft erzählte sie mir von Wochenenden, die sie alleine verbracht hatte, nur in Gesellschaft eines Buches und von Musik, schwarzem Jazz, der ihre Wohnung vibrieren ließ.

Die Krankheit erwachte wieder und fraß sich durch Mias Gelenke. Sie erzählte mir nicht viel darüber. Doch ich merkte, dass sie bleich war und sich stark konzentrierte, wenn sie ging. Sie sprach ihren Füßen Mut zu, überredete sie zum Weitergehen. Wenn ich sie danach fragte, entgegnete sie höchstens: »Es tut weh. Es tut sogar sehr weh. Doch Jammern ändert nichts an dieser Tatsache. Es ist mir immerhin gelungen, am Morgen aufzustehen und zu gehen. Mehr verlange ich nicht. Das genügt für diesen Moment.« Wenn die Schübe vorbei waren, atmete sie auf und probierte alles aus, was ihr Körper noch mitmachte. Einmal sah ich, wie sie bei Regen im See schwamm. Ihr rotes Haar trieb wie eine feurige Wolke hinter ihr her. Sie bewegte sich mit einer Freude, wie ich sie nur bei Kindern beobachtet hatte. In dieser Zeit platzte sie fast vor Lebenslust und Gelächter. Sie trank Leben in sich hinein, sammelte Glück und legte Vorräte an.

Als sie ihre Wohnungstür aufschloss, hatte ich das Gefühl, sehr privilegiert zu sein. Ich wusste, dass sie kaum jemanden zu sich einlud. Sie brauchte einen ruhigen Ort, der nur ihr gehörte. Doch sie zeigte mir jedes Zimmer und stellte ihre Möbel vor, als wären sie lebendige Wesen. In einem kleinen Schreibtisch lag ihr Testament. Alles war geordnet und so, dass sie jederzeit ihre Wohnung für immer verlassen konnte. Wegen der Krankheit war sie darauf gefasst, von einem Tag auf den anderen zu sterben. Sie hatte keine Angst, freute sich sogar auf ihren Tod. Ganz langsam hatte sie sich mit ihm angefreundet. Das Sterben ihrer Mutter hatte die letzten Zweifel ausgeräumt. Sie konnte das helle, gelöste Gesicht nicht vergessen, das der Tod ihr gegeben hatte. Seitdem war sie sicher, dass er freundlich war. Sie fürchtete sich nur davor, zu lange auf ihn warten zu müssen.

Sie besaß nicht viel. Doch das Wenige an Möbeln war von solcher Schönheit, dass sie ohne weiteres in ihr geträumtes Haus gepasst hätten. Es war viel Luft zwischen den Dingen, aber jedes einzelne Stück tauschte sich mit den anderen aus und war unsichtbar mit allem verknüpft, was in den Räumen war. Ich fühlte mich sofort aufgehoben und daheim. Mit einem Seufzer versank ich in den dicken Polstern eines honigfarbenen Sofas. Mia servierte Tee in feinsten Porzellantassen. Wir schwiegen. Nur das Ticken einer alten Standuhr mit goldenem Gesicht war zu hören. Sie zerteilte die Zeit auf sanfte Weise. In ihrem sachten Pendelschlag war keine Hast. Mehr und mehr verlor ich das Gefühl für Zeit und Raum. Es wunderte mich nicht, dass Mia hier ohne Mühe von einer Wirklichkeit zur anderen wechseln konnte. Sie ging immer noch in ihr heimliches Haus, wenn die Schmerzen zu groß wurden. Es gelang ihr ohne Mühe. Sie schloss die Augen, glitt hinüber und stand schon in der langen Allee, die zu ihrem Haus führte. Türen und Fenster standen weit offen. Die Räume warteten auf sie und umarmten sie mit der Freundlichkeit lieber Menschen. Aus den Fenstern sah sie aufs Meer, das sie mit seiner großen Stimme rief. Sie nahm ihren Schmerz und warf ihn hinaus in die Gischt, spürte, wie sie leichter wurde.

Kaum jemand kam freiwillig in die Klinik. Fast alle fühlten sich als Opfer und schwankten zwischen Angst und Widerstand. Von einem Moment auf den anderen waren sie zum Patienten XY geworden und wohnten hinter einer Zimmernummer, gezwungen, auf bessere Tage zu warten. Doch kaum waren sie einigermaßen sicher auf den Beinen, verließen sie die kahlen Zimmer. Sie fuhren zur Empfangshalle, setzten sich fröstelnd neben die Marienstatue, die dort tröstend die Arme ausbreitete, und sahen sehnsüchtig zum Ausgang. Die Tröstungen der heiligen Mutter ließen sie kalt. Doch sie gerieten in den Bannkreis von Mia. Kaum hatte sie einen Moment Zeit, standen sie schon dort und gerieten ins Erzählen. Es überkam sie einfach. Sie wussten nicht, wieso. Sie ließen ihre einsamen Geschichten bei ihr liegen und vertrauten darauf, dass sie nicht weggeworfen würden. Und manchmal geschah etwas, das nur dann geschieht, wenn Menschen richtig zuhören. Die Geschichten zerfielen, fügten sich neu zusammen und ergaben plötzlich Sinn. Ich saß wie ein Lehrling neben Mia und hörte schweigend zu. Noch immer war sie mir ein Rätsel. Meine eigene Welt geriet bei kleinsten Problemen aus den Fugen. Auch ich brachte ihr jeden Kummer, reihte ihn vor ihr auf und sah fasziniert zu, wie schnell er sich in ihrer Gegenwart auflöste. Er hatte kein Gewicht mehr, lernte fliegen.

Die alte Klinik war müde geworden. Wie ein sinkendes Schiff legte sie sich langsam auf die Seite. Es gab Ersatz für sie – ein anderes Gebäude, das jung, hell und dynamisch wirkte. Es wurde Zeit zum Gehen. Ich entschloss mich, eine Zeitlang in Hawaii zu arbeiten. Eine Freundin von mir lebt dort und betreibt eine Blumenfarm. Was als kurzes Intermezzo gedacht war, dehnte sich lange aus. Erst nach acht Jahren kehrte ich wieder in die Schweiz zurück. Mia und ich hatten uns ab und zu geschrieben. Doch das ersetzte die Gespräche nicht, ihr Mienenspiel und ihr großes Gelächter.

Ihr rotes Haar leuchtete von weitem. Ich sah sie nur von hinten. Man hatte ihren Rollstuhl ganz nach vorn auf die große Terrasse des Kurhauses geschoben. Von dort konnte man das ganze Tal überblicken. Sie sah aus wie ein zerbrechlich schmales Kind. Ich rief ihren Namen. Da drehte sie sich um. Ich erschrak. Sie hatte das Gesicht einer alten Frau. Doch sie war immer noch schön. Da war eine Art heller Raum um sie herum, der mich sofort wieder anzog. Wir umarmten uns und sahen uns lange an. Nach einer Weile deutete sie auf ihre bandagierten Füße und den Rollstuhl und bemerkte: »Da drin bleibe ich nicht. Ich will wieder gehen, oder fliegen, eins von beidem!« Wir brachen beide in Gelächter aus, tranken zusammen Kaffee und versanken in Geschichten, die sich nur erzählen und nicht schreiben lassen. Ihre letzte Operation war nur eine von vielen gewesen. Die Schmerzen hatten inzwischen eine Grenze erreicht, die sogar für Mia zu hoch war. Sie schluckte Medikamente in solchen Mengen, dass sie beinahe die Mahlzeiten ersetzten. Vorher hatte sie alles ausprobiert, was irgendwie Heilung versprach. Doch die Krankheit ließ sich nicht beirren. Sie hatte sich diesen Körper ausgesucht. Er gefiel ihr, und sie wollte bleiben. Mia lebte weiter, wie sie immer gelebt hatte, von Tag zu Tag und von Minute zu Minute. Da war nichts, das sie in ihrem Leben versäumt hätte. Es war bis zum Rand gefüllt. Selbst im Rollstuhl und mit ihrem müden Gesicht zog sie Blicke auf sich und wurde von allen Seiten gegrüßt. Wir saßen lange auf der Terrasse und sahen zu, wie die Schatten wuchsen und das Tal ausfüllten. Bevor sie uns erreichten, schob ich Mia zurück ins warme Haus und in ihr Zimmer. Dann verabschiedete ich mich. Sie stand kurz vor einer neuen Operation und sammelte ihre Kräfte. Ich wünschte ihr alles Gute. Sie sah mich ruhig an und entgegnete: »Ich wünsche mir das auch. Doch vor allem wünsche ich mir, gehen zu können. Damit meine ich nicht meine Füße!« Wir schwiegen einen Moment. Ich sah auf ihre Hände, die verkrümmt und voller

Narben waren. Dann sagte ich leise: »Ich wünsche dir, was du dir wünschst.«

Es war trotzdem nicht einfach, sie gehen zu lassen. Sie fehlt mir sehr. Letzthin war ich dort, wo früher die Klinik stand. Dort, wo unser Glashaus war, ist jetzt der Eingang zu einer Villa mit Blick auf den See. Ich setzte mich heimlich auf die Stiege und schloss die Augen. Da war kein Lachen, keine Stimme, einfach nichts. Trotzdem wurde mir leichter. Es war ein Gefühl wie damals auf Mias Sofa, wolkig und sehr leicht. Als ich nach einer Weile fortging, flatterte ein Vogel aus dem Gebüsch.

ZWEITER
TEIL:

WENDEPUNKTE

NACHTBLIND

UTE STEPHANIE
MANSION

Ich sollte jetzt gehen. Jetzt und keine Minute später. Das sage ich mir bereits seit zehn Minuten, obwohl ich gern noch bleiben würde. Noch einmal aufs Klo, dann gibt es keine Ausreden mehr. Die Jacke hängt über meinem Stuhl, also muss ich nur aufstehen, sie anziehen, mich bücken, meine Handtasche vom Boden aufheben und meine Schritte Richtung Tür lenken. Und endlich gelingt mir der erste Schritt.

»Danke für den wunderbaren Abend!«

Ich schüttle der Gastgeberin, einer ehemaligen Kollegin, zum Abschied die Hand. Sie meint, ich solle noch bleiben, es habe doch noch kaum richtig angefangen und den Kuchen müsse ich auch noch probieren. Nein, sage ich, mein Zug fahre bald, und ich wolle ihn nehmen, nicht den späteren, weil ich morgen früh aufstehen müsse.

Das stimmt nicht. Der nächste Tag ist ein Sonntag, und ich muss nicht früh aufstehen. Nur früh gehen, weil mich sonst die Dunkelheit einholt – was schlecht wäre, denn ich bin nachtblind. Die Betonung liegt auf »blind«, nicht auf »nacht«, denn auch in schummrigen Räumen und bei Dämmerung sehe ich so schlecht, dass es mir schwerfällt, mich zu orientieren. Das ist so, wenn man *Retinitis Pigmentosa* hat – eine Augenkrankheit, bei der die Sehstäbchen auf der Peripherie der Netzhaut nur sehr schwach ausgebildet sind. Und nach und nach absterben, ebenso wie die Zapfen im Zentrum der Netzhaut. Eines Tages sieht man nichts mehr oder fast nichts mehr, weil das Blickfeld auf die Größe eines Schlüssellochs geschrumpft ist. Dann kann man die »Nacht« aus »nachtblind« endgültig streichen. Dann ist man blind.

Ich habe Angst, den Weg zum Bahnhof nicht zu finden, denn die Nacht bricht schon herein. Wäre ich doch nur früher gegangen, als es noch heller war. Meine andere Angst – und die begleitet mich ständig – ist die, andere um Hilfe zu bitten. Vielleicht wäre es ihnen lästig, mir zu helfen, weil es sicher etwas Mühe bedeutet. Und die Freundinnen und Freunde meiner ehemaligen Kollegin sind heute Abend gekommen, um sich zu amüsieren, nicht, um einer kranken Frau zu helfen, die sie erst vor ein paar Stunden kennen gelernt haben. Sicher wäre es dem einen oder anderen auch peinlich, wenn ich mich bei ihm einhake und er Arm in Arm mit mir durch die Nacht spazieren muss.

Mir jedenfalls ist meine Nachtblindheit, meine Hilflosigkeit, peinlich. Ich möchte sie nicht zugeben. Nicht lächerlich sein. Doch das bin ich unweigerlich, wenn ich beim Gehen mit Autos, Mülltonnen und Pfosten zusammenstoße. Oder einen plötzlichen Sprung vom Bürgersteig mache, unfreiwillig, weil ich die Kante nicht sehe. Es könnte Leute zum Lachen bringen. Und eine Taschenlampe zu benutzen finde ich nicht minder peinlich, wenn alle anderen alles sehen können.

Die anderen Gäste schienen allerdings auch mit dem Zug gekommen zu sein, überlege ich. Sicher wäre jemand mit mir Richtung Bahnhof gegangen, später. Aber ich müsste mir eine Blöße geben. Vielleicht würden die Nicht-Nachtblinden dann doch über mich lachen. Wie über James, den Butler aus *Dinner for one*, der immer wieder über den Tigerkopf stolpert.

Ich muss mich beeilen, sonst wird der Zug ohne mich fahren. Es wird ohnehin knapp, denn der Himmel ist schon mehr grau als blau. Im Moment kann ich noch zügig vorangehen. Die Straße ist in helles, orangefarbenes Licht getaucht. Da kann ich gut sehen, ganz anders als bei weißem Licht oder beim Licht der gelben Gaslaternen, wie sie in meiner Stadt in vielen Straßen stehen. Am Tag sehen sie hübsch altmodisch aus, doch in der Nacht beleuchten sie kaum mehr als einen kleinen Kreis um den Laternenpfahl.

Mittlerweile ist es stockdunkel. Für die Strecke zum Bahnhof braucht man bei normaler Gehgeschwindigkeit etwa zehn Minuten. Für mich habe ich über den Daumen eine halbe Stunde veranschlagt. Das erweist sich als richtig, denn jetzt kommt eine Straße, in der die Stadtplaner sich für weißes Licht entschieden haben. Das ist zwar besser als die gelben Funzeln, aber immer noch suboptimal. Ich verlangsame mein Tempo. Was lauert da auf dem Bürgersteig, im Schatten des Hauses? Mülltonnen oder Blumenkübel? Oder gar nichts? Um nirgends anzustoßen, gehe ich am äußersten Rand des Bürgersteigs, natürlich ohne diesen Rand zu sehen. Ich weiß nur, dass einer da sein muss, weil schließlich alle Bürgersteige einen Rand haben. Zum Glück parken hier Autos: Wo sie anfangen, hört der Bürgersteig auf. Die Schemen der Autos kann ich grob erkennen, weil sich das Licht in ihnen spiegelt. Wenn aber jemand sagen würde »Mein Auto ist das rote da vorne«, wüsste ich nicht, welches gemeint ist. Nachts sind alle Autos grau.

Krrtsch. Das war ein Autospiegel. Sorry. Aber nichts passiert. Ich habe ihn nur touchiert, nichts verbogen, das Geräusch wäre lauter gewesen. Hinter mir höre ich Schritte und Stimmen. Ein Mann und eine Frau. Energische Schritte. Ich dagegen kann jetzt unmöglich schneller weitergehen als im höchsten Schneckentempo, was die Passanten immer neugierig macht. Also wende ich einen bewährten Trick an: Ich bleibe stehen und krame suchend in meiner Handtasche, runzle die Stirn. Es klappt auch diesmal: Die beiden eilen vorbei, ohne mich zu beachten.

Nachdem ich mich durch die weiße Straße gekämpft habe, komme ich auf besser beleuchtetes Terrain. Hier stehen – wenn auch für meine Bedürfnisse nicht genug – Lampen, die orangefarbenes Licht werfen. Mein Zug fährt in elf Minuten. Zeit satt, wenn man nur noch drei Gehminuten vom Bahnhof entfernt ist. Doch ein Problem tut sich auf: Der Weg zum Bahnhof, den ich nehme, wenn ich tagsüber in dieser Stadt bin, führt die große

Freitreppe am Dom hinunter. Leider habe ich keine Ahnung, ob ich barrierefrei über den Vorplatz des Doms zu der Treppe gelange und ob oder wie sie beleuchtet ist. Wahrscheinlich ist sie es, aber elf Minuten lassen wenig Spielraum für Versuch und Irrtum.

Statt mich also auf gut Glück über den Domvorplatz zu schleichen, wähle ich den Weg nach links, unter Arkaden entlang. Von dort aus möchte ich die große Straße erreichen, die zum Bahnhof führt. Der Arkadenweg wird jedoch nur aus der Umgebung mit Licht versorgt, und es geht leicht bergab, das merke ich nach den ersten Schritten. Vorsichtig setze ich einen Fuß vor den anderen. Den linken, den rechten, den linken – plötzlich spüre ich: Da ist nichts mehr! Kein Grund, auf den ich meinen Fuß setzen kann. Ziellos schwebt er in der Luft, über einem Abgrund unbekannten Ausmaßes. Zurückziehen kann ich ihn nicht mehr, dafür hat sich mein Gewicht schon zu weit nach vorn verlagert. Ich werde fallen.

Sekundenbruchteile später landet mein ungesteuerter Fuß auf dem Boden. Am Fuß einer Treppe offenbar, die aus zwei oder drei Stufen zu bestehen scheint. Ein steiler Abwärtsschritt für einen Menschen. Und für den Fuß ist das ihm folgende Gewicht zu schwer; darum komme ich nicht ins Gleichgewicht. Ich strauchle, taumle meterweit vorwärts, weiß, dass ich doch noch fallen werde – da spüre ich plötzlich einen sanften Druck am rechten Arm. Jemand hält mich fest. Ich kann mich aufrichten.

Die Hand, die meinen Sturz verhindert hat, gehört zu einem Jungen, soviel kann ich erkennen. Er mag zehn Jahre alt sein.

»Haben Sie sich wehgetan?«, fragt er.

»Nein«, sage ich. »Du hast mich ja aufgefangen. Danke schön!«

Hinter dem Jungen tauchen zwei Erwachsene auf. Seine Eltern, vermute ich. Am liebsten würde ich mal wieder im Boden versinken.

»Ich bin nicht betrunken«, erkläre ich ungefragt und versuche, meiner Stimme einen festen Klang zu geben, obwohl ich heulen könnte. »Ich kann nur im Dunkeln sehr schlecht sehen. Ich bin nachtblind.«

»Nachtblind?« Der Junge scheint das sehr interessant zu finden.

»Wohin wollen Sie denn?«, fragt sein Vater.

»Zum Bahnhof.«

»Wir bringen Sie hin«, bestimmt die Mutter. »Wir gehen in die gleiche Richtung.« »Danke, das ist nicht nötig«, will ich sagen, doch der Junge hängt schon an meinen Arm: »Ich führ Sie da hin.«

Langsam geht er los, mit mir im Schlepptau. Unterwegs beschäftigt ihn das Phänomen der Nachtblindheit. Er stellt allerlei Fragen. Das tun viele, denen ich aus irgendeinem Grund notgedrungen mein Geheimnis verraten muss. Ihr erster Gedanke ist oft, dass ich womöglich nachts gar nicht Auto fahren könne. Erst wenn sie hören, dass ich aufgrund dieser Augenkrankheit überhaupt nicht Auto fahren kann, weil meine Sehfähigkeit auch tagsüber eingeschränkt ist, wird ihnen das Ausmaß des Problems bewusst. Arne, so heißt der Junge, interessiert das nicht. Er möchte lieber wissen, warum ich nicht einfach eine Taschenlampe benutze.

»Weil ich eine relativ große Taschenlampe brauchen würde«, sage ich. »Und außerdem wäre mir das unangenehm.«

Das mit der Größe der Taschenlampe leuchtet Arne ein, das andere nicht.

»Wenn Sie eine brauchen, dann brauchen Sie halt eine.«

So einfach ist das. Arne macht mich auf jeden Bordstein aufmerksam, und obwohl ich jetzt gar nicht so schlecht sehe, da die Straße orange beleuchtet ist, tue ich nicht, was ich sonst in solchen Situationen tue: den Arm des Helfers loslassen und selbstständig weitergehen. Wir sind so gut in Schwung.

Am Bahnhof angelangt, bleiben mir noch drei Minuten, um zum Gleis zu gehen. Das reicht auf jeden Fall. Arnes Eltern möchten ein Taxi nehmen.

»Und zum Gleis werden Sie finden?«, fragt der Vater.

»Ja«, antworte ich.

»Aber wir können Sie noch hinbringen«, meint Arne. Er scheint enttäuscht zu sein, dass die Hilfsaktion hier endet. Seine Eltern marschieren schon Richtung Taxistand.

»Vielen Dank für deine tolle Hilfe!«, sage ich.

»Hab ich gern gemacht. Helfen macht doch Spaß!«, ruft Arne. Dann rennt er seinen Eltern nach und winkt zum Abschied.

Helfen macht Spaß – darüber habe ich noch nie nachgedacht. Jedenfalls nicht, wenn es meine Nachtblindheit betraf. Es ist mir gar nicht in den Sinn gekommen, dass es Leuten Spaß machen könnte, mir zu helfen. Dass sie meine Schwäche gar nicht zum Lachen finden könnten. Weil sie vielleicht sehr gern gebraucht werden. Für einen Moment ist diese Erkenntnis in mir aufgeblitzt, und ich muss dafür sorgen, dass sie nicht wieder verlorengeht. Möglicherweise gibt es ja noch andere Menschen, denen Helfen Spaß macht. Vielleicht sollte ich abends oder nachts einfach mal jemanden um Hilfe bitten. Zum Beispiel nach der nächsten Geburtstagsfeier.

VÖLKERMORD 2006

MARTIN
UHL

Ich sitze in einem Internetcafé im Herzen Afrikas. *Zuuuuuuuu uuuumblaaaang* – der Strom ist weg. Die vorhandene Energie reicht nicht aus, um eine Stromversorgung der Region rund um die Uhr sicherzustellen, also wird gelegentlich die eine oder andere Stadt ein paar Stündchen vom Netz genommen. Wie immer in solchen Fällen bin ich gerade im Netz und beim Schreiben einer besonders langen Email, die nun in den Weiten des Internets verschwunden ist. Alle Computerbenutzer, die eben noch gebannt auf ihre Monitore starrten, blicken auf. Das gemeinsame Schicksal lenkt die Konzentration wieder auf die reale Welt. Suchend blicken wir uns um. Meine Banknachbarin zuckt mit den Schultern. Sie lächelt. Auf den ersten Blick könnte sie eine Afrikanerin sein. Ein zweites Lächeln, und das Eis ist gebrochen. Schnell stellt sich heraus, dass sie Französin ist und in einem Vorort von Paris lebt. Ich erzähle ihr kurz von meiner Arbeit in der AIDS-Prävention. Wir verabreden uns zu einem Bier am Abend.

Am ausgemachten Ort wartet schon eine ganze Reisegruppe auf mich. Meine Bekanntschaft aus dem Internetcafé entdecke ich zwar nicht, aber die Gruppe nimmt mich auch ohne Einführung herzlich auf. Ein erstes Bier lockert dann die Zungen. Ich erfahre, dass es sich um Mitglieder einer französischen Studenteninitiative handelt: eine Allianz von Franzosen mit afrikanischen Vorfahren auf der einen und Mitgliedern jüdischen Glaubens auf der anderen Seite, die sich gemeinsam gegen Rassismus und Diskriminierung einsetzen. Hier in Ruanda tauschen sie ihre Erfahrungen aus. Im Lauf des Abends finde ich auch meine Verabredung wieder. Die Stimmung ist ausgelassen, und weitere Flaschen Bier werden geöffnet. Ein Franzose hat Geburtstag, was mit einem fröhlichen Geburtstagslied gefeiert wird. Der Jubilar bekommt Geschenke, eine Torte wird angeschnitten.

Plötzlich ebbt die Partystimmung ab. Die Gruppe beschließt gemeinsam einen Ortswechsel, das Ziel ist die Wohnung eines ruandischen Freundes. In freudiger Erwartung schließe ich mich an. Es sind nur ein paar Schritte, dann geht es über eine schmale Treppe in den zweiten Stock eines Wohnhauses. Die Ersten betreten die Wohnung. Ich trete über die Türschwelle – und traue meinen Augen nicht. Das ist keine Wohnung, es ist ein Museum. In einer Ecke steht zwar ein Esstisch, in einer anderen eine Sofa. Aber an den Wänden der Wohnung hängen diese Bilder, mit großer Sorgfalt gerahmt und mit Texten in Französisch und Kyniarwanda versehen. Es sind viele. Eines hängt neben dem anderen, in chronologischer Reihenfolge, über dem Esstisch, über dem Sofa, kein Platz ist ausgespart. Ich weiß sofort, um was es geht. Die Frakturschrift in deutscher Sprache ist unschwer zu entziffern. Unzweideutig erhebt sich der Pulverdampf über den Gewehren deutscher Soldaten. Ich bin in einem afrikanischen Holocaustmuseum.

Schweigend sehen wir uns um. Nach einer Weile setzen wir uns an den Wänden entlang auf den Boden. Ein großer, kräftiger Mann sitzt an einem Tisch. Er ist noch jung, vielleicht so alt wie ich, und wirkt dennoch alt: Nichts kann ihn aus der Ruhe bringen.

Er beginnt zu erzählen und lässt den Blick über die Runde schweifen. Jeder, den er streift, spürt die Verletzung, die ihn im Innern umtreibt. Seine Augen werden feucht. Er erzählt vom Verlust seiner Familie und dem nicht fassbaren Grauen des Völkermords in Ruanda. Etwas mehr als zehn Jahre liegt es zurück, und doch ist es, als ob es gestern gewesen sei.

Nach ihm ergreifen einzelne aus der französischen Gruppe das Wort. Sie erzählen von Erfahrungen ihrer Eltern und Großeltern, von der Traumatisierung über Generationen hinweg und dem langen Weg der Verarbeitung.

Mir wird mulmig zumute. Irgendwie passe ich nicht in diesen Kreis. Ich bin doch in dieses Land gekommen, um bei der Bekämpfung von AIDS mitzuhelfen, nicht, um mich mit den Untaten der deutschen Vergangenheit auseinanderzusetzen. Ich habe nichts beizutragen. Jedes Wort von mir wäre eine Anmaßung. Ich kann nur schweigen und versuchen zu verstehen. Was kann ich schon sagen? Es ist so lange vor meiner Geburt passiert. Was hat es mit mir zu tun? Spielt meine deutsche Perspektive eine Rolle?

Mein Sitznachbar ergreift das Wort. Er weist darauf hin, dass unter den Anwesenden ein Deutscher ist. Mir rutscht das Herz in die Hose, und eine Erinnerung schießt mir durch den Kopf. Es war in einem nahe gelegenen Dorf. Ein junger Mann hatte sich mir voller Begeisterung als »Hitler« seines Heimatortes vorgestellt und auf das überdimensionale Hakenkreuz an seiner Haustür hingewiesen. Da wusste ich, das dritte Reich bleibt ein Teil der deutschen Identität, und nur langsam weicht die Erinnerung einem neuen Bild.

Die Worte meines aufmerksamen Sitznachbarn holen mich aus meinen Gedanken. Er sagt, er wolle meine Anwesenheit nutzen, um auf den Weg der Versöhnung hinzuweisen, den Juden und Deutsche beschritten hätten und der nicht enden werde. Er wünsche dem ruandischen Volk einen ebensolchen Weg, auf dem nichts vergessen gemacht werden muss und darf.

Erleichtert und dankbar drücke ich ihm die Hand. Der Holocaust in Deutschland bietet für Ruanda eine Möglichkeit, den entsetzlichen Völkermord zu verarbeiten. Es geht nicht darum, Völkermorde zu vergleichen und sie dadurch zu relativieren. Es geht um die Suche nach einer Erklärung für das Unbegreifbare. Es gibt keine Erklärung für Völkermord, zumindest keine einfache.

TRUNKSUCHE

EDITH
HUBER

Herr K. steht schon da und wartet. Ganz bunt angezogen, eine türkise Altherrenjacke und darunter einen braunen Rollkragenpullover trägt er, seine Hose ist rostrot.

Er ist fünfundvierzig Jahre alt. Aussehen tut er wie mindestens fünfundfünfzig. Im letzten Jahr sah er so alt aus, wie er war, aber seit Herr K. wieder allein lebt, ist es damit vorbei.

Neben ihm stehen ein heruntergekommener Bahnhofssäufer auf der einen und ein Freund auf der anderen Seite. Der Freund hat mich angerufen und mir gesagt, dass er ihn gefunden hat, endlich.

Er hat die umliegenden Dörfer abgefahren und Herrn K. am Ende aufgetrieben, bei seiner Freundin, besoffen, in deren Bett. Jetzt hat es sich der Freund zur Aufgabe gemacht, seinen Kumpel, Arbeitskollegen und Schulkameraden in einer Person zu retten, heimlich.

Also hat er mich angerufen und gebeten, Herrn K. ins Bezirkskrankenhaus zu fahren. Er will die Überweisung beim Hausarzt des Trinkers organisieren und seinen Freund dann einfach zwangsweise zu mir in die Stadt bringen. Ihn vor vollendete Tatsachen stellen.

Ich habe zugestimmt, Herrn K. vom Bahnhof abzuholen.

Und jetzt bin ich hier, und Herr K. schaut mir entgegen. Er kennt mein Auto schon, wir fahren nicht zum ersten Mal zur Entgiftung. Wenn ich jetzt erklären müsste, was der Ausdruck ein »Häuflein Elend« bedeutet, ich müsste nur auf Herrn K. zeigen.

Die türkise Jacke schlottert um seinen Oberkörper. Verloren steht er da, ganz eingefallen wirkt er, ohne Hoffnung für sich und die Welt.

Ich stelle mein Auto direkt vor dem Haupteingang ab, beim Aussteigen springen mir gleich zwei, drei kiffende Jugendliche ins Auge – offenbar weiterer Begleitschutz für Herrn K., denn einer ist der Sohn des rettenden Freundes. Ich grüße freundlich in die Runde, meinem Schützling gebe ich die Hand. Herr K. hält den Kopf gesenkt und mag mir nicht in die Augen schauen.

Ich habe keinen Trost und kann auch nur vermuten, wie verzweifelt er sich fühlt. Herr K. hatte nach zweijähriger Therapie einen festen Arbeitsplatz und eine eigene Wohnung gefunden, nun hat er beides wieder verloren, und das nur und ausschließlich durch den Alkohol. Er steht in jeder Körperfaser mutlos vor mir, da nun alles von vorn beginnen muss. Und das, obwohl er erst seit acht Wochen wieder regelmäßig trinkt. Das ist vergleichsweise kurz.

Er ist angetrunken. Aus einem Polizeibericht weiß ich, das sei nur am Rande erwähnt, dass er zuletzt mit fünf Promille im Blut aufgegriffen wurde, eine tödliche Dosis für jeden untrainierten Trinker. Kein Problem für Herrn K. in Bestform.

Aber von meiner Seite gibt es keinen Trost, weil es in solchen Situationen generell keinen Trost gibt. Die Situation ist beschissen, ein anderes Wort lässt sich nicht finden.

Also sage ich das einzig Positive: »Herr K., wie schön Sie zu sehen. Nicht weinen, es ist sehr mutig, dass Sie heute hier sind.«

Und das stimmt. Es ist tapfer, sich einzugestehen, dass man ohne professionelle Unterstützung nicht mehr zurechtkommt. Herr K. tut es jetzt zum zweiten Mal innerhalb eines halben Jahres. Für Vorwürfe ist nicht der Zeitpunkt, die macht er sich selbst.

Hans K., der Mutige, nickt unsicher und bückt sich nach seinem Rucksack, der unbeachtet am Boden lag. Er trägt ihn zu meinem Auto, öffnet den Kofferraum, legt ihn hinein.

Ich gehe zur Fahrerseite des Wagens und steige schon ein. Herr K. geht wieder zurück zu seinem Retterfreund, umarmt ihn, Tränen fließen. Dann wendet er sich dem Bahnhofssäufer zu, der die ganze Zeit unbeteiligt neben ihm gestanden und stur vor sich hin geglotzt hat. Der nimmt ihn jetzt in die Arme, vorsichtig, wegen der vollen Schnapsflasche, die er in der Hand hält.

Dann setzt sich Herr K. neben mich ins Auto. Mit ihm setzt sich der Geruch nach Bier und Wein aus dem Tetrapack.

»So, Herr K., packen wir's«, sage ich.

»Ja, es ist wohl wieder so weit.«

»Das kriegen wir schon hin. Es wird schon.«

Herr K. nickt und bittet mich, ihn künftig Hans zu nennen. Das soll mir recht sein, wir kennen uns seit Jahren und das Du ist gut für die Arbeitsbeziehung.

Hans und ich kennen uns, weil er einmal eine Körperverletzung begangen hat, an irgendeinem von Alkohol vernebelten Tag. Er wurde zu neun Monaten Haft verurteilt. Die Strafe wurde zu vier Jahren Bewährung ausgesetzt. An dieser Stelle komme ich ins Spiel, Hans' Bewährungshelferin.

Mein Job ist es unter anderem, ihn zur Nüchternheit zu motivieren. Das versuche ich auch heute, wie schon viele Male zuvor. Ich fahre mit ihm in das Bezirksklinikum zur Entgiftung.

Bei der Abfahrt winkt Hans den Jugendlichen, dem wahren Freund und dem Säufer zu.

»Wer ist der Mann rechts?«, frage ich und meine den Trinker.

»Das ist Ronny. Er ist auch ein Schlucki. Ich kenne ihn aus der Klinik«, antwortet Hans.

Ich erfahre außerdem, dass Hans sich nicht nur den Schnaps, sondern auch die Freundin mit Ronny geteilt hat in den vergangenen Wochen, auch sexuell, versteht sich. Arbeit und Wohnung seien diesem exzessiven Leben zum Opfer gefallen. Die Tage der vergangenen Wochen begannen – abgesehen von einem frühmorgendlichen Schnaps gegen das Zittern – meist mit einem Frühschoppen, wie er sagt, der von Bier am Mittag und dem Wein zur Kaffeezeit abgelöst wurde und am Ende in die so genannte Feierabendhalbe überging.

Ronny und die geteilte Frau seien immer mit von der Partie gewesen. Man habe sich wohl gegenseitig zum Trinken angestachelt.

Aktuell ist Hans immer noch in diese Frau verliebt, erfahre ich, und die hat sich auch für ihn entschieden. Man hat sich entschlossen, sie nicht mehr zu teilen, vielmehr ist die Frau jetzt seine Freundin. Es ist die erste Liebesbeziehung seit Jahren in Hans' Leben.

Ich gebe zu bedenken, dass es nicht möglich ist, als Trinker mit einer Trinkerin liiert zu sein, worin Hans mir auch zustimmt, theoretisch. Wie es nach der Entgiftung weitergehen soll, ist ihm unklar. Er schätzt, dass alles gut wird. Vielleicht gibt sie das Trinken ja auf, meint er. Ich sage dazu nichts und schalte in den fünften Gang.

Dass sein Gedanke nicht realistisch ist, wissen wir beide. Keine Liebe ist größer als die Liebe zum Alkohol, schon gar nicht, wenn er der verbindende Faktor ist.

Wir haben die Stadt verlassen und fahren mittlerweile über Land. Der Alkoholgeruch im Auto ist penetrant, Hans neben mir zittert. Er will heute erst ein Glas Wein getrunken haben, wirklich zuwenig vormittags um zehn für einen Alkoholiker. Es geht ihm schlecht, daher das Zittern.

Während unserer Unterhaltung, das weiß ich, schreit sein ganzer Körper nach irgendeiner Spirituose. Von den Trinkern, die ich kennengelernt habe, ist in einer solchen Situation so manchem auch Rasierwasser recht.

Hans hält sich für meine Begriffe wacker. Er versucht erfolgreich, die Kontrolle über sich zu wahren. Es ist ja auch zu spät, er sitzt in meinem Auto, hat auf der einen Seite verloren, auf der anderen aber auch gewonnen. Gewonnen hat er die Erkenntnis, dass er verloren hat: Arbeit, Wohnung, Anerkennung seitens seiner Familie, die Selbstachtung. In zwei Wochen könnte er außerdem Nüchternheit gewonnen haben, wenn er lange genug durchhält. Hans zittert und zittert. Würde er ohne Medikamente entgiften, wäre dieses Zittern bald so heftig, dass er kein Glas mehr halten könnte.

Viele Alkoholiker binden sich ein Seil um den Arm, um morgens das erste Glas zum Mund führen zu können.

Hans erzählt von den vergangenen Wochen und sieht sich und seine Abhängigkeit sehr klar.

Im Moment gibt es wenig Möglichkeiten für die Zeit nach der Entgiftung. Was könnte gleichzeitig verhindern, dass er in Haft muss, und ihm ein besseres Leben schenken? Die Einrichtung vielleicht, in der er schon einmal gelebt und gearbeitet hat. Zwei Jahre. Zugenommen hat er in der Zeit und eine klare Haut bekommen durch das gesunde Leben dort. Das war wie Urlaub für ihn. Perspektiven und Ziele hat er für sich entwickelt und wirklich eine Arbeit gefunden und am Ende die Wohnung, in der er künftig leben wollte. Die Therapie war damals der richtige Schritt für Hans.

Dennoch: der Weg zurück wäre schwer, ein Eingeständnis seiner Niederlage – vor dem Klinikpersonal und den anderen Schluckis. Hans zittert und weiß nicht, ob er diesen Gesichtsverlust ertragen könnte.

Das große Problem sei nur die Einsamkeit, sagt Hans. Seit Jahren wünscht er sich eine Beziehung. Und die hat er nun. Sei seine Freundin auch eine Trinkerin, die mit seinem Freund genauso schläft wie mit ihm. Es gibt eine Freundin und für Hans auch die damit verbundene Hoffnung auf Zweisamkeit, Liebe, Geborgenheit, Stabilität, auf alles, was eine Partnerschaft verheißt. Diese Frau bietet Raum für seine Träume.

Wäre die Frau, in die er sich verliebt hat, keine Trinkerin, Hans würde nicht trinken. Alles würde er tun, um gegen seinen

Teufel Einsamkeit anzukämpfen. Aber die Frau trinkt, also macht er mit und läuft in sein Unglück.

Wir sprechen noch einmal über die Frau, ich versuche Hans behutsam klar zu machen, dass diese Beziehung nur Schein ist, dass ihn und seine Freundin nur der Alkohol verbindet.

Hans zittert und weint wie ein Kind und wischt sich die Augen, denn eigentlich weiß er schon lange, was ich ihm sage.

Ich bin so viel jünger als er, es muss schwer sein für ihn, vor mir zu weinen. Ich könnte seine Tochter sein, hätte Hans sein Leben in andere Bahnen gelenkt.

Als er schließlich nicht mehr weint, erzählt und erzählt er, von früher, von heute, von morgen. Ich lasse ihn reden und gebe Laute des Verstehens von mir. Ich höre zu. Es ist nicht sicher, dass er morgen noch von unserem Gespräch weiß. Womöglich ist alles vergessen, denn Hans balanciert schon eine Weile am Rand des Deliriums. Wenn er sich erinnert, wird er sich daran erinnern, dass ich aufmerksam war und Anteil genommen habe an seiner Geschichte.

Und irgendwann sind wir am Ziel: ein kastenförmiges, dotterfarbenes Gebäude mit vergitterten Fenstern, die Suchtstation für Alkoholabhängige.

Hans rutscht auf seinem Sitz hin und her. Die letzte Möglichkeit zur Umkehr, aber Hans bleibt so mutig und tapfer, wie er es schon am Bahnhof war. Er wird jetzt hineingehen.

Wir steigen aus dem Auto, ich öffne den Kofferraum. Hans nimmt seine Tasche und spricht jetzt nicht mehr. Er drückt meine Hand, nickt mir zu – dann dreht er sich um und geht, eine brennende Zigarette zwischen den Fingern, auf den Eingang zu.

DU HAST MICH BESUCHT

CHRISTINE
KOCH

Du hast mich besucht
in der »Gemeinschaftsunterkunft«.
Du bist zu mir gekommen
in das Zimmer mit den sechs Metallbetten
und dem einen Schrank als »Raumteiler«,
hörte ich.
Du hast Dich an den Tisch gesetzt,
den ich mit Zeitungspapier gedeckt hatte.
Du hast mit mir gegessen und Tee getrunken,
dich nicht abhalten lassen von dem Gestank der Toiletten,
von dem Müll vor der Tür,
von der lauten Musik,
von den schwarzen Gesichtern.
Du bist zu mir gekommen.

Es ist besser, wenn du da bist.
Wir können reden und lachen,
und ich kann erzählen, Alltägliches
und auch, was mich bewegt.
Wenn du gehst, ist es wieder still.
Aber natürlich, du musst gehen.
Du hast viel Arbeit.

Ich lache soviel,
wenn du da bist,
auch wenn ich weinen möchte,
und vergesse kurze Zeit,
dass ich sterben will,
dass mein Magen nichts mehr essen will
und mein Herz nachts nicht schlafen.
Du isst vom Tisch wie wir auch,
unsere heimische Spezialität.
Aber die Krümel darfst Du nicht aufwischen.
Du bist der Gast.

Ich kann dich anrufen
und tue es nicht,
aber frage dich,
ob du mitgehst aufs Amt,
wenn ich Probleme habe.
Nur kleine Schritte,
aber Schritte auf dem Boden der Wirklichkeit.
Du bist meine Schwester, mein Bruder,
und dies Haus ist dein Haus.
Ein Haus ist kein Haus ohne Besuch.
Und bei uns bringt man die Gäste beim Abschied
immer bis an die Tür.

Du hast mich besucht
im Abschiebeknast.
Hinter Gittern,
draußen nur
50 Quadratmeter Hof,
asphaltiert,
drinnen Verzweiflung
und Wächter,
ich weiß nicht,
wann kommen sie mich holen,

die Sicherheitsbeamten meines Landes
sind oft hier.
Ich starre die Wand an,
spiele Tischtennis.
Du hast Dich angemeldet,
vier Wochen vorher,
bist gekommen,
hast mir eine Zeitung gebracht
und Zigaretten.
Erzählst von den Freunden draußen,
die Polizisten hören zu.
Eines Tages werde ich fort sein.
Aber ich werde dein Bild bewahren,
wenn ich weiterlebe.
Werde an dich denken,
wie du bei mir warst.

Ich hasse Abschiede.
Wann kommst du wieder?

VERZWEIFLUNG

BIRGIT
KRICK

Das Telefon klingelte bereits zum dritten Mal. Ich streckte die Hand nach dem Hörer aus, zögerte jedoch noch einen Moment, bevor ich ihn von der Gabel nahm. Eigentlich wollte ich mir eine Pause gönnen, einen Kaffee kochen und nach ein paar Keksen Ausschau halten, nachdem ich in der vergangenen Stunde einen Scherzanruf nach dem anderen entgegengenommen hatte – mal mehr, mal weniger amüsiert.

Während ich mir den Hörer zwischen Ohr und Schulter klemmte, um nebenbei meinen Bleistift zu spitzen, meldete ich mich mit freundlicher Stimme:

»Hallo, hier ist das Kinder- und Jugendtelefon, was kann ich für dich tun?« Am anderen Ende der Leitung erfolgte keine Reaktion. Ich hörte nur Schweigen.

»Kannst du mich hören? Du hast hier das Kinder- und Jugendtelefon angerufen. Du brauchst nicht deinen Namen zu sagen, und mein Telefon hat auch kein Display, auf dem ich deine Nummer sehen könnte. Du bist also völlig anonym. Das ist auch okay so.«

Ich konnte weder ein Atmen noch ein Räuspern vernehmen. Es war einfach nur still.

»Wenn du möchtest, erzähle ich dir etwas über das Kinder- und Jugendtelefon.«

Ich wartete einen Augenblick, bevor ich weiterredete. »Wir haben in vielen Städten ein Büro und möchten euch bei euren Problemen helfen oder euch auch nur zuhören, wenn ihr das wollt. Wenn du glaubst, dass du mit mir nicht sprechen willst, weil du zum Beispiel meine Stimme nicht sympathisch findest, dann ist es auch völlig okay, wenn du wieder auflegst. Vielleicht möchtest du auch später anrufen, dann kannst du eine andere Mitarbeiterin oder einen Mitarbeiter am Telefon haben, mit dem du lieber reden möchtest.« Ich hatte mit sanfter Stimme gesprochen, um meinem Gegenüber möglichst viel Handlungsfreiheit zu lassen. Doch ich erhielt keine Antwort.

Einen kurzen Augenblick dachte ich an eine ähnliche Situation vor einigen Monaten, die damit geendet hatte, dass ich nach einem längeren Schweigen und einigen Versuchen meinerseits, eine vertrauensvolle Atmosphäre aufzubauen, durch ein jähes Gelächter und die Beschimpfung »blöde Fotze« aufgeschreckt wurde. Dann wurde der Hörer aufgeknallt.

So schnell mir der Gedanke gekommen war, so schnell verbannte ich ihn wieder.

Ich hatte es mir zur Aufgabe gemacht, jeden Gesprächsversuch, und sei es, dass er oder sie sich nur durch Schimpfen äußern konnte, als individuelles Anliegen zu betrachten. Doch diese andauernde Stille verunsicherte mich, und ich versuchte etwas Neues.

»Wenn du nicht mit mir reden willst, dann vereinbaren wir ein Zeichen, dass ich noch eine Weile an der Leitung bleibe, wenn du es wünschst. Ich schlage vor, du klopfst kurz auf die Sprechmuschel, dann weiß ich, dass ich noch nicht auflegen soll.«

Ich lauschte erwartungsvoll, und tatsächlich konnte ich ein zaghaftes Klopfen hören.

»Schön, dass du mit mir in Kontakt getreten bist«, sagte ich aufmunternd. »Ich bleibe also noch ein bisschen bei dir, wenn es dir gut tut.« Ich vernahm wieder ein vorsichtiges Klopfen.

»Vielleicht geht es dir im Moment zu schlecht, um etwas zu sagen.« Ich wartete.

»Oder vielleicht sprichst du auch nicht meine Sprache und möchtest nur, dass ich weiß, dass es dich gibt?!«

Ich sprach immer sanfter und spürte, wie meine Handinnenflächen feucht wurden.

»Doch, ich verstehe dich«, erklang es ganz leise. Ich spürte den Kraftaufwand, der in dieser Äußerung lag, und glaubte, ein unterdrücktes Schluchzen wahrzunehmen.

»Hat dir jemand wehgetan?«, fragte ich nach einer Weile.

«Ja.« Es klang rau.

»Und du konntest dich nicht wehren?«

»Nein«.

»Gibt es einen Menschen, den du um Hilfe bitten kannst?«

»Nein, das geht nicht«, klang es jetzt verzweifelt. Es war die Stimme eines jungen Mädchens, ich schätzte sie auf dreizehn bis fünfzehn.

»War es das erste Mal, dass dir jemand so wehgetan hat?«, fragte ich vorsichtig.

»Nein, es gab schon viele Male.« Ihre Stimme war jetzt ruhiger und sicherer. Ich fühlte, dass sie noch nicht aufhören wollte.

»Kannst du versuchen, dieser Situation aus dem Weg zu gehen, damit das nicht mehr passieren kann?« Ich suchte meine Worte sorgfältig aus, um sie nicht zu überrumpeln. In meiner Vorstellung entstanden bereits Bilder von Gewaltakten gegen Mädchen, aber ich sprach keine der Möglichkeiten an.

»Es wird immer wieder passieren«, sagte ich auf einmal ernst.

»Aber ich halte es nicht mehr aus. Ich hab so schreckliche Angst.«

Meine innere Unruhe wuchs, und ich versuchte mir verschiedene Gesprächssituationen ins Gedächtnis zu rufen, die während meiner Ausbildung zur Beraterin für das Kinder- und Jugendtelefon eine Rolle gespielt hatten.

»Und du glaubst, dass dir niemand helfen kann?« Meine Stimme blieb ruhig. »Wenn nicht in deiner Familie, dann gibt es vielleicht eine Lehrerin, der du dich anvertrauen kannst, oder vielleicht die Mutter einer Freundin. Das ist ganz wichtig für dich, dass du von irgendeiner erwachsenen Person, der du vertrauen kannst, Unterstützung bekommst.«

»Ich weiß nicht. Mir fällt da niemand ein«, sagte sie zögernd.

»Wenn du keine Person kennst, an die du dich wenden willst, dann kannst du auch zu einer Beratungsstelle gehen. Dort brauchst du deinen Namen zunächst auch nicht zu sagen. Sag mir doch bitte, in welcher Stadt du wohnst, dann kann ich eine passende Beratungsstelle aus dem Internet für dich heraussuchen.«

Nervös tippte ich den Namen der Stadt, die sie mir genannt hatte, in die Tastatur des Computers und überflog die angezeigten Beratungsstellen. Langsam und deutlich sprach ich die Adressen und Telefonnummern in den Hörer.

»Glaubst du, dass du es schaffst dort anzurufen? Ich weiß, dass das sehr viel Mut von dir erfordert. Aber du bist mutig. Du hast es doch auch geschafft, hier anzurufen!« Leises Schluchzen. Der Kloß in meiner Kehle wurde immer dicker.

»Du bist tapfer, sehr tapfer«, sagte ich. »Und das, was mit dir geschieht, ist nicht richtig. Niemand hat das Recht, dir weh zu tun. Aber du schaffst es, da herauszukommen. Hab keine Angst, vertrau dir und deinem Mut.« Während ich so sprach, spürte ich, wie die Zuversicht in mir wuchs und die Verzweiflung langsam verschwand.

»Du wirst nach unserem Telefongespräch die Beratungsstelle anrufen, okay? Bitte versprich es mir. Es ist wichtig, dass du etwas unternimmst. Du bist mir wichtig. Ich möchte, dass es dir wieder gut geht.«

Ich hörte ein tiefes Seufzen. Dann ein vorsichtiges »Ja, ich werde es tun«, und dann noch: »Danke«. Sie legte auf.

Ich war ganz ruhig und hielt den Hörer noch eine Weile in der Hand. Draußen war es dunkel geworden. Ich knipste meine Schreibtischlampe an, stand auf und verließ den Raum.

WINTERLICHT

SABRINA
HELDMANN

»Komm schon, träum nicht, Natascha.« Die Stimme meiner Mutter riss mich aus meinen Gedanken.

Innerlich seufzend nahm ich ihr den Teller ab, den sie mir entgegenhielt, wischte ihn mit dem Geschirrtuch ab und stellte ihn anschließend auf den Küchentisch. Währenddessen warf ich einen flüchtigen Blick aus dem Fenster. Es wurde immer früher dunkel, die Dämmerung hatte bereits eingesetzt. »Papa kommt!«, rief ich, als ich seine vertraute Gestalt auf unser Haus zukommen sah.

Er besaß ein einträgliches Geschäft in Muzaffarabad, der Stadt im Norden Pakistans, wo wir wohnten. Schon waren seine Schritte auf der Treppe zu hören.

Ich lief zur Tür und begrüßte ihn stürmisch.

»Hast du auf mich gewartet?«, fragte er verwundert. Ich nickte flüchtig und zog ihn mit an den Tisch. »Schau mal, was ich geschrieben habe!«

Er beugte sich vor und besah sich die sorgfältig ausgeschriebenen englischen Wörter. »Das ist gut! Und du wirst immer besser!« Er klopfte mit dem Finger auf das Blatt. Sein Lob machte mich glücklich.

»Ja, schon … ja … hör mal, Kari, ich muss echt aufhören. Bei uns gibt's gleich Essen. Ja, also tschüss, bis morgen.« Ich drückte die rote Taste auf meinem Handy und beendete das Gespräch. Kari war meine beste Freundin, und für unsere Verhältnisse hatten wir nur kurz telefoniert. Ich stand auf und ging ohne Eile hinunter ins Wohnzimmer. Ich hörte meine Eltern in der Küche miteinander reden.

Mein Vater beklagte sich schon wieder über irgendeinen Politiker.

Ich seufzte.

Papas Lieblingsthemen waren: Arbeitslosigkeit, Gesundheitspolitik, Rentenniveau. Er konnte das endlos variieren, indem er über alles zugleich sprach.

Als ich in die Küche kam, blickte Mama auf. «Ah, Jessi, gut, dass du kommst, wir können gleich essen. Deckst du den Tisch, ja?«

Wortlos machte ich mich an die Arbeit, während Papa sich über korrupte Industriemanager in Deutschland ausließ. Selbst beim Abendessen redete er ununterbrochen weiter.

Ich stocherte lustlos im Essen herum. Das fiel ihm nach einer Weile auf. »Alles in Ordnung in der Schule?«, fragte er.

»Geht so«, murmelte ich, und schon hatte er sich wieder den Managern zugewandt.

Schließlich räumte ich meinen Teller in die Spülmaschine und lief zurück in mein Zimmer. Einen kurzen Moment zögerte ich, doch dann griff ich wieder nach meinem Handy. Kari hörte einfach gut zu.

Gedankenverloren blätterte ich in meinem Buch. Als meine Mutter in die Küche kam, blickte ich auf. Sie war beim Einkaufen auf dem Markt gewesen.

»Hilf mir doch beim Auspacken, Natascha«, bat sie mich.

Natürlich half ich ihr, ich hatte ja nichts zu tun. Ab heute war die christliche Schule, die ich besuchte, geschlossen, und das den ganzen Winter lang, denn den Unterricht im unbeheizten Schulgebäude abzuhalten, war unmöglich. Ich bedauerte das sehr, denn so würde der bevorstehende Winter uns allen wie eine endlose Durststrecke vorkommen.

Eine Gänsehaut lief über meine Arme. Das Fenster stand noch offen, und ein Schwall kalter Luft schwappte herein. Schnell schloss ich es. Aber ich hörte nicht auf zu zittern. So stark – konnte man so stark zittern? Aber das war gar nicht ich, der Boden selbst wackelte! Es war der Boden, und die Stöße wurden immer heftiger! Das Geschirr klirrte, das Obst, das wir kaum auf den Tisch gelegt hatten, rollte seitlich herunter, ein Stuhl fiel krachend um, aber er blieb nicht liegen, sondern hüpfte am Boden weiter. …

»Mama …«, schrie ich. Ich konnte mich kaum auf den Beinen halten und klammerte mich an den Tisch. Von draußen hörte ich Lärm und laute Stimmen.

In dem Moment stürmte mein Vater in die Küche. Ich hatte ihn noch nie so gesehen. »Raus!«, brüllte er. »Nehmt eure Jacken und Schuhe und lauft! Raus hier!« Sein Gesicht war weiß, und seine Stimme überschlug sich. Das Entsetzen, das aus seinem Schrei klang, erfasste auch auch mich.

Ich warf mich herum und lief zur Garderobe, wo ich meinen Mantel vom Haken riss und hastig die Schuhe überstreifte. Fast wäre ich auf der Treppe gestürzt, der Boden hob sich. Die Straße vor unserem Haus war überfüllt mit schreienden, kreischenden Menschen, Kinder weinten, die Leute stießen sich gegenseitig aus dem Weg. Die Menschen rissen mich mit, ich wusste nicht, wohin wir rannten. Dann stolperte ich über einen am Boden liegenden Körper, einen jungen Mann. Er war tot. Die Menge musste ihn niedergetrampelt haben.

Ich lief mit der Masse mit, die durch die Straßen stürmte wie eine in Panik geratene Viehherde. Die Angst vernebelte meine Sinne, ich bemerkte meine Schreie nicht mehr, auch nicht, dass ich selbst Menschen grob zur Seite stieß und über die Gestürzten hinweg lief. Häuser fielen in sich zusammen, Bretter und Dächer erschlugen die Unglücklichen, die am Rand der Straße liefen. Ich hatte schon jedes Zeitgefühl verloren, als das Beben einen weiteren Höhepunkt erreichte.

Ich rannte, stolperte, fiel hin, stand wieder auf … Die Schreie vermischten sich zu einem schrillen Sirren. Wenn meine Kräfte mich verließen, zwang es mich weiterzulaufen, egal wohin, nur weg, nur irgendwie entkommen. Entkommen vor etwas, vor dem es kein Entkommen zu geben schien.

Schließlich wurde das Grollen schwächer und ebbte ganz ab. Es war vorbei. Ich zitterte wieder, diesmal vor Erschöpfung. Ich löste mich aus der Menge und lief in eine breite Seitenstraße. Meine Knie gaben unter mir nach. Ich sackte zusammen und ließ mich fallen, als wollte ich nie wieder aufstehen.

Es ist vorbei, war der einzige Gedanke, den ich fassen konnte. Alles ist vorbei. Ich blieb mit geschlossenen Augen liegen, bis ich wieder denken konnte. Was war geschehen? Ich lag im Staub und hörte Stimmen. Jemand ging an mir vorbei. Warum? Und plötzlich ordneten sich meine Gedanken. Der Boden hatte geschwankt – ein Erdbeben. Die Trümmer, in denen ich lag – Zerstörung, überall! Die vielen Menschen, die in Panik durch die Straßen rannten – sie hatten ihre Häuser verlassen, um ihr Leben zu retten.

Und ich lag hier und – ich hatte überlebt. Ich lebte, doch es ließ mich kalt, es schien mich nicht zu betreffen. Ich sah mich selbst, ein dreizehnjähriges Mädchen, aber fühlte mich viel älter, als verstünde ich das alles, dabei verstand ich nichts. Wo waren meine Eltern? Ich musste sie suchen, sie machten sich doch sicher Sorgen um mich. Ich wollte aufstehen, doch erst beim fünften Versuch gelang es mir, mich auch nur aufzusetzen. Da war ein Stück Mauer, an das ich mich lehnte. Nach unglaublich langer Zeit konnte ich endlich aufstehen.

Gähnend stellte ich den Fernseher ab. Die allabendlichen Talkshows nervten mich nur. Wenigstens war heute Samstag, da konnte ich am nächsten Tag noch mal ausschlafen und musste nicht in die Schule. Steif vom langen Sitzen ging ich hinunter in die Küche, um mir ein paar Plätzchen aus der Speisekammer zu holen, die meine Mutter in ihrem Übereifer schon Anfang des Monats gebacken hatte.

Meine Eltern saßen im Wohnzimmer vor dem Fernseher. Gerade liefen die Nachrichten. Ich blieb einen Moment stehen, als Bilder eines völlig zerstörten Dorfes eingeblendet wurden. » Heute, am 8.10.2005 um 8.52 Uhr Ortszeit, suchte ein Erdbeben in Pakistan die Region um die Provinzhauptstadt Muzaffarabad heim«, wurde berichtet. Die Stimme des Sprechers klang fast gelangweilt, aber die Bilder sprachen eine ganz andere Sprache. Es verschlug mir fast den Atem, als eine Sammelstation gezeigt wurde, wo die Verletzten auf Matten am Boden lagen. »Schrecklich«, hauchte ich.

Mein Vater nickte, aber dann kam schon ein Thema aus der Wirtschaft, das eher nach seinem Geschmack war: sinkende Exportraten.Ich machte mich schnell davon, um seinen unvermeidlichen Kommentaren zu entgehen.

Meine ersten Schritte hatten mich zum Haus meiner Eltern geführt. Wie fast alle Gebäude in der Umgebung war es vollkommen zerstört. Ich versuchte, ein paar Steinbrocken mit bloßen Händen auf die Seite zu wälzen, aber allein konnte ich sie nicht bewegen. Ich kletterte auf den Berg von Schutt, um mich umzusehen. Die Trümmer gaben unter meinen Füßen nach, und plötzlich rutschte ich mit dem Fuß in eine Spalte. Ich schrie auf, als ich zu Boden gerissen wurde, und versuchte mich wieder aufzurichten, doch dann rutschten mehrere große Brocken hinter mir ab und ich blickte in einen schwarzen Hohlraum. Unsicher beugte ich mich vor und versuchte etwas zu erkennen. Durch meine Tränen konnte ich die Überreste eines Tisches ausmachen, daneben lag eine Tüte. Ich legte mich auf den Bauch, streckte den Arm hinunter und zog sie vorsichtig zu mir hoch. Essen! Mein Herz machte einen Sprung, als Brot und ein paar Äpfel herausfielen. Wenn ich sparsam damit umging, war es genug für mehrere Tage.

Ein kalter Windstoss fegte über mich hinweg. Ich blickte ängstlich zum Himmel. Wenn es zu schneien begann, war ich verloren. Was ich brauchte, war ein Unterschlupf. Ich sah mich um. Mein Blick fiel auf die niedrige Holzhütte da, wo früher unser Garten war. Steine hatten das Dach durchschlagen, aber sie stand noch, und sie war genau, was ich brauchte … Mein Mut, gerade noch so groß wie meine Hoffnung, sank plötzlich wieder.

Das Erdbeben lag vier Tage zurück, und ich hatte meine Eltern immer noch nicht gefunden. Es wurde mit jedem Tag kälter, und erst in der letzten Nacht waren Hilfskräfte eingetroffen. Die Verzweiflung aller Menschen lag wie dichter Nebel über unserer Stadt.

Am Morgen hatte ich zwei Männer belauscht, die von einer Sammelstation sprachen. Sie lag etwa einen Tagesmarsch entfernt, im Südwesten. Die Männer sagten, dass sich schon viele auf den Weg gemacht hätten. Auch ich überlegte, dorthin zu gehen. Vielleicht fand ich dort meine Eltern.

Natürlich sprachen wir auch in der Schule über das Erdbeben. Unsere Lehrerin schlug vor, dass wir Hilfspakete zusammenzustellen und in das Katastrophengebiet schicken sollten.

»Habt ihr Vorschläge, was man in die Päckchen hinein tun könnte?«, fragte sie. Ich seufzte. Sie behandelte uns wieder mal wie Babys. Trotzdem machten einige Vorschläge: Kleidung, Süßigkeiten, Kuscheltiere.

Mir fiel etwas ein, und ich meldete mich ohne nachzudenken.

»Etwas, was Hoffnung macht! Eine Kerze vielleicht.«

Die letzte Reihe kicherte sofort los, und ich drehte mich wütend um.

»Warum denn nicht? Die Leute haben alles verloren, die brauchen Mut!« Ich verschränkte die Arme und lehnte mich trotzig auf meinem Stuhl zurück.

Ich kniff angestrengt die Augen zusammen. Der kalte Wind blies mir schneidend entgegen. Ich warf einen letzten Blick auf meine zerstörte Heimat und zog meinen Mantel enger. Der Schnee konnte jederzeit kommen, aber ich hoffte, dann nicht mehr unterwegs zu sein.

»Kommst du?«, fragte Fatima. Ich hatte mich ihr und ihren drei Kindern auf dem Weg zur Station angeschlossen. Wir kamen durch ausgestorbene Dörfer und sahen auffällig viele Grabstätten. Am Nachmittag machten wir eine Rast. Meine Füße schmerzten seit der ersten Stunde. Fatima reichte ihre letzte Schachtel Kekse unter ihren Kindern herum und bot sie schließlich auch mir an. Ich sah zu den Kindern und schüttelte den Kopf.

Als wir wieder aufbrachen, waren die Wolken noch dichter geworden. Wenig später spürte ich die erste Schneeflocke an meiner Wange. Ich hatte Schnee immer gemocht, doch jetzt war er der Vorbote des Todes. Er würde uns die letzten Kräfte rauben.

Nachts herrschten schon Temperaturen von minus fünfzehn Grad. Die Alten und Kinder erfroren so leicht im Schlaf, aber auch ein kräftiger erwachsener Mensch, der draußen schlafen musste, konnte nicht wissen, ob er am nächsten Morgen wieder aufwachen würde. Den Winter überstand man nur mit einem Dach über dem Kopf unbeschadet.

Der Schnee fiel immer dichter, je länger wir unterwegs waren, und der Wind trieb ihn uns unbarmherzig ins Gesicht. Es dämmerte bereits, als endlich das erste Zelt der Station hinter einem Hügel auftauchte.

Zuhause begann ich sofort zu packen. Ich suchte ein Paar Handschuhe und einen Schal aus dem Schrank und legte sie mit einem kleinen Block und Stiften in einen Schuhkarton. Nach kurzem Zögern packte ich auch noch ein weiches Stoffhäschen mit hinein, das mir Kari geschenkt hatte. Dann dachte ich an die Situation in der Schule und nahm eine noch nicht gebrauchte Kerze vom Fensterbrett. Ich legte sie sorgfältig mit einer Packung Streichhölzer neben das Häschen.

Mich fröstelte. Ich stand etwas abseits vom Gedränge um die beiden Männer aus Europa, die Weihnachtspakete verteilten. Wir waren schon seit Wochen in der Station. Meine Eltern hatte ich nicht gefunden, und ich hatte auch keine Hoffnung mehr, sie jemals wiederzusehen.

Fatima hatte sich meiner angenommen. Sobald es wärmer würde, wollten wir aufbrechen, zurück in die Stadt.

Durch die Menge sah ich Fatimas Tochter Sara, die gerade ihr Päckchen bekam. Sie redete mit dem jungen Mann, und er nahm noch ein zweites aus dem Stapel.

Dann drehte sie sich um und lief auf mich zu. »Frohe Weihnachten«, rief sie und drückte mir eines davon in die Hand.

»Vielen Dank!«, sagte ich stotternd. »Dir auch frohe Weihnachten!« Ich umarmte sie und ging mit ihr zu Fatima zurück. Wir setzten uns in ihr Zelt, um auszupacken.

Während die Kinder ihre Pakete mit großem Jubel öffneten, hob ich den Deckel meines Kartons andächtig ab. Ich fand Handschuhe und einen Schal, ein weiches Kuscheltier, einen Block und Stifte, eine Kerze und Streichhölzer. Ich blickte die Kerze an. Früher hatten wir zu Weihnachten viele Kerzen aufgestellt.

Ich stellte sie auf den Boden und zündete sie an. Tränen rannen mir übers Gesicht. Ich merkte nicht, dass die Kinder verstummt waren und mich ansahen. Ich dachte in diesem Moment nur, dass ich es vielleicht schaffen konnte. Dass ich wieder zur Schule gehen und alles gut werden würde.

Fatima beugte sich über mich und schloss mich in die Arme. Ich drückte mich an sie. Ja, ich hatte Menschen gefunden, denen ich vertrauen konnte, und alles würde wieder gut werden. Ich glaubte einfach daran.

DIE BEHUTSAME SUCHE NACH DEM WESEN DER ZUFRIEDENHEIT

CHRISTINA
LUX

Indonesien. Im Sommer 2005 bin ich auf Java, der hoffnungslos überbevölkerten Hauptinsel des Archipels. Rund 70 Prozent der Gesamtbevölkerung leben hier auf sieben Prozent der Fläche des Landes. Es gibt wenig Platz, wenig Arbeit, wenig Perspektiven für den größten Teil der Menschen.

Ich bin unterwegs mit einer indonesischen Freundin, wir haben 1000 Euro bei uns, die Spende eines deutschen Krankenhauses. Wir entschließen uns, in das kleine abgelegene Dorf Gandu zu fahren, um zu »helfen«. Wir werden herzlich aufgenommen, meine Freundin hat dort Verwandte. Meine guten Indonesischkenntnisse nützen mir hier nichts, denn die Dorfbewohner sprechen nur Javanisch, eine schwierige Regionalsprache. Ich kann kaum mit ihnen sprechen, also beobachte ich.

Die Menschen leben in relativ großen Holzhäusern, die Wände stehen auf der nackten Erde, es gibt keinen Strom. Nachts laufen die Hühner durch den Raum, gekocht wird an einer Feuerstelle auf dem Boden in einem Raum, der bei uns wohl Küche heißen würde. Ein Badezimmer gibt es nicht, man wäscht sich direkt am Brunnen. Toilette? Die sucht man sich individuell im Gebüsch. Männer und Frauen arbeiten auf den Feldern, bauen Reis und Mangos an. Die Kinder laufen weit zur nächsten Bushaltestelle, um zur Schule in die nächstgrößere Stadt zu fahren, eine Stunde entfernt. Einen kleinen Transporter teilt man sich mit den Nachbardörfern, falls etwas Wichtiges ansteht. Es gibt einen kleinen Gebetsraum und einen Friedhof, die Menschen sind Muslime, wie 89 Prozent der indonesischen Bevölkerung. Sie verlassen ihr Dorf so gut wie nie, haben keine Fernseher in ihren Hütten und keine Handys, kein Internet und keine Küchengeräte.

Aber *fehlt* ihnen wirklich etwas?

Meine Freundin ist Krankenschwester; alle nehmen diese Chance wahr und lassen sich untersuchen, denn einen Arzt gibt es im Dorf nicht. In einer zwei Stunden entfernten Stadt kaufen wir von den deutschen Spenden Medikamente und Kleidung, Schulutensilien für die Kinder und Lebensmittel. Später bereiten wir ein großes Festessen vor, rund sechzig Leute kommen am Abend zusammen und essen gemeinsam die Köstlichkeiten, die es sonst nicht gibt im Dorf: Kuchen und bergeweise frisches Obst, Fisch und Limonade. Die Kinder freuen sich über deutsche Schokoriegel und Stofftiere. Alle sind froh und nehmen unsere Gaben bereitwillig an. Doch im Laufe des Abends wird mir hier klar: Diese Menschen brauchen unsere »Hilfe« nicht, sie sind zufrieden mit ihrem Leben und lieben ihr Dorf. Ich glaube, sie betrachten unsere Spenden eher als nett gemeinte Geschenke denn als »Hilfe aus dem reichen Deutschland für die armen indonesischen Dorfbewohner«. Objektiv gesehen, sind sie zwar *arm*. Arm an finanziellen Mitteln, persönlichem Besitz und Zukunftschancen. Doch sie scheinen weitaus zufriedener als wir. Sie haben nicht viel, aber das Wenige schätzen sie.

Wie ist es mit uns? Wir haben viel und doch nie genug. Vielleicht sind in Wirklichkeit wir es, die Hilfe benötigen, Hilfe zu lernen, das Leben höher zu schätzen?

Ich reise oft und weit, für meine 23 Jahre habe ich sehr viel von der Welt gesehen. Mein Lebenslauf ist voll mit »Auslandserfahrungen«, alle Ersparnisse gehen stets für Reisen drauf. Es zieht mich immer wieder in die Ferne. Ich wohne nicht in Hotels, lasse mich von keinem Reiseleiter führen. Ich besuche Workcamps und nehme an Jugendbegegnungen teil oder reise allein, um möglichst viel »authentisches Leben« aufzufangen. Einerseits ist es die Neugier, immer Neues zu entdecken, neue Erfahrungen zu sammeln, mich unbekannten Herausforderungen zu stellen. Andererseits habe ich auch oft das Gefühl, als Angehörige einer Industrienation die Pflicht zu haben, mein Geld sinnvoll zu investieren, zu helfen, wo es nötig ist.

Aber für wen ist es nötig?

Wo ich hinkam, lernte ich überall glückliche Menschen kennen. Es sind Menschen, deren Lebensweise sich von meiner eigenen in Europa teilweise extrem unterscheidet. Müssten die Menschen nicht alle tief frustriert, hoffnungslos und wütend sein, angesichts dieser globalen Ungerechtigkeit? Nein, sie sind es nicht.

Unzufrieden und pessimistisch sind vielmehr wir Bürger der Industriestaaten. Da stellt sich noch einmal die Frage: Wer braucht denn nun die Hilfe? Ist nicht die Wertschätzung eines bescheidenen Lebens weitaus wertvoller als das frustrierte Dahinvegetieren in einer Region der Welt, die zwar alles verspricht, aber nur innere Leere bietet?

Ich bin frustriert: vom deutschen Pessimismus und den schlecht gelaunten Menschen auf den Straßen. Ich sitze vor dem Fernseher und schaue Reisedokus. Das Fernweh packt mich regelmäßig, schnell ist der nächste Flug per Internet gebucht – immer weiter weg, zu immer exotischeren Zielen. Ich weiß, auch ich werde nie zufrieden sein, da ich niemals alles werde sehen können auf der Welt. Was mich ein wenig zufriedener macht, ist zu sehen, dass es Menschen gibt, die durchaus anerkennen können, was sie haben. Die ihr Leben so schätzen und genießen, wie es ist. Die ihr Dorf und ihre Heimat akzeptieren können, ohne immerzu die Mängel kritisieren zu müssen. Was mache *ich* eigentlich? Ich zahle viel Geld, um zufriedenen Menschen beim Leben zuzusehen, anstatt selbst zufrieden zu leben, wofür mein Heimatland, materiell gesehen, ja beste Bedingungen bietet.

Ich werde weiter reisen. Aber nicht mehr wie früher mit dem Vorsatz, »den Armen zu helfen«, sondern nur noch, um interessante Mitmenschen in anderen Teilen der Welt kennenzulernen, vielleicht Freunde zu finden. Um gemeinsam Neues zu erfahren und zu erlernen.

Es gilt, der Neugier ein neues Ziel zu geben, jenseits egozentrischer Selbstbestätigung oder des »Helfersyndroms«, dessen sich so viele Reisende in »Entwicklungsländer« gar nicht bewusst sind.

Im Dorf Gandu wird das Leben nach unserer Abreise weitergehen wie zuvor. Die Kinder haben neue Schulhefte, die Alten ein paar Medikamente, doch abgesehen davon wird sich nichts ändern, man wird sich noch einige Zeit von den beiden netten Frauen erzählen, die das Dorf besucht haben.

Für mich aber waren die Tage dort sehr emotional und haben mir bewusst gemacht, dass ein junges Dorfmädchen, das auf dem Feld arbeitet, weit mehr Selbstbewusstsein und Lebenserfahrung haben kann als eine engagierte Studentin aus Deutschland.

Nachtrag: An einem Nachmittag hatten mich die Kinder aus dem Dorf mitgenommen zum Fluss, sie wollten mir eine Stelle zeigen, wo sie häufig spielen und ihre Mütter die Wäsche waschen. Ich saß am Ufer und schaute ihnen beim Herumtollen im Wasser zu, als sie mich aufforderten mitzuspielen. Ich versuchte barfuß durch den Fluss zu waten, aber die Steine waren glitschig und ich konnte mich kaum aufrecht halten. Da nahmen sie mich an der Hand und führten mich durchs Wasser, weil ich allein nicht von der Stelle kam. Später saßen wir lange im Wasser, und sie zeigten mir, wie man aus Algen lustige Frisuren macht. Ich lernte die Anfänge. An diesem Nachmittag lebten wir gemeinsam. Wir alle waren bester Laune. Sie haben mich, die Fremde, angeleitet und integriert.

NEUSCHNEE

JULIA
EDTBRUSTNER

Beim Verlassen seiner Wohnung fällt mir gleich auf, dass der Neuschnee auf den Gehsteigen schon zu Matsch getreten wurde. In der Nacht hat Johannes sich von mir abgewandt, ist in diesen selbstgenügsamen Schlaf versunken, in dem sein Körper keine Gesellschaft duldet. Ich wickelte mich in seine getigerte Flauschdecke. Wie viele Frauen sie wohl schon gewärmt hat? Es müssen viele gewesen sein, denn Johannes ist schön, charmant und geheimnisvoll. Seine Worte tänzeln zwischen Ernst und Witz, lassen alles in der Schwebe, und ein gewichtiges »Wir« kommt ihm nicht über die Lippen. Wann immer ich in den vergangenen Wochen nachts wach lag und an die Decke seiner Wiener Wohnung starrte – auf diesen stummen, zwölfarmigen Lüster, dessen Glasprismen mich im Halbdunkel an scharfkantige Metallblätter erinnern –, wusste ich: Der Boden unter mir hat längst nachgegeben, und über mir blitzt schon das Fallbeil. Ich bin einundzwanzig und bereits vertraut mit dem hässlichsten Gesicht der Einsamkeit: Es stiert dich an, wenn du den Menschen, den du liebst, umarmst. Wenn deine Blicke und warmen Gesten die Distanz nur kurz unterbrechen, sie aber nie zu überwinden vermögen.

Johannes bügelte an diesem Morgen seine Hemden. Ein Klavierstück von Chopin durchflutete den Raum, während ich auf dem Teppich lag und weinte. Der Walzer in B-Moll, über dessen Melancholie die Patina einer undeutbaren Verheißung lag, tropfte wie heißes Wachs auf mich herab. Mein Abschiedswalzer, dachte ich, denn an diesem Tag sollte ich abreisen, zurück an meine italienische Universität. Aber mit weinenden Frauen wusste Johannes wohl nie viel anzufangen. In Bügeldampf gehüllt, sagte er sichtlich gereizt, er wünsche, ich ließe mich nicht so gehen. Doch er ließ mich so gehen. Wo und wann mochte er sich diese innere Imprägnierung zugelegt haben, an der ich abperlte wie an einer Regenhaut?

Jetzt fressen sich die Januarkälte und die Nässe in meine Schuhsohlen. Ich bin unterwegs in mein früheres Studentenwohnheim, um auf Margit zu warten. Sie wird mich zum Südbahnhof begleiten. Wir werden lebhaft über die Zugfensterscheibe hinweg gestikulieren und uns zu verstehen geben, dass wir einander vermissen werden. Sie wird wissen, dass ich auch wegen dieser spärlich erwiderten Liebe weine, die mich so fest an Johannes bindet.

Nach der zweiten Tasse Tee im Café des Studentenwohnheims drängt die Zeit, und Margit, die nur ein paar Einkäufe erledigen wollte, ist noch nicht aufgetaucht. Ich muss meinen roten Schalenkoffer allein zum Bahnhof schleppen. Enttäuschung steigt in mir auf: nicht herb, nicht bitter, nicht stechend, sondern klamm und dumpf.

Auf dem Weg zur Straßenbahnstation komme ich nur schleppend voran, da der gestreute Rollsplit die Kofferräder blockiert. Es ist früher Abend. Stoßzeit. Die Autos schlucken die fallenden Schneeflocken, ihre Scheinwerfer zerschneiden die Dunkelheit, die sich in die weniger befahrenen Seitenstraßen flüchtet. Unter den Mützen und Stirnbändern der wartenden Fahrgäste erkenne ich kein einziges vertrautes Gesicht. In einer Großstadt? Was hast du erwartet, weise ich mich zurecht. Dann darf ich ihn abstellen, den schweren Koffer, um auf die Straßenbahn zu warten, und kann mich durch keinen Handgriff mehr zerstreuen. Wie entwurzelt ich mich fühle. So fremd. Und auf dem Weg in eine Stadt, in der ich mich noch entwurzelter, noch fremder fühlen werde. Niemand da, der mich zum Abschied umarmt, niemand, der mich begleitet.

Aus meiner Schwermut reißt mich ein Hupkonzert. Die Ampel hat auf Grün geschaltet, aber die Autos werden am Weiterfahren gehindert – von einem jungen Mann, der es ebenfalls sehr eilig zu haben scheint, denn er ist von der gegenüberliegenden Seite auf die Straße gerannt. Ich sehe, wie er die Hände vorstreckt, um den Fahrern Einhalt zu gebieten, und wie er sich, unbeirrt von Lärm und Aufruhr, zwischen den Autos hindurchschlängelt. Auf meiner Straßenseite stürmt er weiter, stürmt direkt auf die Gruppe der Wartenden zu, in deren Mitte ich stehe – stürmt auf mich zu. Und umarmt mich so schnell, dass es in mir den Reflex auslöst, ihn ebenfalls zu umarmen. Und da mir nun zu Bewusstsein kommt, dass ich meine Arme um einen Fremden geschlungen habe, nehme ich Abstand, weiche einen Schritt zurück, lächle unsicher. Er lächelt auch, nein, er strahlt mich an, in seinen hellblauen Augen scheint eine Zärtlichkeit auf, die mich rührt und bewegt und befremdet und beängstigt. Es ist auch soviel leichter, Liebe anzunehmen, um die man sich vorher redlich bemüht hat, als Liebe, die einfach – so unerwartet, so unverhofft – geschenkt wird. Ich mustere ihn aufmerksam, versuche ihn zu deuten. Jetzt fällt mir auch auf, dass seine Bewegungen so fahrig anmuten, als wolle sein Körper aufbegehren gegen die Befehle, die ihm der Wille erteilt. In seinem Gesicht ist alles ruhig, gelöst, ausgeglichen. Er sieht mich an, doch nicht um eines Enträtselns willen. Hat dieser junge Mann mit den Resten einer leichten Akne auf der Stirn zu mir eine Zuneigung gefasst, weil er meinen Kummer erkannt hat und uns bekümmerte Menschen oft an die sanften, zärtlichen Seiten in uns erinnern? Oder meint er, in meinem Gesicht, in meiner geknickten Haltung eine Verwundung zu lesen, der er sich verwandt fühlt?

Er bewertet mich jedenfalls nicht. Vielleicht folgt er einer Intuition. Und es ist gut, dass er sich nicht durch die ungewöhnlichen Rahmenbedingungen unserer Begegnung zum Sprechen gedrängt fühlt.

Weshalb mag er wohl hier allein unterwegs sein? In der Schar der Wartenden Fahrgäste wirkt er wie ein Fremdkörper. Aus den Augenwinkeln beobachte ich ein junges Pärchen, das ihn anstarrt.

Die Straßenbahn kommt, ich mache Anstalten, mich zu verabschieden. Ich sage: »Da ist meine Straßenbahn. Ich muss gehen.« Als ich mich nach meinem roten Schalenkoffer bücke, nimmt er ihn wortlos und steigt mit mir in die Bahn. Alle Plätze sind besetzt, wir drängen uns in den hinteren Bereich des Waggons, um mit dem plumpen Gepäckstück nicht den Unmut der Aus- und Einsteigenden zu erregen. Als hinter den beschlagenen Fenstern das Rathaus und das Parlament an uns vorbeiziehen, flackern Erinnerungsbilder in mir auf: Johannes, der nackt und fröstelnd durch die Zimmer eilt, ehe er zu mir in ein heißes Schaumbad gleitet, oder der Fonduetopf, der in der Silvesternacht Feuer fängt, die verwinkelten Gassen meiner Universitätsstadt Urbino, die Schneelandschaft um das Haus meiner Eltern, die zu Neujahr alle Geräusche dämpft. Ich sehe vor mir die Balkontür mit den festgefrorenen Schneekristallen und Margit, die im roten Mantel durch die Stadt eilt, leichtfüßig und anmutig wie eine Gazelle, und wieder Johannes, immer wieder Johannes.

Dass auch ich schweige, scheint in meinem stummen Begleiter kein Unbehagen auszulösen. Er ist mir umso näher, weil wir einander nichts erklären müssen, und er erstaunt mich auch: Ihm scheint zu genügen, was ist. Ich hingegen bin so selten im Kristallisationspunkt des Jetzt, vergleiche immer mit früheren Situationen und Erfahrungen oder messe mit dem Maßstab meiner in die Zukunft projizierten Sehnsüchte, was dazu führt, dass das Gegenwärtige verarmt und viel an Charme und Magie einbüßt.

Wir fahren fünfzehn Minuten, bevor wir die Endstation erreichen, den Südbahnhof. Eine kleine Gruppe von Norditalienern steigt aus, blickt zögernd um sich und schlägt die Richtung der Eingangshalle ein.

Mein Begleiter nimmt schon wieder meinen roten Koffer, stellt ihn am Seiteneingang ab und geht davon, ohne Gruß und ohne letzten Blickkontakt. So schnell und so überfallartig er gekommen ist, so unauffällig verschwindet er im fahlen Licht der Straßenlaternen.

In einer Erzählung von Ingeborg Bachmann las ich einmal den Satz: »Es ist nicht die Art des Himmels, das Haupt zu erheben.«

Mag sein, dass der Himmel den Verwirrten unter ihm nicht oft den Weg weist. Dass ich an jenem finsteren Januarabend viel weniger verloren war, als ich glaubte, und dass ich mit einer liebevollen Geste verabschiedet wurde, habe ich diesem jungen Mann zu verdanken. Ich vermute, er konnte kaum sprechen, denn er öffnete manchmal stumm den Mund oder spitzte ihn, ohne etwas zu sagen. Aber er begegnete mir mit unwiderstehlicher Unbefangenheit und Herzlichkeit, ganz frei von Berührungsängsten. Für mich eine magische Begegnung. Denn wie oft kommt es vor, dass jemand die Bedürftigkeit eines fremden Menschen nicht nur spürt, sondern auch danach handelt? Viele weichen aus – vielleicht aus Unsicherheit, vielleicht auch, weil sie selbst zu bedürftig sind.

Ich halte es für höchst unwahrscheinlich, dass mein junger behinderter Helfer im Laufe seines Lebens immer nur auf Offenheit und Verständnis gestoßen ist. Und trotzdem kam er auf mich zu und wurde mir zu einer Weisung des Himmels. Der Gedanke an ihn wird mich immer mit großer Dankbarkeit erfüllen.

NACHTWACHE

ANKE
EIBEN

21:30 Uhr. Ich bin auf dem Weg zur Nachtwache. Ein stiller, schöner Abend, kaum Menschen und Fahrzeuge auf den Straßen, durch die ich radle. Natürlich, alle genießen ihren Feierabend. Mein heutiger Tag war lang und voller Arbeit. Für Mittagsschlaf – hatte ich mir den nicht vorgenommen? – war keine Zeit, oder keine Ruhe? Im Moment verstehe ich nicht, warum ich diese Nachtwache angenommen habe. Ich fühle mich leer, matt, müde und ausgelaugt. Aber ich bin eben eine von denen, die nicht nein sagen können, deshalb bin ich nun wieder dran – oder?

Was wird mich heute Abend erwarten? Ich weiß dieses Mal: kein versteckter Hausschlüssel, kein fast leeres Haus, in dem ich allein alles finden muss, das Zimmer, die Kranke oder den Kranken, dazu alles, was ich sonst noch brauchen könnte – dieses Mal werden Angehörige da sein, und ich werde nicht ganz auf mich allein gestellt sein. Wie wird der Empfang sein? Reserviert? Manchmal empfinde ich mich als Dienstleistende. Doch die Vorstellung: »Ich komme vom ambulanten Hospizdienst« öffnet oft mehr alsnur die Haustüren weit. Wird mir diesmal Dankbarkeit entgegenkommen, so wie damals bei der Tochter, die trotz der Angst vor der Nacht mit ihrer sterbenden Mutter erst nicht wagte, mich um eine Nachtwache zu bitten? Als ich dann aus einem inneren Antrieb heraus kam,, war sie so unendlich erleichtert. Oder bei einer anderen Tochter, die das lange Sterben der Mutter nicht mehr ertragen konnte und sich dann, endlich, von ihrem übermächtigen Pflichtgefühl freimachen und mir die Verantwortung übergeben konnte? Ja, meistens sind es Töchter oder Ehefrauen, seltener Söhne und Ehemänner, an deren Stelle ich nachts Dienst tue.

Wie wird die Begegnung mit dem Kranken sein? Wird er oder sie mich – eine Fremde, schon wieder! – noch begrüßen können und wollen? Oder komme ich für ihn selbst schon zu spät und muss mich auf trauernde, verstörte oder auch erleichterte Angehörige einstellen? Und wenn es noch nicht zu spät ist, werden wir miteinander ins Gespräch kommen, am Ende sagen, dass wir uns eigentlich schon ganz lange kennen müssten, sind wir uns doch in vielen Gedanken so nahe? Werden wir uns dann noch viele weitere gemeinsame Gespräche wünschen?

Abends durch die Stadt zu radeln ist ein besonderes Erlebnis, und fast kommt sie mir neu und fremd vor – Stille, Frieden, Musik hier und da und Grillfeuer, im Winter die erleuchteten Fenster und nicht selten der Duft von brennendem Holz. Ich liebe diese Stimmungen und sie helfen mir, mich auf meine Aufgabe einzustellen. Muss ich mit dem Auto fahren, in eine Stadt oder ein Dorf, ist es mir wichtig, noch Zeit zu haben, um in Ruhe die Atmosphäre der Umgebung »einzuatmen«.

Dann bin ich auf alles vorbereitet: großzügige Wohnungen mit einem Zimmer für mich mit Liege und Decke in Hörweite des Kranken, Räume in Alten- und Pflegeheimen, manchmal ein Bett direkt neben dem Sterbenden, manchmal nur einen Stuhl, manchmal gar nichts; enge Wohnungen, oft noch vollgestellter als bei mir zu Hause mit Dingen, die ihren Bewohnern lieb und teuer sind. Verriegelte Haus- und Wohnungstüren, aber auch unverschlossene und welche, die schon offen stehen, wenn ich komme.

Und die Fürsorge für mich, fast immer: zu trinken, zu essen, Obst, Kekse, Süßes … es tut gut, auch wenn ich gar nichts brauche.

Manchmal herrscht rücksichtsvolle Stille und Andacht, zu merken an der Art des Sprechens, an offenen Fenstern oder brennenden Kerzen oder der immer beeindruckenden, anrührenden Fülle frisch geschnittener Blumen, die – eigentlich schon tot – so voller Leben ein liebevoller Begleiter auf dem Weg des Sterbens sind.

Aber es gibt auch ganz normale, lautere Stimmen – Sterben ist ein Teil des Lebens – und noch die ganz lauten, die den Abschied, die Trennung, die Angst übertönen sollen.

Ich begleite, wenn nötig und möglich, zur Toilette, besorge Essen und Trinken, Wasser, auch Wein, Bier oder Sekt, die letzte Zigarette vor der Nacht, alles auf Wunsch des Sterbenden oder, wenn er sich nicht mehr äußern kann, auf Anweisung der Angehörigen und des Pflegedienstes. Die Bedürfnisse des Patienten sind für mich Maßstab. Was er möchte, was ihm gut tut, tue ich nach Möglichkeit für ihn. Ich decke zu oder auf, schüttle aus, wechsle Kissen und lagere nach Wunsch und Zeitplan um, wecke für die Einnahme der Medikamente, verabreiche sie, wasche Hände und anderes, wische Schweiß von der Stirn, gebe zu trinken, lieber mit Knickstrohhalm als mit der »bewährten« Schnabeltasse, träufle mit einem Löffelchen Flüssigkeiten auf die Zunge oder betupfe sie.

Das alles sind mögliche Tätigkeiten. Die meiste Zeit jedoch tue ich gar nichts. Ich bin nur da, sitze still am Bett, abseits oder im Nebenraum, lasse den Sterbenden allein, wenn er es braucht und möchte – und ich auch. Manchmal lese ich. Oder ich sitze am Bett, höre zu, versuche es mitzutragen, wenn – nur selten – die Frage: »Warum ich, warum schon jetzt?« kommt, wenn das Ende bewusst wird, fast da ist. Da hilft aus eigenem Erleben nur, die Hand zu halten, gemeinsam die Angst zu benennen, zu ertragen und alles, auch die eigene Angst, zu durchleben, zu verarbeiten. Manchmal ist mir dann plötzlich die Melodie eines Chorals, eines Liedes im Kopf, ich singe, ich summe leise – vielleicht mehr für mich. Aber was mir früher schon half, wenn ich als Kind in den dunklen Keller musste, hilft jetzt vielleicht auch dem andern …

Wenn die Sterbenden sich zwischen Bewusstheit und Unbewusstheit befinden, ihre Worte oft unverständlich bleiben, Gedanken an endgültig im Leben Verpasstes sie überkommen – oder auch nur an grüne Bohnen, die nicht eingefroren wurden und in der Vorstellung noch immer auf dem Küchentisch warten – und wenn sie dann mit aller Macht und Gewalt aufstehen wollen, obwohl das vom Zustand her völlig unmöglich ist, versuche ich, sie in ihrer Wirklichkeit abzuholen, ihre Not und ihre Bedrängnis ernst zu nehmen, sie in ihrem Denken zu begleiten zu einem gnädigen Morgen, der – ich bin mir ganz sicher – für all ihre Probleme eine Lösung bringen wird.

Es ist oft ein Mensch, der ihnen sehr nahe steht, den die Angehörigen mir anvertrauen – einer Fremden. Manchmal frage ich mich, würde ich mich vertrösten lassen wollen von einem fremden Menschen, der – statt des mir Nächsten – an meinem Bett säße, wenn meine Zeit fast abgelaufen ist? Solche Momente fordern mich fast am meisten, wenn der Kranke oder Sterbende viel lieber einen ihm nahen Menschen an seinem Bett hätte – nicht mich: Ich verstehe seinen Wunsch, den er immer wieder ausspricht. Darf ich dann noch versuchen ihn zu trösten, zu vertrösten? Mit ihm zu verhandeln, um den Angehörigen ein wenig mehr Schlaf zu gönnen? Manchmal nicht – aber woher weiß ich es? Damals, am Sterbebett meines eigenen Vaters, fühlte ich mich überfordert, fast hilflos, aber ich hielt die Nacht durch, stand sie durch. Ich habe es nicht vergessen.

Ich habe es nicht vergessen. Meine Ausbildung zur Hospizhelferin hat mich bewusster und reifer gemacht: Sie hat mir Mut gegeben, den Mut, darauf zu vertrauen, dass ich den Weg erahne, der für den mir Anvertrauten richtig ist. Ich fühle den Puls. Die Hand liegt leicht in meiner, ich horche auf den Atem. Es tut mir gut, auf den Balkon zu treten und den Himmel über der schlafenden Stadt zu sehen, ein wenig umher zu gehen oder meinen Blick durch die Wohnung schweifen zu lassen: Ich sehe Familienbilder, Bücher, Möbel … alles, was diesen Menschen umgibt, für ihn wichtig ist, seinem Leben Sinn gibt. Ich nehme es in mich auf, es bleibt in mir geborgen. Oft lässt mich die Fülle eines

Lebens, die so offenbar wird, staunen – hatte ich das erwartet als ich auf den Klingelknopf drückte? Ein Lebenskreis schließt sich.

In dieser Nacht erlebe ich nicht die plötzliche Stille nach einem letzten Atemzug. Der Kranke hat ruhig geschlafen, auch ich ein wenig. Er blickt auf, als ich zum Abschied an seinem Bett stehe, und drückt meine Hand.

BETT 29

BIRGIT
JENNERJAHN-HAKENES

Bett 29, schweres SHT mit nachfolgender retrograder Amnesie, sekundärem Intubationsgranulom …

Ich höre nicht weiter zu, denn hören und begreifen gehen nicht konform. Ich unterrichte Deutsch und Englisch am Gymnasium, doch das hilft mir nicht weiter. Nicht hier, wo ich Bett 29 bin.

Ich warte darauf, dass diese wöchentliche Chefvisite an ihr Ende kommt, warte, dass sie mir Papier und Bleistift in die Hand drücken, um zu testen, ob ich mein Gedächtnis wiedererlangt habe. Es geschieht zum wiederholten Mal. Ich strenge mich nicht mehr an, kringle große, bedeutungslose Formen aufs Papier, um mir dann anzuhören, dass man mich nicht ewig hier behalten kann.

»Gesundheitsreform, wissen Sie?«

Weiß ich. Es ist ein Vorwurf, und der bleibt im Raum hängen wie feiner Rauch.

O ja, ich weiß Bescheid: Sommerferien. Ich verlasse Thomas. Ohne Grund. Ich packe, verschließe die Midlife-Crisis im Koffer, den Koffer im Kofferraum. So. Dann fahre ich los, überschlage mich, rase die Böschung hinab. Ich erwache im Krankenhaus. Ein Wunder, aber nicht wunderbar. Mein vorheriges Leben verbrannt im Auto. Keiner, der mich vermisst.

Ich habe meinen Weggang im Freundeskreis angekündigt. In zwei Wochen sind die Ferien um. Seit vier Wochen bin ich Bett 29.

Mein neues Leben erstrahlt in sterilem Weiß. Will ich in das vergangene Schwarzweiß zurück? Ich schmecke ein salziges Rinnsal, das aus meinen sehschwachen Augen läuft, als die Tür wieder geöffnet wird.

»An Ihrer Stelle würde ich auch weinen«, sagt sie mitfühlend, und dann, näher an meinem Bett, erklärt mir die Schwesternschülerin, warum ich nicht sprechen kann. Der Beatmungsschlauch hat bei der Narkose meine Stimmbänder verletzt.

»Aber machen Sie sich keine Sorgen. Bald werden Sie wieder sprechen können.«

Bald? Vier Buchstaben, so dehnbar wie die Hüpfbänder auf dem Schulhof. Beim Gummitwist.

Das junge Mädchen versteht.

»Keine Angst. Ich weiß, dass Sie schreiben können«, sagt sie und reicht mir das Werkzeug. Kein Chirurgengriff, sondern warme, lebendige Menschenhände.

Ich tränke das Papier, mit weiteren Tränen statt mit sinnvollen Worten. Sie scheinen dem monotonen Weiß anheimgefallen zu sein. Meine Hände zittern.

»Sonst weiß ich noch nicht viel, ich habe die Ausbildung erst im Frühjahr begonnen«, erklärt sie mir. Dann nimmt sie ihre Brille ab.

»Vielleicht sehen Sie damit genug«, sagt sie und eine Sekunde später erblicke ich ihr Strahlen.

Meine Hände zittern immer noch, als ich »Danke!« schreibe, aber ich sehe die Buchstaben, das erleichtert das Mitteilen.

»Da steckst du also«, schimpft eine ältere Schwester, die kurz den Kopf durch die Tür steckt. »Mach dich gefälligst nützlich und leer die Wäschesäcke aus, bevor der Nachtdienst kommt!«

Und ich leere mein Gehirn, indem ich schreibe, schreibe, schreibe.

FRAU SCHWARZ UND DER SOZIALARBEITER

REINHARD STRÜVEN

Die Schreibstube, sagte sie, habe ihr das Leben gerettet. Michael vermutete einen zweiten Grund: ihre Persönlichkeit, ihre Ausstrahlung. Sie zeigte ihm alte Fotos von sich, auf denen sie blendend aussah, und auch jetzt noch wusste sie sich zu präsentieren, wenn sie eines ihrer prächtigen Kleider anzog, sich schminkte, mit gehöriger Verspätung zu einer Feier erschien und den großen Auftritt genoss. Er machte ihr Komplimente; sie wehrte ab und sagte, der Lack sei ab. Er widersprach und sagte, das sei nicht wahr.

Er erschrak, als sie ihren Bewacher, einen SS-Angehörigen, als »schönen Mann« beschrieb. Einen Mann, dessen Aufgabe darin bestanden hatte, sie und alle anderen im Lager auszubeuten und schließlich umzubringen. Auch von einer Freundin erzählte sie, die umgekommen sei. Ein bildhübsches Ding, sagte sie; ein Unfall in einer dieser Fabriken, in denen sie hatten arbeiten müssen, habe Schuld an ihrem Tod gehabt. Die Schreibstube aber sei ein Glücksfall gewesen. Sie sprach von dem Ort, den Michael schon einmal während einer Urlaubsreise besucht hatte. Meinten sie denselben?

In ihrem Zimmer war ein eigentümlicher Geruch, der Michael an seine Großmutter erinnerte: alte Möbel und schwere Teppiche, Gardinen und Vorhänge in Räumen, die selten gelüftet wurden. Wenn er bei seiner Großmutter war, hörte er ihren Geschichten zu und nahm die Wärme ihrer Stimme tief in sich auf.

Auch später, als sie verwirrt wurde und die Dinge, die sie schon oft erzählt hatte, verwechselte, sie in andere Zusammenhänge stellte und davon überzeugt war, es sei so gewesen, auch dann hörte er zu, wartete, bis sie geendet hatte, bis sie die Füße vom Hocker nahm, ihre Pantoffel anzog und sich schwerfällig aus dem Sessel erhob.

Als sei er ein Verwandter, begann auch Frau Schwarz von sich zu erzählen, sobald er Platz genommen hatte – und er sah sich im Zimmer um, betrachtete das Mobiliar, die gläsernen Fächer ihres Wohnzimmerschranks und die Dinge der Erinnerung, die sie darin ausstellte wie in einem Museum. Im Zentrum von allem: eine Marienfigur, eingefasst von goldenen Sternen und einer Kette aus kleinen bunten Lämpchen. Frau Schwarz sprach vom Wohlstand ihrer Familie in Berlin, von ihrem Mann, der ein erfolgreicher Textilhändler gewesen sei, vom Theater, der Musik, der Kunst und den Flaneuren auf dem Kurfürstendamm. Er sah die Häftlingsnummer, die in die Haut ihres Unterarms tätowiert war, und er fragte sich, wie das gewesen war, der Alltag in der Schreibstube, der schöne Mann, die Mithäftlinge und um sie herum der Tod. Er fragte sich – wie er sich Fragen stellte, wenn er seine Großmutter besuchte: Was hatte sie im Krieg erlebt, was hatte sich so festgesetzt, dass sie später im Heim Angst bekam, wenn ein männlicher Pfleger das Zimmer betrat?

Die Stationsleiterin rief Michael an. Sie kämen mit ihr nicht weiter, ob er Rat wisse? Kriegserlebnisse, antwortete Michael, es sei besser, wenn sie von weiblichen Angestellten gepflegt würde. Doch ihn plagte ein schlechtes Gewissen, weil er selten bei ihr war. Die Fahrt bis zur Stadt, in der sie lebte, war lang, und er verschob seinen Vorsatz, sie zu besuchen, von Mal zu Mal. Dann war sie nicht mehr da. Es dauerte, bis er begriff, dass er nicht mehr zu fahren brauchte. Das schlechte Gewissen aber blieb:

Für seine Großmutter hatte er nicht genug getan, für Frau Schwarz wollte er etwas tun.

Jeden Tag las er in der Zeitung von der Entschädigung ehemaliger Zwangsarbeiter, und dass man sich beeilen müsse, solange es Überlebende gebe. Ein Schweizer Hilfsfonds wollte Geld an die Opfer verteilen, deutsche Firmen planten Ähnliches, hatten sich aber noch nicht geeinigt.

Wo war Frau Schwarz gewesen, in welcher Zeit, wie hießen die Lagerkommandanten, wie die Befehlsempfänger, wer hatte sich in welcher Zeit welchen Vergehens schuldig gemacht, und wie konnte der Antragsteller das beweisen? Vom Schweizer Fonds kam die Zusicherung, der Antrag sei eingegangen und werde bearbeitet. Der Fall bekam ein Geschäftszeichen, eine mehrstellige Nummer, die Ähnlichkeit mit der Zahl auf ihrem Unterarm hatte. Michael besuchte sie häufig und fragte sie die Fragen, die in den Formularen standen. Er schrieb die Namen des »schönen SS-Mannes« und seines Vorgesetzten auf. Er trug ein, wo Frau Schwarz in welcher Zeit gearbeitet – und dass sie einen jener Märsche überlebt hatte, die man Todesmärsche nennt. Dann wandte er sich an die Geschäftsführung der Firma, die an den Lagerinsassen verdient hatte, erhielt weitere Formulare und füllte diese ebenfalls aus. Beides versah er mit einem Anschreiben des Verbandes, für den er arbeitete – eines großen Wohlfahrtsverbandes, was seinem Brief Gewicht verlieh. Er, das Werkzeug des Guten, der Helfer auf dem Weg zur Gerechtigkeit. Konnte es eine ehrenvollere Aufgabe für ihn geben? Fast entwickelte sich so etwas wie Freundschaft zwischen ihm, dem Sozialarbeiter (manche Kollegen kürzten das sinnigerweise mit »SA« ab), und ihr, der Auschwitz-Überlebenden. Dass er Sozialarbeiter sei, sagte sie, gefalle ihr nicht. Mit denen habe sie nie etwas zu tun haben wollen. Lieber nannte sie ihn »Django Reinhard«, weil er ein wenig Gitarre spielte und seine Spielkunst auf Festen, wenn er sich Mut angetrunken hatte, gern zum Besten gab. Er verstand sich gut mit ihr, und sie sich mit ihm – wie sie sich ohnehin mehr zu den Jüngeren im Heim, in dem sie lebte, hingezogen fühlte. Ihr glänzender Auftritt, das war in seinen

Augen der Glanz des alten Berlin, der Glanz jener lebensfrohen und etwas dekadenten Zeit, die aufzuleben schien, wenn sie sich verwandelte. Sie gestand sich zu, was ihre Mitbewohnerinnen sich verboten; ihre Kleider waren maßgefertigt, die seiner Großmutter selbstgenäht.

Er hatte Erfolg, die deutsche Firma und der Schweizer Fonds, beide zahlten. Wiedergutmachung? In jedem Fall etwas, das sie freute. Das Geld wurde auf das Konto des Hauses überwiesen, und sie schenkte ihm davon einen kleinen Betrag. Er verfasste Dankschreiben. Er schlug vor, einen Pressetermin einzurichten. Die Geschichte, sagte er, sei es wert, veröffentlicht zu werden, doch sie lehnte ab. Sie wollte sich nicht in den Mittelpunkt stellen, fürchtete die Anfeindungen ihrer Mitbewohner. Sie könne ihr altes Mobiliar gegen neues tauschen, schlug er vor, sie könne sich Dinge anschaffen, die ihr den Alltag erleichterten: ein Bett mit elektrisch verstellbarem Kopf- und Fußteil, einen neuen Kühlschrank, einen Fernseher, eine Couch. Sie aber verneinte und sagte, sie brauche nichts.

Mit Argwohn beobachtete Michael den Besuch von Verwandten, die er noch nie zuvor bei ihr gesehen hatte. Jede Woche kamen sie, und für ihn war klar, weshalb: ihr Geld. Tatsächlich hob sie große Summen von ihrem Hauskonto ab, ohne sie für sich auszugeben. Es gefiel Michael nicht, dass seine Mühe umsonst gewesen sein und die Entschädigung Schmarotzern zufallen sollte – Nutznießern, deren Fürsorge genauso lange andauern würde, wie ihr Taschengeldkonto etwas hergab. Er wollte sie beschützen. Er regte eine Betreuung an, und er wusste bereits einen Betreuer, den er für geeignet hielt: einen großen, schönen Mann, der seine Arbeit gut machte; dieser würde ihr Vertrauen gewinnen, und mit ihm gemeinsam würden sie überlegen, was mit dem Geld am besten anzufangen sei. Er verfasste einen Brief ans Amtsgericht, schrieb, dass die Bewohnerin alt und kaum noch in der Lage sei, ihre finanziellen Angelegenheiten alleine zu regeln. Er schrieb von dem Geld, das an sie gezahlt worden sei, schrieb, dass sie nichts davon haben werde, wenn es so weitergehe. Eine Betreuung sei nicht nur notwendig, sondern auch in ihrem Sinn – schloss er den Brief.

Nach Wochen kam ein Antwortschreiben. Wochen, in denen er sie häufig besuchte und sich lange mit ihr unterhielt. Bestärkt durch das Erreichte, die Mauern der Bürokratie gestürmt, bedauerte er, ihre Geschichte nicht im Spiegel oder Stern, zumindest aber in einer längeren Reportage der Lokalzeitung abgedruckt zu sehen.

Dann sagte ihm ein Kollege, dass sie ihn nicht mehr sehen wolle, er solle das Zimmer meiden. Michael verstand nicht, und trotzig ging er dennoch hin, klopfte an, trat ein, fragte sie, was der Stimmungsumschwung zu bedeuten habe.

Sie lag auf der Couch und tat, als nehme sie ihn nicht wahr. Er fragte sie nach dem Grund. Sie sagte, sie habe Kopfschmerzen. Die habe sie früher auch gehabt, erwiderte er, und dennoch mit ihm gesprochen. Auf dem Tisch fand er zwei Briefe – die Seiten nebeneinandergelegt wie eine Anklageschrift: eine Kopie seines Schreibens und die Antwort vom Amtsgericht. Nun begriff er: Was Hilfe hatte sein sollen, war in ihren Augen Verrat gewesen. Seine vorsichtigen Andeutungen, was sie davon halte, wenn ihr jemand zur Seite stehe, der sie in wichtigen Fragen unterstütze – ihr zögerliches Einverständnis –, beides war hinfällig geworden. Ein Anhörungstermin war angesetzt, ein Richter würde kommen, und sollte sie dessen Fragen nicht beantworten können, würde die Betreuung eingerichtet werden. Michael verstand, was er angerichtet hatte und stahl sich wie ein Dieb aus dem Zimmer.

Am nächsten Tag kam er mit Blumen zu ihr, getrieben von dem Wunsch, seine Tat ungeschehen zu machen. Wieder lag sie auf der Couch. Er legte den Strauß ab, entschuldigte sich. Sie schwieg, sah ihn nicht an, und er verließ das Zimmer wieder, nachdem er einige peinliche Augenblicke still dagestanden hatte. Er versuchte, das Verfahren zu stoppen. Das war aber nicht möglich. Einzig, wenn die Anhörung ergab, dass sie im Vollbesitz ihrer geistigen Kräfte war, würde sie ihre Selbstbestimmung behalten.

Geh nach Hause, Idiot, dachte Michael, trag Zeitungen aus oder stell dich ans Fließband, irgendwohin, wo du keinen Schaden anrichtest, vor allem aber, vor allem versuche niemandem zu helfen und nichts Gutes mehr zu tun.

Die Betreuung wurde eingerichtet. Das Geld wurde geschützt, die Verwandten, die jetzt kamen, gingen leer aus. Frau Schwarz verstand sich gut mit ihrem Betreuer, der ein schöner Mann war. Wie immer kam sie spät zu den Feiern im Haus und genoss ihren Auftritt. Michael bemerkte dennoch eine Veränderung, bemerkte die Spuren des Alters in ihrem Gesicht, die sie nicht mehr hinter Schminke verbargen.

DIE AUTORINNEN UND AUTOREN DIESER ANTHOLOGIE

Hermann Charpied, geb. 1924 in Hamburg, absolvierte von 1939 an eine kaufmännische Lehre, wurde 1942 zum Arbeitsdienst in Russland einberufen, geriet 1943 in Kriegsgefangenschaft, die sechs Jahre andauerte, arbeitete nach seiner Rückkehr als Bankkaufmann. Seit seiner Pensionierung 1987 beschäftigt er sich intensiv mit Musik, Theater, Literatur und Lyrik und versucht sich an eigenen Schreibarbeiten.

Nico Czaja, geb. 1978 in Witten an der Ruhr, studierte Ethnologie und Religionswissenschaft in Marburg und in Recife, Brasilien, arbeitet als freier Übersetzer und Gutachter für den WWF und als Mitbetreiber eines Bio-Mitgliederladens. Hat Beiträge im Kultur- und Reisemagazin *caiman.de* und in der Zeitschrift *EXOT* veröffentlicht, erhielt den ersten Preis im Wettbewerb »Raum« des Berliner Literaturhefts *Verstärker*.

Nava Ebrahimi, geb. 1978 in Teheran, lebt seit 1981 in Deutschland, absolvierte eine journalistische Ausbildung und studierte Volkswirtschaftslehre in Köln, arbeitet als Referentin für die

Region Naher Osten bei Germany Trade and Invest. Gehörte zu den Gewinnerinnen des Schreibwettbewerbs der *Brigitte* (2000), war Finalistin beim Nachwuchswettbewerb Open Mike (2007) und beim Schreibwettbewerb des *Tagesspiegel* (2008).

Julia Edtbrustner, geb. 1979 in Melk/Niederösterreich, studierte Italienisch, Germanistik und Deutsch als Fremdsprache an der Universität Wien, in Italien und Brasilien, schreibt zur Zeit an ihrer Dissertation, unterrichtet nebenbei Deutsch als Fremdsprache und arbeitet als Chefredakteurin des Wiener Magazins *Soziale Netzwerke*.

Anke Eiben, geb. 1945 in Aurich, Realschullehrerin, verheiratet, vier Kinder, arbeitet ehrenamtlich als ausgebildete Hospizmitarbeiterin beim Ambulanten Hospizdienst in Oldenburg, für dessen Festschrift zum 10jährigen Bestehen sie den Beitrag »Nachtwache« verfasste.

Beate Fischer, geb. 1965 in Ellwangen an der Jagst, verheiratet, zwei Töchter, studierte Religionspädagogik in Freiburg, arbeitet als Religionslehrerin im Schuldienst. Mehrere ihrer Kurzgeschichten wurden in Zeitschriften und in einer Anthologie veröffentlicht.

Heidy Gasser, geb. 1957 in Lungern in der Schweiz, war neben ihrem Beruf als medizinische Praxisassistentin seit ihrem 20. Lebensjahr auch literarisch tätig und arbeitet seit 2004 als freie Autorin für verschiedene Zeitungen und Zeitschriften sowie für Radio DRS. Zu ihren Veröffentlichungen zählt die Trilogie *Saure Suppe* (1994), *Das Mägdli*, (1995), *Schwarze Röcke trag ich nicht* (1997). Sie wurde unter anderem mit dem Zentralschweizer Publikumspreis für Literatur ausgezeichnet.

Claudia Gellermann-Schultes, geb. 1968 in Bremen, studierte Politikwissenschaften und Medizin in Mainz und lebt als freie Medizin-Journalistin und Autorin mit ihrem Mann im rheinland-pfälzischen Engelstadt.

Sabrina Heldmann, geb. 1992 in Amberg, geht dort zur Schule, möchte nach dem Abitur Latein und Französisch studieren. Sie schreibt seit ihrer Kindheit leidenschaftlich gern Geschichten und Gedichte und hat 2007 den Schreibwettbewerb »Blaue Barke« ihrer Schule gewonnen.

Edith Huber, geb. 1978 in Rosenheim, studierte Sozialpädagogik, arbeitet als Bewährungshelferin. Etliche ihrer Geschichten wurden in Literaturzeitschriften und Anthologien veröffentlicht; sie hat gerade ihren ersten Roman beendet. 2008 belegte sie den zweiten Platz beim Literaturwettbewerb der Zeitschrift *Federwelt*.

Christina Ionescu, geb. 1993 in Fulda, geht in Wittlich zur Schule, belegte im Klavierwettbewerb von »Jugend musiziert« einmal den ersten, einmal den dritten Platz. Die Geschichte, die sie beim Wettbwerb »Ungewöhnliche Freundschaften« einreichte, hat sie im Alter von 13 Jahren geschrieben.

Birgit Jennerjahn-Hakenes, geb. 1968 in Heidelberg, absolvierte eine Ausbildung zur Kinderkrankenschwester und Intensivfachschwester für Pädiatrie, später ein Fernstudium an einer Schreibschule, arbeitet nach ihrer Elternzeit als freie Autorin.

Christine Koch, geb. 1971 in Mainz, studierte evangelische Theologie und Erziehungswissenschaften in Tübingen, arbeitet seit 2001 als Sozialpädagogin in der Sozialpsychiatrie und als Honorardozentin an der Evangelischen Fachhochschule Reutlingen, schreibt seit ihrer Kindheit, hauptsächlich Gedichte und kürzere Prosatexte, von denen einige in Anthologien veröffentlicht wurden.

Anna Kira Koltermann, geb. 1992 in Fürth, geht in Erlangen zur Schule. 2002 synchronisierte sie eine der Hauptfiguren in einem Kindercomputerspiel, das mit dem Comenius-Siegel und der GIGA-MAUS ausgezeichnet wurde.

Wolfgang Kopplin, geb. 1935 in Cottbus, verheiratet, drei Kinder, aufgewachsen in Radach bei Drossen, 1945 vertrieben in die Niederlausitz, studierte Germanistik und evangelische Theologie in Bonn und Heidelberg, war von 1969 bis 1999 Studiendirektor in Plettenberg. Neben Büchern über Kurzprosa und Lyrik hat er über 600 Gedichte, Erzählungen und Essays in Zeitschriften und Anthologien veröffentlicht.

Birgit Krick, geb. 1963 in Fulda, studierte Sozialpädagogik und Verwaltungswirtschaft, arbeitet in der Schuldnerberatung bei der Arbeiterwohlfahrt und hat dort eine Ferienschreibwerkstatt für Kinder geleitet.

Birgit van der Leeden, geb. 1955 in Wuppertal, studierte Nordische Philologie, Germanistik und Geografie in Münster, lebte etliche Jahre in Stockholm, arbeitet im Lehrberuf und schreibt, hauptsächlich Kurzprosa. Neben einem landeskundlichen Portrait von Schweden wurden viele ihrer Kurzgeschichten veröffentlicht, unter anderem in den Literaturzeitschriften *Muschelhaufen*, *STERZ* und *Macondo*. 2003 wurde sie mit dem Harder Literaturpreis ausgezeichnet.

Corinna E. Leyh, geb. 1981, absolvierte eine Ausbildung zur Verlagskauffrau in Karlsruhe, arbeitet im Telefonbuchverlag Karlsruhe und als freie Autorin. Beteiligte sich erfolgreich an Jugendschreibwettbewerben, ihre Kurzgeschichten, beispielsweise »Gestohlenes Herz«, »Feuerwolf«, »Das Ding mit der Liebe«, wurden in Anthologien veröffentlicht.

Christina Lux, geb. 1983 in Schwerte, studierte Islamische Religionswissenschaft, Südostasienwissenschaften, Soziologie und Gender-Studies in Frankfurt am Main. Sie engagiert sich ehrenamtlich im interreligiösen Dialog und in der Frauenrechtsarbeit, leitet Sprachkurse und und hat an entwicklungspolitischen Projekten unter anderem in Indonesien, Usbekistan und im Jemen mitgearbeitet.

Ute Stephanie Mansion, geb. 1968 in Düsseldorf, studierte Romanistik, Geschichte und Allgemeine Literaturwissenschaft in Wuppertal und Besançon, arbeitet als Redakteurin für ein Monatsmagazin der Evangelischen Kirche im Rheinland. Mit ihren Kurzgeschichten gewann sie unter anderem den 1. Preis beim Kurzgeschichtenwettbeweb der (italienischsprachigen) Zeitschrift *onde* und den 3. Preis beim Journalisten-Wettbewerb »Zukunft der Kinder«.

Rita Ramsbrock, geb. 1956 in Gelsenkirchen, lebt seit 1988 im Wohnheim St. Rafael in Gelsenkirchen in einer Wohngruppe mit acht weiteren geistig behinderten Bewohnern und arbeitet in den Gelsenkirchener Werkstätten für angepasste Arbeit. Zur Zeit schreibt sie an ihrem zehnten Roman; einer ihrer Romane, *Der Unfall*, wurde veröffentlicht.

Elisabeth Richter, geb. 1951 in Gütersloh, studierte Pädagogik und Soziologie in Göttingen, arbeitet als freie Journalistin und Lektorin und schreibt Kurzgeschichten, für die sie unter anderem mit dem 1. Preis beim Zürcher Literaturwettbewerb Keller 62 und dem Brandenburgischen Literaturpreis ausgezeichnet wurde. Zwei ihrer Geschichten, »Stumm« und »Rosenblätter«, wurden in Anthologien veröffentlicht.

Julia Rothenburg, geb. 1990 in Berlin, Finalistin beim Tagesspiegel-Wettbewerb 2008, Mitglied der Berliner Lesebühne »U2.0 – wir sind jünger als wir aussehn« und der dazugehörigen Schreibwerkstatt, will nach dem Abitur Physik studieren. Und schreiben.

Keiko Saile, geb. 1978 in München, studierte Literaturwissenschaft und Politologie, nahm an den Münchner Kursen für Kreatives Schreiben und an der 1. Schreibwerkstatt des Lyrikkabinetts München teil und lebt heute als freie Fotografin und Autorin in Zürich. Mit einer ihrer Kurzgeschichten gewann sie den 2. Preis beim »einstieg«-Literaturwettbewerb Basel, drei Erzählungen wurden in Anthologien veröffentlicht.

Lydia Saul, geb. 1966 in Celle, studierte Religionspädagogik, arbeitet als selbständige Lebens- und Erziehungsberaterin und engagiert sich politisch. Sie hat ein Pflegekind und lebt in Kiedrich im Rheingau.

Katharina Stegen, geb. 1988 in Braunschweig, studiert Biologie in Tübingen, schreibt seit ihrem 14. Lebensjahr, war Stipendiatin der Stiftung Niedersachsen, Literatur Labor 2006, und Preisträgerin beim Treffen junger Autoren 2007. Viele ihrer Kurzgeschichten, unter anderem »Destillate«, »Naturgewalten« und »Der Horizont hängt schief«, wurden in Anthologien veröffentlicht.

Dinah Stratenwerth, geb. 1976 in Berlin, studierte Lateinamerikanistik und Politik, hat als Journalistin für Tageszeitungen und Zeitschriften, zuletzt für »Internationale Politik« gearbeitet. Seit März 2009 in Elternzeit, schreibt sie an einem Schulbuch und an einem Kinderbuch-Zyklus.

Reinhard Strüven, geb. 1966 in Krefeld, lebt und arbeitet in Düsseldorf als freier Journalist und Autor. Er wurde 1999 mit dem Literaturpreis der Stadt Dormagen »Dormagener Federkiel« und 2006 mit dem 1. Literaturpreis der Stadt Moers ausgezeichnet, zwei seiner Geschichten wurden in Anthologien veröffentlicht.

Sandra Trojan, geb. 1980 in Winterberg, studierte Amerikanistik, Journalistik und Literaturwissenschaft in Leipzig, lebt und arbeitet dort als freie Autorin, Übersetzerin und Lektorin. Ihre Kurzgeschichten und Erzählungen wurden in zahlreichen Zeitschriften und Anthologien veröffentlicht. Im Frühjahr 2009 erschien ihr Lyrikdebüt »Um uns arm zu machen« im Verlag des Poetenladens.

Martin Uhl, geb. 1981 in Kaiserslautern, studierte Wirtschaftsinformatik und Psychologie, arbeitet als Wissenschaftlicher Mitarbeiter am Leibnitz-Institut für psychologische Information und Dokumentation an der Universität Trier. Sein Beitrag für den Wettbewerb WendePunkte ging aus dem Blog »ourico. liveline.de« hervor.

Elizabeth Volk, geb. 1954 in Evansville, Indiana, studierte Kunstgeschichte in den USA und in Bonn, lebt und arbeitet seit vielen Jahren in Deutschland als freie Übersetzerin mit Schwerpunkt Kunst und Kunstgeschichte.

Philipp Zurek, geb. 1972 in Bayreuth, arbeitet (unter seinem Ehenamen Philipp Unsinn) als Gymnasiallehrer für Deutsch und Geografie, schreibt Gedichte, Kurz- und Kürzestgeschichten (als Hörbuch erschienen: »Die Jamaika-Trilogie«), tritt außerdem als Liedermacher auf und hat kürzlich die CD »Außere Badschdross No. 4« beim Verlag Grünes Chamäleon veröffentlicht.